KB181047

이상한 지하 세계와 소원수집가들

THE COLLECTORS by Jacqueline West

This Korean edition was published by Hansol-soobook Co., Ltd. in 2021 by arrangement with
Jacqueline West c/o Upstart Crow Literary Group, Inc. through KCC(Korea Copyright Center Inc.), Seoul.

이 책의 한국어판 저작권은 KCC(주)한국저작권센터를 통해 저작권자와 독점 계약한 ㈜한솔수북에 있습니다.
저작권법에 의해 한국 내에서 보호를 받는 저작물이므로 저작권자의 서면 동의 없이
다른 곳에 옮겨 싣거나 베껴 쓸 수 없으며 전산장치에 저장할 수 없습니다.

이상한 지하 세계와 소원 수집가들

재클린 웨스트 지음
이원열 옮김

책담

차례

언젠가는 이 책을 읽게 될

베렌을 위해

1
작은 일들

손님들로 붐비는 식당 안 가장 어둡고 구석진 테이블 위, 아주 낡은 샹들리에에 거미 한 마리가 매달려 있었다. 먼지가 쌓인 것조차 아무도 모를 만큼 오래된 철제 샹들리에의 구부러진 가지 끝에 거미줄이 쳐져 있었다. 그 아래 테이블에는 할아버지와 할머니, 친척 아저씨와 아주머니 그리고 엄마 아빠와 함께 오늘로써 정확히 네 살이 되는 아이까지 함께 모여 앉아 있었다. 아이의 위자 위에서 그 모습을 내려다보고 있는 거미의 눈망울이 촉촉하게 빛났다. 마치 수분을 머금은 블랙베리가 햇빛을 받아 반짝거리는 듯했다.

작고 특별한 케이크를 든 웨이터 여럿이 우르르 몰려들었다. 케이크에는 불붙인 초 네 개가 꽂혀 있었다. 모두가 노래를 부르고 환호했다. 그사이 거미는 살짝 더 아래로 내려왔다.

"소원을 빌렴."

할머니의 말에 아이가 촛불을 끄자 모두가 환호하면서 박수를

7

쳤다. 사람들은 미소를 머금고 케이크를 자르기 시작했다. 그 순간 생일 초에서 올라오는 연기를 타고 '무언가'가 떠올랐다. 거미는 냉큼 낚아챘다. 기다리던 것이었다. 거미는 튼튼하고 끈적끈적한 실을 뽑아서 '무언가'를 돌돌 말아 감싼 뒤 천장을 따라 가장 가까운 창문까지 기어갔다. 거미는 창틀 틈으로 금세 숨어들었다. 시원한 저녁 바람이 불었다. 거미는 바람에 날아가지 않기 위해 레스토랑 벽에 찰싹 달라붙었고, 다행히 그 '무언가'를 놓치지 않고 조심스럽게 인도로 내려갔다.

땅에 내려온 거미를 보고 도로 표지판 위에 앉아 있던 회색 비둘기 한 마리가 날아왔다. 비둘기는 부리로 거미줄을 잘라 냈고, 날개를 퍼덕이며 땅거미 진 거리 위로 날아올랐다. 거미줄 뭉치가 고장 난 시계추처럼 흔들렸다.

날아간 비둘기는 검은색 롱 코트를 입은 여자의 어깨 위에 내려앉았다. 여자가 손을 들어 올리자 비둘기는 손바닥 위에 '무언가'를 떨어뜨렸다. 여자는 다시 그것을 집어 코트 주머니 속에 넣고 돌아섰다. 그리고 비둘기와 함께 어둑어둑한 곳으로 성큼성큼 걸어갔다.

거미는 다시 창문 틈으로 사라졌고, 방금 일어난 이 사소하고 이상한 일을 알아챈 사람은 아무도 없었다. 알고 보면 중요한 일을 사람들은 너무 쉽게 지나친다. 그래서 더 위험한 것들이 있다. 세균, 압정, 거미. 썩은 장작더미에서 살아가는 독거미 블랙위도나 이탈리안 레스토랑의 낡은 샹들리에서 거미줄을 치고 사는, 참을성 많은 파수꾼 거미나 위험하기 짝이 없지만 대부분은 이런 것들을 너무 뒤늦게 발견한다. 그러므로 매사에 관찰력이 뛰어난 누군가가 우리를 대신해 눈에 띄지 않을 만큼 조용히 지켜보고 있다는 사실은 다행스러운 일이 아닐 수 없다.

2
축축한 다람쥐

어느 봄날 오후, 아주 큰 도시 한복판에 위치한 아주 큰 공원 끄트머리에 '밴'이라는 이름을 가진 작은 소년이 있었다. 소년의 이름은 지오바니 카를로스 가우게스-가르시아 마크슨이었지만, 아무도 그렇게 부르지 않았다. 밴이라는 이름을 지은 엄마는 '지오바니'라고 불렀고, 대부분은 그냥 밴으로 불렀다. 밴도 그 편이 훨씬 듣기 좋았지만 학교 아이들에게 '미니 밴'으로 불리는 것은 싫었다.

밴은 반에서 가장 작은 아이였다. 항상 그랬다. 오페라 가수인 엄마는 전 세계를 돌아다녀야 했고, 밴은 어디 가나 가장 새로운 아이였다. 양쪽 귀에 파란색 보청기를 낀 아이도 밴이 유일했으며, 밴이 좋아하는 게임이나 TV 프로그램, 책은 다른 아이들이 좋아하는 것과 사뭇 달랐다. 밴은 자기 혼자 시간을 보내는 데 익숙한 아이였다. 아니, 아주 능숙한 아이였다.

이날 오후에도 밴은 공원 의자에 홀로 앉아 있었다. 길 건너 상점에서 구두를 신어 보던 엄마는 가끔씩 고개를 들고 유리창 너머를 응시했다. 폭이 넓고 기다란 벤치에 밴이 잘 앉아 있는지 확인하기 위해서였다. 의자에서 떠나지 말라고 엄마한테 주의를 듣긴 했지만, 밴은 애초부터 그럴 마음이 없었다. 여기저기 돌아다니는 것보다 주변을 둘러보는 데 더 관심이 있었기 때문이다.

밴의 눈앞에 다채로운 공원 전경이 펼쳐졌다. 사람들은 그늘진 곳에서 야유회를 즐기거나 산책로를 달렸다. 또는 부드러운 녹색 잔디밭에서 반려견과 물어 오기 놀이를 했다. 비둘기들은 공원 이곳저곳을 뒤뚱거리며 돌아다녔고, 핑크색 기타를 두른 남자가 부르는 노래는 가사를 전혀 알아들을 수 없었다. 밴의 바로 앞 대형 분수는 쉼 없이 물줄기를 내뿜었고, 떨어지는 물방울은 마치 유리 구슬로 지은 커튼 같았다. 그때였다. 자전거를 탄 소년이 분수 옆을 휙 지나가면서 잔디 위에 자전거 바퀴 자국이 길게 남았다. 지켜보던 밴의 눈에 뭔가가 들어왔다. 바퀴에 눌린 지면에서 작고 빨간 플라스틱 팔이 튀어나와 있었다. 손을 벌리고 손바닥을 위로 쳐든 모양이 질문할 때를 기다리는 것 같았다. 밴은 힐끗 뒤를 돌아봤다. 유리창 안쪽 엄마는 고개를 숙인 채 하이힐을 고르느라 여념이 없었고 플라스틱 팔은 여전히 그 자리에 있었다. 밴은 슬쩍 엉덩이를 움직여서 의자 끝으로 가 앉았다. 그리고 마지막으로 한 번 더 고개를 돌려 확인한 다음 재빠르게 움직였다.

어느새 밴은 빨간 플라스틱 팔 옆에 쭈그리고 앉아 있었다. 나머지 몸은 땅속에 묻혀 있었다. 밴이 팔을 잡아당기자 빨간색 우주인이 튀어나왔다. 팔다리가 온전하고 풍선껌처럼 동그란 헬멧을 쓴 인형이었다. 밴은 인형 어깨에 묻은 흙을 털어 내고 재킷 주머니에 넣었다. 그리고 어딘가에 추락해 있을지 모를 우주선을 찾기 위해 발아래를 유심히 살폈다.

풀뿌리 근처에서 뭔가가 반짝였다. 반짝반짝 금색 물결이 소용돌이치는 파란 유리구슬이었다. 밴은 구슬을 집어 손바닥 위에 올려놓았다. 앞뒤로 구르는 구슬이 봄 햇살을 튕겨 냈다. 밴은 구슬을 다시 주머니 속에 집어넣었다.

'어쩌면 이 구슬은 머나먼 우주에서 온 행성일지도 몰라. 아니면 지구로 떨어진 우주인처럼 강력하고 기이한 성분으로 가득한 운석이거나. 어떤 성분일까?'

잠시 생각에 잠긴 밴의 눈에 또 다른 무언가가 들어왔다. 바로 앞 길가에서 빛나고 있었다. 마침 밴과 동시에 알아챈 사람이 있었는데, 바람막이를 입고 수염을 기른 건장한 성인 남자였다. 남자는 몸을 굽혀 반짝이는 무언가를 집어 들더니 분수 쪽으로 몸을 돌리고 엄지손가락을 튕겼다. 톡 소리와 함께 날아간 것은 동전이었다. 밴이 지켜보는 가운데 포물선을 그리며 떨어진 동전은 빙글빙글 돌면서 부드러운 퐁당 소리와 함께 수면 아래로 가라앉았다. 사실 밴의 귀에는 아무 소리도 들리지 않았지만, 조금만 더 가까웠다면 어떤 소리가 들렸을지 궁금했다. 다시 돌아선 남자는 밴이 지켜보고 있다는 것을 알아채고 옅은 미소를 지으며 말했다.

"소란을 피해서 나쁠 건 없겠지?"

밴은 남자가 공원 한쪽에서 떠드는 사람들을 두고 하는 말인 줄 알았지만, 남자가 실제로 한 말은 "소원을 빌어서 나쁠 건 없겠지?"였다. 남자는 주머니에 손을 찔러 넣고 빠른 걸음으로 사라졌다.

밴이 서 있는 곳 왼쪽 덤불이 거칠게 흔들렸다. 다람쥐였다. 거의 은빛에 가까운 밝은색 꼬리털이 아주 풍성했다. 덤불 사이를 뚫고 총알처럼 튀어나온 다람쥐는 분수 가장자리까지 뛰어올라 꼬리를 흔들었다. 그리고 몹시 흥분한 듯 울어댔다. 뒤이어 또 다른 무언가가 덤불 속에서 튀어나왔는데 이번에는 사람이었다. 머리를 포니테일로 묶은 갈색머리 소녀가 어른이 입어도 될 정도로 큰 옷을 입고 있었다. 다람쥐 쪽으로 달려간 소녀는 진녹색 롱 코트의 헐렁한 소매를 걷지도 않고 분수 쪽으로 몸을 숙였다.

밴은 또래보다 어른들과 이야기하는 것을 더 좋아하는 편이었다. 어른들은 '미니 밴'이라고 부르지도 않았고, 밴이 입은 트위드 조끼나 캐시미어 카디건을 보고 웃기다고 하지도 않았다. 게다가 밴이 기억하는 한 자신을 향해 코딱지를 튕긴 어른은 여태 단 한 명도 없었다. 하지만 이상한 코트를 입고 머리를 대충 묶은 소녀는 조금 달라 보였다. 밴을 끌어당기는 무언가가 있었다.

밴은 살금살금 다가갔다. 소녀는 분수 난간에 배를 깔고 팔다리를 쭉 뻗은 채 버둥거리고 있었다. 그 옆에 다람쥐가 쪼그리고 앉아 있었다. 밴은 소녀의 발에 닿지 않을 만큼만 다가갔다. 소녀는 더러운 분수 바닥을 휘저으며 바닥에 흩어진 더러운 동전들을 쓸어 모으는 중이었다.

밴은 작은 체구에서 나오는 목소리마저 작았다.

"음……."

밴이 예의바르게 말했다.

"그러면 안 될 텐데……."

밴이 "조심해! 악당들이야!"라고 외치는 소리를 듣기라도 한 듯 소녀가 몸을 확 돌리면서 머리채를 휘둘렀다. 밴은 소녀의 머리채에 얼굴을 맞았고, 다람쥐는 물세례를 받았다. 소녀는 아주 크게 숨을 들이마셨다. 밴도 숨을 들이마셨다. 다람쥐는 털에 묻은 물을 털어 냈다.

"미안해, 널 놀라게 하려던 건 아니었어. 하지만……."

밴은 두 손을 들어 올렸다.

"뭐?"

"놀라게 하려던 건 아니었어, 라고 말했어."

밴은 천천히 또박또박 다시 말했다. 소녀가 밴의 얼굴을 똑바로 쳐다봤다. 작고 둥근 얼굴에 비해 눈과 귀가 큰 편이었다. 밴은 그 사실을 금방 알아차렸다.

소녀는 겁에 질린 듯했다. 소녀는 차갑고 축축한 손가락 하나를 내밀어 밴의 이마를 살짝 밀었다. 밴의 몸이 살짝 흔들렸다.

"넌 진짜구나."

소녀가 숨을 내뱉으며 말했다. 보청기를 낀 밴의 귀에는 모든 소리가 또렷하게 들렸다. 메아리, 자동차 경적, 새소리, 물 떨어지는 소리들이 머릿속을 가득 채웠지만, 밴은 소녀와 아주 가까이 있었고, 소녀의 목소리는 아주 또렷했다. 밴이 제대로 들은 게 확실했다. 물론 소녀의 말이 무엇을 의미하는지는 알 수 없었다. 갑자기 엄마가 전에 말한 공원에 사는 미친 사람들이 떠올랐다. 어쩌면 이 소녀가 그 무리 중 하나일지 모른다는 생각이 들어 밴은 살짝 한 걸음 물러섰다.

"응, 난 진짜야. 하지만 너는……."

"넌 누구 편이야?"

소녀의 빠르고 날카로운 목소리가 밴의 말을 끊었다.

"왜 말을 건 거야? 날 막을 수 없다는 걸 알 텐데. 네가 그들을 위해 일한다면, 넌 너무 늦었어. 이건 내 거야."

소녀의 말에 호응이라도 하듯 다람쥐가 껑충거리면서 밴을 향해 작은 앞발을 들었다. 최대한 커 보이게 하려고 주먹을 말아 쥐었다.

밴은 거의 확신했다. 소녀는 미친 아이였고, 다람쥐도 다르지 않았다.

"난 누굴 위해 일하지 않아."

밴이 다람쥐를 내려다보며 말했다. 다람쥐가 정말로 주먹을 쥐려고 한 게 틀림없었다.

"난…… 어쩌면 내가 널 도울 수도 있을 것 같아서."

"날 돕는다고?"

소녀는 얼굴을 찡그렸다. 밴의 시선이 물 쪽을 향했다. 밴은 고개를 끄덕여 보였다.

"돈이 필요하다거나…… 아니면 음식을 사거나 어디론가 떠날 차비가 필요하다면. 우리 엄마가……."

"돈?"

소녀가 밴의 말을 따라 했다.

소녀는 밴에게 다가섰다. 다람쥐도 코를 떨고 귀를 파닥거리며 밴 쪽으로 다가왔다. 냄새를 맡으려는 것 같았다. 아니 어쩌면 냄새가 아니라 다른 무언가를 느끼려고 하는 행동 같았다. 밴은 맡지도, 들을 수도, 보지도 못하는 무언가를.

소녀는 밴의 눈을 뚫어져라 쳐다봤다. 밴이 고개를 뒤로 젖혀야 할 정도였다. 밴은 소녀의 눈동자가 녹색이 도는 예쁜 갈색이라는 사실을 알아차렸다. 소녀의 눈동자는 분수 바닥에 가라앉은 이끼

15

긴 동전 같았다.

"넌 누구야?"

소녀가 물었다.

"내 이름은 밴 마크슨이야. 네 이름은 뭐야?"

다람쥐가 요란한 소리를 냈다.

"퀵 퀵 퀵!"

작고 높은 소리가 말하는 것처럼 들렸다. 급한 일이라도 생겼는지 재촉하는 느낌이었다.

"나도 알아."

밴에게 하는 말은 확실히 아니었다. 소녀의 시선이 물속에 잠긴 동전 더미로 향했다. 소녀는 여전히 밴에게서 눈을 떼지 못한 채 물속으로 손을 집어넣었다. 밴이 참지 못하고 말했다.

"그 물에는 세균이 잔뜩 있어."

소녀는 물이 뚝뚝 떨어지는 동전 한 줌을 꺼내 커다란 코트 주머니 안에 넣었다.

"그리고 그 동전들은 가져가면 안 되는 거야. 사람들이 소원을 빌면서 던진 동전이잖아."

소녀의 고운 갈색 눈썹 한쪽이 올라갔다.

"나도 알아."

"그럼 왜 가져가는데?"

"왜냐하면, 내가 뒤쫓던 소원을 잡으려는 걸 네가 방해했으니까."

짜증스러운 말투였다.

"왜 그걸 얻으려……"

"퀵 퀵 퀵!"

다람쥐가 다시 소리를 냈다. 이야기를 하다가 다른 사람에게 방해받은 적은 많았어도 지금처럼 다람쥐가 말을 끊은 적은 밴도 처음이었다.

"길들여진 다람쥐가 실제로 있다니, 난 처음 봐. '앨빈과 슈퍼 밴드'는 봤지만, 그건 만화잖아. 게다가 얼룩다람쥐였고. 네 다람쥐랑은 다르지……."

밴은 재미있는 이야기로 대화 주제를 바꿔 보려고 했다. 그런 밴을 처다보며 다람쥐가 두 눈을 깜빡였다.

"팝콘 좋아해? 엄마가 주신 돈이 조금 있는데……."

"그러니까 넌 그냥 남자애구나. 평범하고 작은."

마지막 동전 한 줌을 주머니에 넣으며 소녀가 다시 밴의 말을 잘랐다.

"넌 공원에 있는 작은 남자애일 뿐이고, 내가 동전을 줍는 걸 봤어. 그게 다야."

소녀는 밴을 뚫어져라 처다보며 가만히 있었다.

"맞지?"

면전에서 그렇게 말하다니 밴은 기분이 좋지 않았다. 특히 '작은'이란 단어가 마음에 들지 않았다. 그 전에 나온 '그냥'이라는 말도 싫었지만 달리 할 말이 떠오르지 않았다. 몸에 안 맞는 헐렁한 코트를 입은 이상한 여자아이에게 자기가 그냥 공원에 앉아 있던 게 아니라고 쉽게 설명할 방법이 없었다. 땅속에서 우주인을 구출하고, 운석을 발견했을 뿐만 아니라 아주 사소하게 다른 것들을 알아차린 밴이었지만, 이 모든 것을 구구절절 설명하는 아이가 아니었다.

"그래, 맞아."

밴이 대답했다.

소녀의 어깨에 뛰어오른 다람쥐가 속삭이자 소녀가 작은 소리로 "안 돼. 팝콘 먹을 시간은 없어."라고 말했다. 그리고 밴을 보며 불안한 듯 발을 움직였다. 따뜻한 날씨였는데도 불구하고 소녀는 커다란 코트를 단단히 여미면서 무심한 말투로 말했다.

"너한테 못되게 굴 생각은 없어. 나는 그저…… 사람들은 보통…… 그러니까 보통은 나한테 말을 잘 안 걸거든."

소녀는 다시 코트를 추스르더니 돌아섰다.

"가야 해."

"잠깐!"

밴이 소리쳤다. 소녀가 막 뛰어가려던 참이었다. 밴은 주머니를 뒤졌다. 소녀에게 더러운 동전보다 좋은 것을 주고 싶었다. 조금은 특별하고 신비로운 것. 매끄러운 유리구슬 표면이 만져졌다.

"이거."

밴은 소녀에게 구슬을 내밀었다. 구슬이 손가락 사이에서 반짝거렸다. 소녀는 얼굴을 살짝 찡그렸다.

"이게 뭔데?"

"아까 찾았어. 그냥…… 네가 좋아하지 않을까 싶어서."

소녀는 밴의 손끝에 있던 구슬을 집었다.

"난 가끔씩 뭔가를 알아보거든. 흥미로운 것들을."

다시 밴과 눈이 마주친 소녀는 한참이나 밴을 빤히 바라봤다.

"무슨 뜻이야? 어떤 것들?"

밴이 대답하기 전에 큰 소리가 울렸다.

"지오바니 마크슨!"

밴은 휙 돌아보았다. 엄마가 자신을 내려다보고 있었다. 오페라 가수인 엄마를 건물에 비유한다면 아마 대성당이 어울릴 것이다. 크고 튼튼한 엄마는 우아한 골격을 가진 사람이었다. 위로 솟은 구릿빛 머리카락이 돔처럼 자리 잡고 있었다. 엄마 입에서 나오는 소리는 거대한 석조 홀을 채우듯 울림이 있었다. 오페라 가수들이 굳이 마이크를 쓰지 않는 이유가 있었다. 밴도 알고 있었다. 굳이 마이크가 필요 없기 때문이었다.

"내가 벤치에 있으라고 하지 않았니?"

엄마는 울림이 가득한 목소리로 말했다.

"네. 벤치에 있었어요. 그런데……."

"조금 전까지 가게에 있던 엄마가 여기까지 와서 너를 찾았잖아. 이런 얘기 전에도 했던 거 같은데?"

"네, 엄마. 하지만 여기 뭐가 있었느냐면……."

방금 전까지 소녀가 서 있던 곳을 흘끗 봤지만 소녀와 은색 다람쥐는 사라진 뒤였다.

"약속한 장소에 네가 있을 거란 믿음이 없다면, 우린 훨씬 많은 구두를 보러 다녀야 할 거야."

엄마는 보란 듯이 쇼핑백을 들어 보였다.

"이제 집에 가자."

둘은 나란히 공원 정문을 나왔다.

"참, 하마터면 잊을 뻔했네."

화가 어느 정도 풀렸는지 엄마는 평소처럼 밝은 모습으로 돌아와 있었다.

"한 군데 더 들려야 해. 엄청나게 중요한 용건이야. 모퉁이의 아이스크림 가게에 갈까, 아니면 32번가 기차역 건너편의 젤라토 가게에 갈까?"

"젤라토요."

사실 밴은 단 음식이 먹고 싶은 게 아니었다. 집으로 가는 길에 밴은 주위를 둘러보았다. 커다란 코트를 입고 어깨에는 다람쥐를 얹고 다니는 소녀의 흔적을 찾기 위해서였지만, 인파에 묻힌 거리는 이내 소음으로 가득했다. 소음은 밀물과 썰물처럼 철썩이며 주변 모든 것을 다 쓸어 가 버렸다.

3
슈퍼 밴

아빠에 대한 기억이 거의 없었던 밴은 머릿속으로만 아빠를 상상했다.

"너희 아빠는 마법을 하는 사람이었단다."

밴이 아빠에 대해 물을 때마다 엄마는 이렇게 대답했다.

여러 해 동안 밴은 아빠의 모습을 머릿속에 그렸다. 상상 속 아빠는 긴 비단 망토를 두르고 반짝이는 실크 모자를 쓴 채 카드 마술을 하거나 연기와 함께 토끼를 사라지게 했다. 하지만 엄마의 말은 그런 뜻이 아니었다. 아빠의 직업은 무대 디자이너였고, 이름은 안토니오 필리페가우게스-가르시아였다. 조명과 천, 그림자와 드라이아이스를 이용해 관객들이 헉하고 숨을 내쉬게 만드는 특수 효과를 연출했다. 아마 지금도 유럽의 어느 도시에서 무대배경을 그리고 있거나 신기한 무대 장치를 낚싯줄에 매달고 있을 게 분명했다. 밴은 자신이 아빠를 그리워한 적이 있는지조차 기억에 없었다.

그런 아빠에게서 밴이 물려받은 것은 짙은 눈과 머리색, 너무 긴 이름 말고 또 있었다. 바로 모형무대였다. 엄마가 이 모형무대를 없애려고 한 적이 있었다. 엄마 말에 따르면 육 개월 뒤면 또다시 움직여야 해서 부피 큰 물건은 갖고 있을 필요가 없었다. 그래서 물건들은 항상 버려졌고, 그때마다 이것저것 구해 낸 사람이 밴이었다. 특히 모형무대는 그럴 만한 가치가 충분했다. 깊이 약 30센티미터, 넓이 약 60센티미터 크기의 검은 나무 바닥이 깔려 있고, 바닥 양옆과 뒤쪽이 검은 벨벳 벽으로 이루어진 무대였다. 줄을 잡아당기면 빨간 커튼이 열리고 화려한 금빛 무대가 나타나는 구조였다. 게다가 밴의 수집품을 전시하기에 완벽한 크기였다.

그날 저녁 아파트로 돌아온 밴은 부엌과 좁은 복도를 지나 서둘러 침실로 향했다. 방문을 닫고 귀에서 빼낸 보청기를 침대 옆 테이블 위에 올려놓았다. 밴은 평소에도 하루 일과를 마치고 집에 돌아오면 곧바로 보청기부터 빼냈다. 그럴 때마다 머릿속에서 커다란 빗자루가 나타나 먼지와 잡동사니를 한 번에 쓸어 내는 느낌이 들었다. 지금부터가 집중할 수 있는 시간이었다.

밴은 서둘러 방 반대편으로 가서 모형무대 앞에 무릎을 꿇고 앉았다. 침대 밑에서 묵직한 상자 하나를 꺼냈는데 자잘한 물건 수백 개가 들어 있는 플라스틱 상자였다. 상자 안 물건들은 사람들이 잃어버렸거나 실수로 떨어뜨린 물건들이었다. 밴은 버려진 물건을 주워서 깨끗하게 닦은 다음 상자에 보관했고, 그 안에는 노천카페에서 주운 작은 플라스틱 칼과 종이우산, 작은 동물 인형, 컵, 장난감 자동차, 깨진 보석, 보드 게임용 토큰까지 다양하게 들어 있었다. 지하철에서 주운 주석 군인 인형, 독일 기차에서 깔고 앉은 줄도 몰랐던 작은 석조 개구리, 오스트리아의 공중화장실에서 발견한 다리 셋 달린 사자도 있었다. 여행을 하도 많이 다녀서 그런지 밴의 기억은 대부분 흐릿했다. 밴의 기억 속 런던은 커다란 회색빛이었다. 파리는 커다란 상아빛으로 남았고, 로마의 날씨는 아주 화창했지만 여전히 흐릿한 기억뿐이었다. 그에 비해 밴이 그동안 모아온 물건들은 넓고 흐릿한 바다 위를 떠다니는 선명한 고무 오리처럼 오래도록 기억에 남아 있었다.

밴은 주머니에서 빨간 플라스틱 우주인을 꺼내 상자에 넣었다. 작은 거울과 낡은 달걀 컵을 찾아내 컵 위에 거울을 올리고 무대 가운데에 놓으니 약간 분수처럼 보였다. 이번에는 상자에서 플라스틱 나무 몇 개를 꺼내 무대 가장자리에 놓았다. 수집품 가운데 다람쥐는 없었지만 두 마리의 고양이 중 하나가 흰색이었고 꼬리털도 있었다. 얼추 비슷해 보였다. 밴은 내친김에 사람 인형도 찾아봤지만, 헐렁한 코트를 입은 소녀 역할을 하기에는 적절하지 않았다. 다들 지나치게 푹신하고 공주처럼 보였다. 플라스틱 군인들과 부에노스아이레스 길에서 발견한 작은 성인 조각상을 써볼까 했지만, 밴은 결국 체스 세트에 있는 나무 재질의 폰(pawn)을 골랐다. 이상한 소녀 역할에 썩 어울리지는 않았지만 밴이 가진 것 중 그나마 제일 괜찮아 보였다.

밴의 역할은 늘 그래 왔듯 검은 망토를 두른 작은 플라스틱 슈퍼히어로였다. 이름 하여 슈퍼 밴. 밴은 다람쥐 역을 맡은 고양이를 분수 옆에 놓았다. 외국 동전 몇 개를 작은 거울 위에 올려 두고 그 옆에 폰을 세워 놓았다. 폰은 동전을 잡기 위해 분수 안으로 몸을 기울였다. 성큼성큼 무대 안으로 걸어 들어간 슈퍼 밴이 말했다.

"그 동전은 가져가면 안 돼. 사람들이 소원을 빈 동전이잖아."

폰 소녀는 몸을 홱 돌렸지만 다람쥐에게 물을 뿌리거나 집게손가락으로 밴을 밀지도 않았다. 둥근 머리를 푹 숙이고 말했다.

"아. 미안해. 몰랐어. 난 그저 돈이 꼭 필요해서……."

"돈이 왜 필요해? 배고파? 도움이 필요해?"

"응. 응, 제발, 나 너무 배고파……."

"알았어. 여기서 기다려."

밴은 한쪽 손에 슈퍼 밴을 쥐고 보물 상자를 뒤졌다. 도쿄 공원에서 주운 예쁜 플라스틱 과일들과 왕의 술잔으로 쓰였을 법한 작은 은잔 말고도 피자, 햄버거 같은 음식 모형 지우개들을 찾아냈다.

"거기, 위를 조심해!"

슈퍼 밴이 무대 위로 솟아오르며 음식을 폭탄처럼 떨어뜨리자 폰 소녀와 다람쥐가 기뻐했다. 분수 위로 우아하게 내려앉는 슈퍼 밴에게 폰 소녀가 "네가 나를 구했어!" 하고 외쳤다.

"절대 잊지 않을게! 네 이름이 뭐야? 내가 널 다시 찾을 수 있어."

"슈퍼 밴으로 불러. 네 이름은 뭐니?"

"나는……."

밴은 작은 손가락으로 모형 나무를 굴리다 말고 생각했다.

'헐렁한 롱 코트를 입고 시끄러운 다람쥐를 어깨에 태우고 도심 공원을 활보하는 소녀에게 어울리는 이름으로 뭐가 좋을까?'

밴은 지난번 학교와 그 이전에 다닌 학교에서 마주친 여학생들의 이름을 떠올렸지만 마땅한 이름이 없었다. 다람쥐를 데리고 다니는 이상한 소녀에게 어울리는 평범한 이름이 떠오르지 않았다.

24

모형 나무를 계속 만지작거리고 있는데 갑자기 방문이 확 열렸다. 백합 향수 냄새가 났다. 누군가 밴의 어깨에 손을 올리며 말했다.

"마케트를 갖고 놀고 있니?"

엄마는 늘 멋있는 단어를 쓰길 좋아했다. 마케트는 축소 모형을 의미하는 다른 말이었다. 엄마는 영화 대신 시네마, 우유를 넣은 커피는 카페오레라고 했다. 또 절대로 '큰일을 본다.'고 하지 않고 속이 살짝 불편하다고 했다.

"그런 셈이죠."

"우리가 오늘 해야 할 일을 까먹은 게 생각나서."

엄마는 몸을 돌려 밴의 침대에 걸터앉았다. 밴의 눈길이 엄마를 좇았다.

"피터 그레이에게 줄 생일 선물을 사야 했어."

밴은 살짝 움찔했다. 팔꿈치가 무대에 부딪혔고 슈퍼 밴이 분수 위로 떨어졌다.

"왜 피터 그레이의 생일 선물을 사야 해요?"

"토요일에 개 생일 파티에 갈 거니까. 얘기했잖니."

엄마가 밴의 큰 눈을 들여다보며 말했다.

"엄마가 얘기하지 않았니? 몇 주 전에 개가 널 초대했잖아."

"날 초대했다고요?"

"음…… 실은 찰스가 피터 대신 초대했어."

"찰스가 누군데요?"

"피터의 아빠. 피터 아빠도 이름은 있잖아."

엄마가 환한 미소를 지었다. 피터의 아빠는 이번 시즌에 엄마를 고용한 오페라 극단의 예술 감독이었다. 밴의 눈에도 피터의 아빠는 중요한 사람처럼 보였다. 피터의 아빠도 그 사실을 알고 있는 게 분명했다. 항상 양복을 빼입고 영국식 억양으로 말했지만 밴은 그 모습이 가짜일지 모른다고 생각했다. 밴의 눈에 비친 피터의 아빠는 주위에서 일어나는 모든 일을 따분해하는 사람이었다. 자기 아빠처럼 가짜 억양을 쓰거나 양복을 빼입진 않았지만 피터도 별반 다르지 않았다.

"정말 가야 해요?"

엄마는 침대 위로 몸을 기대며 솟아오른 머리카락을 쓸어내렸다.

"가기 싫어서 그래?"

밴은 무대 위에 폰 소녀를 세우며 말했다.

"아뇨."

"피터에게 줄 선물은 내일 살게."

엄마가 말했다. 밴은 엄마의 얼굴을 다시 봤다. 침대에서 일어난 엄마는 맥없이 기지개를 켰다.

"배고프면 냉장고에서 뭐 좀 꺼내 먹어. 레오에서 싸 온 음식들 많이 있어."

엄마는 '배고프면'이라고 말하면서 수화를 했다. 한 손으로 컵 모양을 하고 가슴에서 아래로 내리는 동작이었다. 엄마는 수화를 자주 하지는 않는데, 수화를 할 때 꼭 큰 소리로 말했다. 엄마가 밴의 청력에 문제가 있다는 걸 알아차렸을 때 밴은 다섯 살이었다. 밴은 작은 파란색 보청기를 쓰게 되었지만, 입 모양을 읽는 데 전문가가 되었다. 손으로 은밀하게 비밀 언어를 사용할 수 있다면 멋지겠다고 생각했지만, 밴이 수화로 이야기할 수 있는 사람은 엄마뿐이었다. 게다가 엄마는 전혀 은밀하지 않았다.

"알았어요."

엄마가 방을 나갔다. 일 분 뒤 윙윙거리며 흘러나오는 소리가 어렴풋이 느껴졌다. 엄마가 거실에서 피아노를 치고 있었다. 곧이어 좀 더 선명하고 맑은 노랫소리도 흐릿하게 들려왔다. 엄마의 목소리는 캔버스 위를 움직이는 붓처럼 음계를 따라 올라갔고, 점점 소리의 색이 희미해져 밴이 들을 수 없을 정도의 높은 음까지 올라갔다.

방문을 닫고 밴은 다시 작은 무대 앞에 무릎 꿇었다. 슈퍼 밴과 폰을 집어 들었지만 아무 말도 떠오르지 않았다. 다시 내려놓고 고양이를 들었다.

"퀵 퀵 퀵!"

밴은 고양이도 내려놓고 깊은 한숨을 내쉬었다. 밴은 피터의 생일 파티보다 더러운 공원 분수에 가고 싶었다. 하지만 밴이 선택할 수 있는 문제가 아니었다.

4
뭔가 어두운 것

그날, 밤이 깊어질 무렵 무언가가 잠든 밴을 깨웠다. 밴은 눈을 뜨긴 했지만 자신이 왜 잠에서 깼는지 알 수 없었다. 침대에 누워 가만히 생각에 잠겼다. 꿈을 꾸었나? 뭔가가 팔을 간질였나? 창밖에서 불이라도 번쩍인 건가? 도통 알 수가 없었다. 하지만 몇 분이 지나자 한 가지는 확실해졌다. 목이 말랐다.

밴은 침대에서 내려와 조용히 문 쪽으로 걸어갔다. 복도는 캄캄했다. 밴은 자다 일어나면 주위부터 살폈다. 워낙 자주 이사를 다녀서 지금 있는 곳이 어디인지 생각해야 했다. 밴은 조심스레 좌우를 살폈다. 왼쪽에 있는 엄마의 침실 문은 닫혀 있었다. 부엌은 오른쪽이었다. 밴은 서둘러 복도를 걸어갔다. 서걱거리는 소리가 들렸다. 밴이 입은 줄무늬 잠옷 바지가 종아리를 부드럽게 스치면서 내는 소리였다.

어두운 부엌에 도시의 불빛이 은빛으로 뿌려져 있었다. 밴은 묵직한 냉장고 문을 열었다. 식당에서 포장해 온 음식들이 선반에 쌓여 있었다. 그 틈에서 오렌지 주스 병을 찾아 들었지만, 컵을 집으려면 식탁 위를 기어올라야 했다. 밴은 주스를 가득 따른 컵을 들고 살금살금 걸어갔다. 거실 피아노 옆을 지나쳐 걸음을 멈춘 곳은 커다란 지붕창 앞이었다.

푹신한 의자에 올라간 밴은 무릎 꿇고 앉은 자세로 차가운 유리창에 이마를 묻었다. 가파르게 경사진 유리창과 이마를 맞대고 있으니 슈퍼 밴처럼 하늘을 날고 있는 기분이 났다. 밴은 어둠이 깔린 거리 위를 날아다녔다. 나무보다 크고, 건물보다 크고, 학교에서 가장 큰 아이들보다 훨씬 큰 느낌이었다. 밴은 발가락을 꼼지락거리면서 컵에 든 오렌지 주스를 홀짝였다.

밤사이 내린 비에 거리 전체가 빛났다. 짙은 어둠 속 바람에 날려 떨어지는 꽃잎들이 가로등 불빛에 반짝거렸다. 택시 한 대가 지나갔다. 이때 밴이 배수로에 고인 물웅덩이를 지켜보고 있었다면 그 위로 작은 별똥별이 깜빡거리는 순간을 놓치지 않았을 것이다. 하지만 밴은 별똥별을 보지 못했고, 그다음에 찾아온 것을 보게 되었다.

밴이 본 것은 뭔가 어두운 것이었다. 그것들은 그림자에서 슬쩍 빠져나오거나 하수구에서 허둥지둥 기어 나왔다. 모퉁이를 돌아 나무둥치 뒤로 몸을 숨기는데 그 움직임이 아주 매끄러워서 밴은 처음에 검은 물이 흘러간다고 생각했다. 하지만 덩어리가 분열하기 시작한 뒤부터는 절대 물이 아니라는 것을 알게 되었다. 작고 까만 동물 수천 마리가 물결처럼 움직이고 있었다. 생쥐, 너구리, 쥐, 박쥐, 새 그리고 밴이 알아보기 힘든 동물도 있었다. 일부는 종종걸음

으로 아파트 현관으로 향했고, 비상계단과 홈통 안으로 기어 들어
갔다. 날개 달린 것들은 창이나 지붕 위로 올라갔다. 밴은 꼼짝하
지 않고 지켜봤다. 날개 달린 동물들은 커튼 사이에서 꼼지락거리
거나 블라인드 틈으로 들어갔다. 문틀 아래로 미끄러지듯 사라졌
던 것들은 몇 초 뒤 다시 나타났다. 홈통 안으로, 출입구 틈으로 재
빠르게 사라졌던 것들도 다시 나타났다. 어떤 것들은 작고 빛나는
불빛을 들고 있었다.

밴은 자세히 보기 위해 눈을 찡그리며 유리창에 최대한 이마를
바짝 붙였다. 동물들은 부리나 입으로 작은 불빛을 물고 서둘러 거
리로 나왔다. 발톱으로 움켜쥔 것들도 있었다. 곧 수십 개의 황금
불빛이 그림자 바다로 흘러들었고, 그 모습이 마치 어두운 강에 모
여드는 반딧불 떼 같았다. 다시 젖은 도로를 휩쓸고 지나간 그림자
와 불빛들은 눈 깜짝할 사이 하수구로 쏟아져 들어갔고, 길모퉁이
를 돌아 처음 나타났을 때처럼 조용히 사라졌다.

오렌지 주스 한 방울이 밴의 손가락을 타고 흘렀다. 창밖 그림자
에 집중하느라 손에 든 것을 잊고 있던 밴은 잔을 똑바로 세워 들
고 다시 유리창에 이마를 묻었다. 거리 풍경은 여느 때와 다름없었
다. 가로등 불빛 아래 차 지붕이 반짝였다. 밴은 그렇게 얼마간 빛
나거나 움직이는 것은 단 하나도 놓치지 않고 지켜봤다. 하지만 젖
은 나뭇잎과 바람에 날리는 과자 포장지 따위가 다였다. 시간이 갈
수록 점점 눈이 시리고 발이 저려 왔다. 밴은 창밖 풍경에서 눈을
뗄 수가 없었지만 결국 의자에서 내려올 수밖에 없었다. 살금살금
복도를 지나 침실로 돌아온 밴은 금세 잠이 들고 말았다.

다음 날 아침 자리에서 일어난 밴은 어젯밤 일이 꿈처럼 느껴졌

다. 재빠르게 움직이던 작은 그림자들이 너무 비현실적이어서 '그
냥 꿈일 거야.' 하고 넘기려고 했지만 뜻대로 되지 않았다.

5
좀도둑

엄마는 고개를 돌려 택시 옆자리에 앉은 밴을 향해 말했다.

"세 시간 뒤에 데리러 올게."

택시 안에 엄마의 목소리가 울렸다.

"선물은 챙겼지?"

밴은 레고 우주선이 든 상자를 들어 보였다.

"좋아. 꼭 모두에게 감사하다고 말하렴, 특히 피터에게. 재미있게 놀아!"

밴은 미적거리며 차에서 내렸다. 거리에 크고 웅장한 4층짜리 석조 주택들이 쭉 늘어서 있었다. 피터의 집도 그중 하나였다. 타고 온 택시가 부르릉 지나갈 때도 여전히 밴은 집을 올려다보고 있었다. 이제 도망칠 수도 없었다. 밴은 다른 아이의 생일 파티에 가본 적이 별로 없었다. 밴과 엄마는 한곳에 오래 머무르지 않았고, 생일을 맞은 아이가 있다는 사실을 알기도 전에 이사를 했다. 밴의 생일 파티에는 주로 엄마가 출연하고 있는 오페라의 가수와 음악가들이 초대되었다. 엄마와 단둘이 보낼 때는 동물원이나 놀이공원에 다녀와서 다시 큰 그릇에 담긴 젤라토를 먹으러 갔다. 밴에게는 최고의 생일이었다. 하지만 지금은 밴 혼자였다.

밴은 넓은 계단을 한 번에 두 개씩 올라갔다. 단단하고 반짝이는 피터네 집 대문은 아주 불친절해 보였다. 대문을 두드리면 갑옷을 두른 거인을 때리는 느낌이 날 것 같았다. 밴은 초인종을 눌렀다. 문이 열리고 나온 사람은 반짝이는 갈색 머리의 젊은 여자였다. 여자가 밴을 내려다보며 미소를 지었다. 밴은 최대한 공손하고 또렷하게 말했다.

"안녕하세요. 저는 밴 마크슨이에요. 생일 파티에 왔어요. 그레이 부인이신가 봐요."

여자가 키득거렸다.

"아냐. 난 피터의 유모야. 아무튼 잘 찾아왔어. 들어와."

밴이 불친절한 문 안으로 들어서자 뒤에서 쾅 소리와 함께 문이 닫혔다. 그 소리에 놀라 움찔하는 바람에 밴은 뒤에 있던 유모가 건넨 말을 알아들을 수가 없었다. 얼핏 '남자애들은 이 층 버터 빵에 있어.'라고 들렸지만 그건 아닐 것 같았다. 유모가 계단을 가리켰다.

"올라가서 같이 놀아."

아, '남자애들은 위층 피터 방에 있어'였구나. 독보다는 좀 낫겠지, 아마.

어디로 갔는지 유모는 그사이 사라지고 없었다. 밴은 마지막으로 심호흡을 한 뒤 조심스럽게 계단을 올랐다. 천장은 높고 나선계단은 계속 위로 이어졌다. 터덜터덜 걸음을 옮기는데 계단 벽에 오페라 공연 사진들이 걸려 있었다. 오페라 가수들이 크게 입을 벌리고 있는 모습이 마치 연못에서 튀어나온 욕심 많은 물고기 같았다. 밴은 물고기가 자신을 집어삼키는 장면을 상상했다.

위층 왼쪽 첫 번째 문은 화장실이었다. 밴은 파티 내내 화장실에 숨어 있는 장면을 상상했다. 피터의 친구 중 하나가 화장실을 쓰려고 들어왔다가 욕조 안에 쭈그리고 있는 자신을 발견하는 상상이었다. 화장실 옆 또 다른 문은 닫혀 있었다. 조심스레 열어 봤더니 선반에 수건이 가득했다. 바로 옆방의 문이 열려 있었다. 알록달록 번쩍이는 불빛과 시끄러운 소리가 복도까지 새 나왔다. 피터의 방이 분명했다. 밴은 그 불빛을 따라갔다. 누군가에게 질질 끌려가는 걸음걸이였다.

방 안에 남자아이 여덟 명이 있었다. 밴은 살금살금 들어갔다. 다들 휙 돌아보는데 달걀판의 달걀처럼 하나같이 무표정했다. 아이들은 잠시 밴을 쳐다보고 다시 고개를 돌렸다. 아무 말이 없었다.

"안녕."

밴이 먼저 인사를 건넸지만 아무도 대답하지 않았다.

"생일 축하해, 피터."

게임 컨트롤러를 들고 있던 밝은 갈색머리의 소년이 "고마워."라고 했지만, 여전히 시선은 게임 화면에 고정되어 있었다.

"잠수용 백팩에 대고 딸꾹질해."

방금 들은 말을 이해하기 위해 밴은 머릿속에서 단어들을 이리저리 옮겨 보았다. 무대 위에서 작은 조각상을 옮길 때와 비슷했다. '코너, 저 백을 집어.' 아니면 '콜린, 저 전투용 백팩을 집어.'였든 상관없었다. 둘 중 뭐든 간에 자신에게 한 말이 아니었다.

밴은 좀 더 안으로 들어갔다. 피터와 세 아이가 컨트롤러를 들고 있었고, 다른 네 명은 카펫에 아무렇게나 다리를 쭉 뻗고 있었다. 밴은 통나무를 포개 놓은 듯 길게 뻗은 다리들을 피해 구석으로 갔다. 침대 끝에 걸터앉아 주위를 둘러보았다. 옅은 회색 벽에는 영화 포스터 액자가 걸려 있었다. 반대쪽 벽 대부분을 차지한 거대한 텔레비전 아래 게임기에 연결된 전선들이 삐져나와 있었다. 침대 위 붙박이 선반에는 온갖 종류의 액션 피겨와 레고 우주선이 잔뜩 늘어서 있었다. 밴은 그중 하나가 아래층에 있는, 반짝이는 파란색 포장지에 싸인 것과 똑같다는 사실을 알아차렸다. '피터에게, 밴이' 라고 쓰인 꼬리표가 달린 것이었다. 밴은 침을 꿀꺽 삼켰다.

화면 속 빨간 불빛이 번쩍거렸다. 밴이 잠깐 주의를 돌린 사이 게임을 하던 아이들 네 명은 지켜보던 아이들에게 컨트롤러를 넘겼다. 밴에게도 기회를 주자고 말하는 아이는 없었다. 밴은 몇 분간 게임 화면을 주시했다. 미래의 군인들이 어두운 사막을 가로지르며 돌진하는 중이었다. 게임 사운드와 아이들이 내는 소리를 구분하기 위해 밴은 애를 써야 했다. 총격이 잦아들자 밴은 정중하게 물었다.

"이 게임 이름이 뭐야?"

아이들 모두 밴에게 등을 돌리고 있었는데, 그중 한 명이 피터의 팔을 쿡 찔렀다. 피터는 홱 돌아보며 밴을 노려보았다.

"나 지금 얘기하는 중이잖아."

피터가 쏘아붙였다.

"오, 몰랐어. 미안."

피터는 대답하지 않고 다시 화면을 주시했다.

밴은 조금씩 이동해 피터의 회색 침대를 넘어갔다. 몸을 숨길 수 있는 선반 쪽으로 다가갔다. 먼저 작은 금속 군인들이 눈에 띄었다. 자잘하게 주름진 군복을 입고 아주 작은 총을 들고 있었다. 작은 얼굴은 살짝 굳은 표정이었다. 다음 칸에 있는 작고 다양한 동물 모형이 눈에 들어왔다. 곰, 수사슴, 수달, 너구리, 그리고 바로 옆에 물음표 모양의 꼬리가 달린 작은 다람쥐가 있었다. 밝은 회색 다람쥐였다.

"감시탑 뒤에 스나이퍼!"

한 아이가 외쳤다.

"화염방사기를 써!"

"아니, 수류탄 발사기를 써!"

다른 아이가 소리쳤다.

무심한 듯 움직이는 손가락이 슬쩍 선반 위로 향했다. 게임에서 큰 폭발음이 났고, 여덟 명의 소년은 환호성을 질렀다. 밴은 다람쥐를 집어 재빠르게 주머니 속에 넣은 다음 아무 일 없다는 듯 다리 위에 손을 올리고 있었다. 심장이 쿵쾅거렸다. 밴은 믿을 수가 없었다.

'내가, 아니 내 손이 이런 일을 하다니.'

여태 밴이 모아 온 것들은 사람들이 잃어버렸거나 깜빡했거나 또는 내버린 물건으로, 모두 밴이 구해 준 것들이었다. 훔친 물건은 단 하나도 없었다. 하지만 밴은 이 다람쥐가 꼭 필요했다. 궁색한 변명 같지만 어쩔 수가 없었다. 피터의 방에는 물건들이 정말 많았다. 선반 위, 방 구석구석 빈 공간마다 물건들이 가득했다. 작은 동물 모형 하나쯤은 없어져도 단번에 알아차리지 못할 것이라고 생각했다. 어쩌면 선반에 놓인 채 몇 년씩 방치되고 무시당했을 다람쥐를 자신이 구해 주는 것이나 다름없다고 생각했다. 밴은 다시 마른침을 삼켰고, 어느새 가슴속에서 울리던 천둥소리가 점점 잦아드는 것을 느꼈다.

"얘들아!"

게임 속 폭탄 소리 때문에 멀리서 외치는 유모의 목소리가 희미했다.

"아래층으로 와서 케이크에 아이스크림을 바르렴!"

유모의 말이 '아래층으로 와서 케이크와 아이스크림을 먹으렴.'이었다고 밴이 미처 깨닫기도 전에 벌떡 일어난 아이들이 문 쪽으로 달려갔다.

"내가 모서리 조각을 먹을 거야!"

누군가가 외쳤다.

"이건 내 파티야. 누가 모서리 조각을 먹을지는 내가 정해."

피터가 말했다.

"내가 먹어도 돼?"

"어쩌면."

피터의 목소리는 점점 작아졌다. 모두 밖으로 나간 뒤 밴도 자리에서 일어났다. 곧이어 주머니 속 다람쥐를 만져 보고 아이들을 따라 계단을 내려갔다.

식탁에는 파티 음식이 차려져 있었다. 아이들이 자리를 잡는 동안 밴은 뒤쪽에 서 있었다. 떠드는 소리 때문에 밴은 머리가 아팠다. 누구 얼굴을 쳐다봐야 할지 몰라 부엌 안을 둘러보았다. 깔끔하게 멋 낸 공간이라 흥미로운 물건은 많지 않았다. 누르는 버튼 방식의 구식 전등 스위치가 눈에 들어왔다. 크리스털 소재의 비스듬한 문손잡이는 거대한 약혼반지 모양이었고, 위아래로 길고 좁게 난 창문 밖으로 담장 안 뒤뜰이 보였다. 열린 창으로 넘어 들어온 자작나무 가지들이 빠르게 움직였다. 마치 손을 흔드는 것처럼 방 안의 이파리들이 펄럭였다.

"대단했어."

소음을 뚫고 누군가의 목소리가 들려왔다.

"그 거리에서 맞추다니, 믿을 수가 없어!"

"오늘이 네 생일인 걸 아는 거지."

주근깨가 있는 남자아이가 말했다.

"그래! 생일 축하해, 죽은 외계인 줄게!"

풍성한 검은 곱슬머리의 남자아이가 한숨을 쉬며 말했다.

"야. 그건 내가 전에 선물로 줬던 거잖아."

다른 아이들이 웃음을 터뜨렸다. 밴은 선물더미를 보자 자신이 가져온 레고 우주선이 떠올랐다. 속이 꼬이는 기분이었다. 다시 열려 있는 창문 쪽으로 시선을 돌렸다. 연약한 나뭇가지가 바람에 흔들리고 있었다.

"여기 있어!"

커다란 케이크를 든 유모가 빠른 걸음으로 들어오며 노래하듯 말했다.

유모가 식탁 중앙에 앉자 아이들은 의자에 올라가 무릎을 꿇은 채로 고개를 쑥 내밀었다. 좀 더 가까이에서 케이크를 보기 위해서였다. 밴은 몇 발짝 뒤로 물러나 지켜보았다. 케이크는 푸른색과 보라색으로 소용돌이치는 은하계 무늬로 장식되어 있었다. 행성 사이를 오가는 우주선들이 하얀 설탕 불꽃을 내뿜고 있었다. 별들 사이로 열두 개의 초가 꽂혀 있었다.

"내가 우주선 먹을래!"

주근깨 남자아이가 외쳤다.

"누가 뭘 먹을지는 내가 정한다고 했잖아."

피터가 말했다.

"좋아, 다들 물러서. 너희한테 불을 붙이긴 싫으니까."

유모가 성냥갑을 집어 들었다. 밴은 그 모습을 보고 엉겁결에 말해 버렸다.

"우리 이럴 게 아니라⋯⋯."

모두가 밴을 노려봤다.

"그⋯⋯ 피터의 아빠가 오실 때까지 기다려야 하는 게 아닐까?"

피터는 얼굴을 찌푸렸다.

"아니."

마치 밴이 케이크에 케첩을 잔뜩 뿌리자고 한 말을 들은 듯한 표정이었다.

"아빠는 일하고 있어. 그래서 유모가 있는 거야."

다른 아이 하나가 코웃음을 쳤다.

"아. 그런 거구나."

밴이 말했다.

"너도 이리 와서 앉아, 댄."

유모가 건성으로 말했다.

밴은 원래 있던 자리에 그대로 있었다. 유모가 성냥을 켜자 모두 다시 소리를 지르기 시작했고, 밴은 살짝 뒤로 물러나 있었다. 식탁 너머로 흔들리는 자작나무 가지가 눈에 들어왔다. 나뭇가지에서 껑충 뛰어내린 은빛 다람쥐가 창문 안으로 들어와 있었다. 창틀에 선 다람쥐의 눈빛이 반짝였다. 꼬리를 씰룩거리더니 식탁 위 샹들리에로 뛰어올랐다. 유모가 초에 불을 붙이자 아이들은 서로의 몸을 밀치며 케이크 주위로 모여들었다. 머리 위 샹들리에에 매달린 다람쥐에게는 아무도 관심이 없었다.

"다들 준비됐니?"

유모가 말하자 아이들은 "생일 축하합니다……." 노래를 시작했다. 입술을 움직이긴 했지만, 밴의 시선은 은빛 다람쥐에게 고정되어 있었다.

"사랑하는 피터, 생일 축하합니다……."

다람쥐의 밝고 까만 눈이 밴을 향했다. 움직이지 않았다. 미동이 없기는 밴도 마찬가지였다. 다람쥐의 눈이 뒤뜰로 향하자 밴의 시선이 따라 움직였다. 익숙한 얼굴이 눈에 들어왔다. 갈색 포니테일 머리를 하고 몸집에 비해 지나치게 헐렁한 코트를 입은 소녀였다. 소녀는 자작나무 둥치에 숨어서 다람쥐를 지켜보고 있었다. 소녀의 눈길이 밴 쪽으로 옮겨 갔다. 소녀의 눈이 한층 커졌다.

"생일 축하해!"

"소원을 빌어!"

유모가 환호성을 질렀다. 피터가 촛불을 끄자 환호가 일었다.

다람쥐가 씰룩거리더니 다시 움직였다. 샹들리에에 뒷다리로 매달린 채 작은 앞발을 뻗어 위로 피어오르는 연기를 낚아챘다. 밴은 그 모습을 놓치지 않았다. 순식간에 일어난 일이었지만 다람쥐가 낚아챈 게 연기가 아니란 것을 깨달았다. 꼬불꼬불 반짝이는 은빛 비단 실 같았다. 다람쥐는 은빛 실을 입에 물고 창문으로 향했다.

오늘은 밴이 스스로에게 두 번이나 놀란 날이었다. 친하지도 않은 아이가 여는, 그것도 처음 보는 아이들이 모이는 파티에 참석한 것으로 부족해 생일을 맞은 아이의 침실에서 모형 다람쥐를 훔치다니. 게다가 지금부터는 자신을 또 한 번 놀라게 할 참이었다. 유모가 케이크를 자르기 전, 생크림이 많은 부분을 누가 먹을지 정하기 전에 밴은 창가 쪽으로 뛰어가 창문을 바깥쪽으로 확 밀었다. 뒤에서 부르는 소리가 들렸지만 누군지 알 수 없었다. 설사 알았다고 해도 밴에게는 중요하지 않았다. 밴의 시선은 여전히 자작나무 뒤에 있는 얼굴을 향했다. 밴은 한쪽 다리를 들어 올렸다. 그다음 두 팔로는 창틀을 짚고 뒤뜰로 뛰어내렸다.

6
스파이 대 스파이

다행히 그다지 높지는 않았다. 축축한 잔디 위로 떨어진 밴은 잠깐 동안 무릎에 통증을 느꼈다. 가장 좋은 바지에 얼룩이 남을 게 분명했지만 밴에게는 나중 문제였다. 창문 밖으로 내다보고 있는 아이들의 시선 또한 밴에게는 관심 밖이었다. 밴은 길 위의 보물들을 찾을 때처럼 눈에 불을 켜고 집중해서 뒤뜰 벽돌 담장을 넘고 있는 갈색 포니테일을 찾아냈다.

"야! 공원에 있던 여자애!"

밴이 외쳤지만 소녀는 돌아보지 않았다.

밴은 튼튼한 시멘트 화분 위로 올라가 벽돌 담장을 넘었다. 뒷골목에 두 발로 착지한 밴은 모형 다람쥐가 무사한지 확인하기 위해 불룩 튀어나온 주머니를 두드렸다. 그동안 진짜 다람쥐는 소녀와 함께 저만치 골목길을 앞서가고 있었다. 달리는 다람쥐의 꼬리가 소녀의 롱 코트 자락을 스쳤다.

"내가 구슬을 줬잖아, 기억 안 나?"

밴이 달리며 외쳤다.

"난 그냥 너랑 얘기만 하고 싶은 거야!"

소녀는 속도를 늦추지 않았다. 막다른 골목에서 왼쪽 길을 택했다. 밴은 여전히 그 뒤를 쫓았다.

"왜 이름을 안 알려 줘? 애나? 엘라? 밥?"

밴이 외쳤다. 진짜 이름과 비슷하게 부르면 혹시 소녀가 돌아볼지 모른다고 생각했다.

"럼펠스틸츠킨이야?"

소녀는 계속 달렸다. 조용한 집들과 바스락거리는 나무들을 지났다. 달릴수록 건물들이 높아졌다. 가게와 식당들이 많아졌다. 걸어가는 사람들도 많아지고 소음도 심해졌지만, 소녀와 다람쥐는 거침이 없었다. 가위로 화장지를 자를 때처럼 인파를 가로질렀다. 밴은 그만큼 매끄럽게 움직이진 못했지만 몸집이 작아서 아무도 밴을 눈치채지 못했다.

"왜 내가…… 헉헉, 널 자꾸…… 헉헉, 만나는 거지?"

밴은 숨이 가빠 헉헉거렸다.

"너…… 헉헉, 설마 날 따라다는 거니?"

마침내 소녀가 뒤돌아보며 말했다.

"내가 널 따라다닌다고?"

밴은 소녀가 소리치는 것을 들었다.

"물론…… 지금은 아니야."

횡단보도에서 소녀의 뒤를 따라가던 밴은 여전히 헉헉댔다.

"하지만…… 헉헉, 우연의 일치일 순 없어. 이런 대도시에서……

헉헉, 너랑 계속 마주친다는 게."

소녀가 다시 뒤를 돌았다. 밴은 헐떡이고 있고, 차 소리가 요란했다. 두 사람 사이에 세찬 바람까지 불었지만, 밴이 알아들을 수 있을 정도로 소녀는 또렷하게 말했다.

"넌…… 날 볼 수 없어!"

그러자 밴도 소리쳤다.

"난 볼 수 있어! 넌 전처럼 짙은 녹색 코트를 입고 있어. 네 오른쪽 신발 바닥에는 감자튀김이 달라붙어 있어. 그리고……."

갑자기 사라진 소녀 때문에 밴은 말문이 막혔다. 연기는커녕 길바닥에 문이 있는 것도 아닌데 그냥 사라지다니, 그것도 다람쥐와 함께. 소녀와 다람쥐가 있던 자리는 텅 비어 있었다. 달려가 사방을 살피는데 바로 뒤에 밝은 네온사인이 켜진 가게가 있었다. '이국적 반려동물'이란 가게 이름 주위로 번쩍이는 네온 불빛이 흘렀다. 가게 안 통유리 너머는 고급 화장실 벽을 장식한 타일처럼 매끄러운 피부를 가진 카멜레온과 아놀도마뱀, 뱀이 든 통들로 가득했다. 수조에서는 공기 방울이 솟아났다. 높이 달린 새장 속에 멋진 깃털을 가진 앵무새들이 보였다. 커다란 우리 안에 가시가 있긴 했지만 햄스터처럼 보이는 것들이 있었다. 소녀와 다람쥐는 보이지 않았다.

그 옆, 옆집은 빵집이었다. 창문 너머, 딸기를 얹은 초코케이크들이 종이 레이스 위에 진열되어 있었다. 부서지기 쉬운 파스텔 빛깔의 마카롱들이 피라미드 모양으로 쌓여 있고, 그 뒤에 설탕으로 만든 장미로 장식한 컵케이크가 반짝거렸다. 열린 문을 통해 흘러나오는 따뜻하고 달콤한 냄새에 취해 정신이 혼미해질 정도였다. 밴은 달콤한 향에 정신이 팔려 하마터면 자신이 찾고 있던 게 뭐였는지도 잊어버릴 뻔했다.

'그 소녀! 그 소녀를 찾아야 해. 혹시 빵집이나 동물 가게로 들어 갔을까?'

밴은 살짝 뒤로 물러나며 고민했다.

'빵집 아니면 동물 가게?'

밴은 입술을 깨물었다. 동물 가게일까, 빵집일까 고민하던 중 처음으로 두 가게 사이에 끼인 건물을 보게 되었다. 사무실처럼 보였다. 작고 회색빛이 돌았다. 빈 건물 같았다. 하나뿐인 창문에는 플라스틱 블라인드가 쳐져 있었다. 문 옆으로 '도시 수집 대행사'라고 쓰인 밋밋한 간판이 달려 있었다. 대부분의 사람들은 이런 곳이 있는지 알아차리기 힘든 곳이었다.

밴 역시 그냥 지나칠 뻔했지만.

마치 보이지 않는 손에 이끌리듯 우중충한 사무실 문 쪽으로 어색하게 다가갔다. 손잡이를 돌리자 문이 휙 열렸다. 사무실 안은 어두웠다. 블라인드 틈으로 햇빛이 아주 조금 새어 들어왔다. 밴은 어둠에 익숙해졌다. 어두운 사무실 안이 텅 비어 있었다. 책상도, 서류 캐비닛도…… 가구가 전혀 없었다. 벽을 더듬었지만 전등 스위치를 찾을 수 없었다. 공기 중에 오래된 종이와 향료, 초를 태운 연기 냄새 같은 묘한 냄새가 떠돌았다.

밴은 조심스럽게 카펫 위를 걸어갔다. 막다른 벽에 반쯤 가려진 회색 문 하나가 보였다. 밴은 악취를 풍기는 작은 화장실이나 텅 빈 벽장을 생각하고 문 손잡이를 돌렸다. 문이 열리자 밴은 헉하고 숨을 들이켰다. 문이 열리고 나타난 것은 가파른 돌계단이었다. 끝이 보이지 않을 정도로 긴 계단이 아래로 쭉 이어졌다. 중간부터는 너무 어두워져서 끝없이 이어질 것만 같았다. 그리고 저 아래, 이 우중충한 사무실 아래 저 깊은 어딘가에서, 이 도시의 거리 아래 멀리 떨어진 곳에서부터 녹색 불빛이 새 나오고 있었다. 어디선가 불어온 한 줄기 바람에 밴의 머리카락이 살짝 흔들렸다. 바람에는 향신료와 연기 냄새가 실려 있었다. 밴은 조심스레 계단으로 다가갔다. 무거운 문이 쿵 하고 닫혔다. 밴은 어둠 속을 천천히, 조용히 살금살금 움직이며 푸르른 녹색 불빛을 향해 내려갔다.

7
지하

오래된 종이와 연기 냄새가 강해졌다. 불빛은 더욱 밝아졌다. 숨을 죽이고 조심조심 계단 끝까지 내려간 밴은 차가운 석벽에 등을 기댄 채 안을 들여다보았다.

밴은 거대한 지하 방 가장자리에 서 있었다. 바닥과 벽, 높은 아치형 천장은 밝은 녹색 타일로 덮여 있었다. 밴은 비슷한 느낌의 지하철 플랫폼을 떠올렸지만 지금 있는 곳에는 기차나 철로가 없었다. 지금껏 봐 왔던 그 어떤 지하철역보다 열 배는 더 커 보였다. 천장에는 녹색과 황금색으로 빛나는 유리 꽃잎이 달린 튤립 모양의 램프들이 줄지어 매달려 있었다. 비둘기 떼가 뒤뚱뒤뚱 돌바닥 위를 걸어 다녔고, 몇몇 쥐를 따라 바삐 움직이는 쥐들의 흐름이 계속 이어졌다. 소녀와 다람쥐는 그 어디에도 없었지만 밴은 느낌으로 알았다. 조금 전까지 그들이 이곳에 머물렀음을. 소녀와 다람쥐가 지나간 자리에 발을 딛고 서 있는 느낌이었다. 정면에 보이는 녹

47

색 돌난간 뒤에 있는 또 다른 계단이 눈에 들어왔다. 밴은 서둘러 난간으로 가 목을 쭉 뺐다. 발아래 펼쳐진 것은 거대한 크기의 구멍이었다. 땅 속으로 움푹 꺼진 구멍은 깊디깊었고, 밴을 향해 속삭이는 듯했다. 그 깊이를 짐작하기 어지러울 정도였고 무척이나 어두웠다. 벽에 설치된 나선형 계단이 구멍 아래로 이어졌다. 계단참의 입구는 또 다른 지하실로 이어졌고, 또다시 경사가 심한 계단이 나타났다. 아래를 내려다보니 바닥은 보이지 않았다. 다람쥐와 다니는 소녀가 저 아래 어딘가에 있는 게 분명했다. 밴은 부르르 온몸을 떨었다. 더 깊은 곳으로, 빛과 낮이 있는 익숙한 곳에서 어둡고 보이지 않는 곳으로 내려간다고 생각하니 낮고 끔찍한 윙윙거리는 소리가 머릿속을 가득 채웠다. 밴은 난간을 꽉 붙들었다.

'내가 지금 여기서 뭘 하고 있는 거지? 나랑 말도 섞기 싫어하는 여자아이를 쫓아서, 거대한 하수구인지 역인지 방공호인지도 모르는 곳으로 내려간다니. 대체 무슨 생각인 거야.'

누군가의 눈에 띄기 전에 계단을 다시 뛰어 올라가 햇빛 속으로 돌아가야 했다. 피터의 집으로 돌아가는 길도 찾고.

'그리고 뭐?'

밴의 주머니에서 상상의 목소리가 들려왔다.

'아무 일도 없던 것처럼 그 끔찍한 파티에 돌아가라고? 소녀와 다람쥐를 본 걸 잊어버리고? 여기가 어떤 곳인지 영영 모르고 지내라고?'

밴은 주머니에 손을 넣어 모형 다람쥐를 꽉 쥐었다.

'여기까지 왔으니 조금 더 멀리 갈 수 있어.'

마음이 바뀔까 봐 밴은 서둘러 계단을 내려가기 시작했다. 한 손으로 단단히 난간을 잡고 내려가는 동안 계단 아래를 떠올리지 않으려고 했다. 다른 한 손으로는 작은 모형 다람쥐를 꼭 쥐었다. 조심조심 발걸음을 옮겼다. 밴의 발소리가 차가운 공기 중에 울려 퍼졌다.

밴이 걸음을 늦춘 곳은 첫 번째 계단참이었다. 밴의 키보다 두 배는 더 높은 아치형 입구가 나왔다. 아치 위 녹색 돌에 길쭉한 검정 글씨로 '지도'라고 쓰여 있었다. 밴은 안으로 들어갔다. 위에서 본 방만큼이나 커다란 방이었다. 바닥과 천장 또한 똑같은 녹색이었고 똑같은 꽃잎이 달린 유리 램프에 불이 들어와 있었다. 벽지가 너무 낡아서 군데군데 벗겨진 채로 여러 겹 붙어 있다고 생각했는데 가까이 다가가 보니 벽지가 아니라 지도였다. 나무와 집이 그려진 지도, 격자무늬 줄이 그어져 있는 지도, 알 수 없는 소용돌이만 그려진 지도 등 온갖 지도가 다 있었다.

방 중앙에 놓인 테이블 주변에 검정 롱 코트를 입은 몇몇 사람이 모여 있었다. 고개 숙인 사람들 가운데 어깨에 다람쥐를 태우고 있는 소녀는 없었다. 사람들은 커다란 종이를 가리키고 있었다. 그런데 그중 한 명이 갑자기 돌아서더니 밴 쪽으로 성큼성큼 걸어왔다. 밴은 그림자 속으로 얼른 몸을 숨겼다. 숨죽인 밴의 어깨가 벽에 닿자마자 검은색 롱 코트를 입은 남자가 그 앞을 휙 지나갔다. 남자의 어깨 위에 앉은 올빼미의 반짝이는 검은 눈을 볼 수 있을 정도였다. 문을 나간 남자는 계단을 내려갔다. 올빼미와 남자가 멀리 사라졌다고 확신하고 밴이 조심스레 다시 계단참으로 나온 순간, 아래쪽에 헐렁한 녹색 코트와 밝은 회색 털 뭉치 꼬리가 보였다. 그 둘은 다른 아치 입구로 들어가고 있었다. 밴은 계단을 마구 뛰어 내려갔다. 공기가 점점 차가워졌다. 연기와 향신료 냄새는 더욱 강해졌고, 저 아래의 어둠이 밴의 주변으로 솟아오르는 것 같았다. 어둠은 안개처럼 가볍게 밴의 피부 위로 소용돌이쳤다.

밴이 다음 계단참에 이르자 아치 입구가 나타났다. 마치 입을 딱 벌리고 기다리고 있던 것처럼 눈앞에 나타난 아치문 위에 '달력'이란 글자가 새겨져 있었다. 밴은 안으로 뛰어 들어갔다. 이전 지도 방보다 복잡해졌을 뿐 방 크기는 동일했다. 아치형 천장이나 석벽까지 똑같았다. 방 안에는 책장들이 가득했는데, 짙은 색 코트를 입은 사람들이 무수히 늘어선 책장들 사이를 오가면서 책을 꺼냈다가 다시 꽂았다. 밴은 방 이름으로 달력보다 도서관이 더 어울린다고 생각했다. 책장 사이를 살금살금 지나가는데 모든 책이 다 똑같았다. 하나같이 크고 평범해 보이는 책들은 검은 가죽에 싸여 있었다. 책등에 새겨진 작은 글씨만 빼고는 완전히 똑같았다. 밴은 가장 가까운 책장의 책들을 훑어보았다.

5월 11일-Da. 5월 11일-Dal. 5월 11일-De.

밴이 그중 한 권을 꺼내려는데 언뜻 밝은색 털 뭉치가 보였다. 책장 사이에 소녀가 있었다. 다람쥐와 다니는 소녀는 바로 옆줄에서 서두르고 있었다. 소녀를 놓치지 않기 위해 밴도 옆으로 재빠르게 움직였다. 그 소녀가 분명했다. 이끼색 눈동자에 머리를 대충 하나로 묶은 소녀는 방 끝까지 성큼성큼 걸어갔다. 소녀가 향한 커다란 나무 책상 앞에 한 남자가 앉아 있었다. 책장 끄트머리에 있던 밴은 주위를 살피며 종종걸음으로 그 뒤를 따랐다. 커다란 책상 앞의 남자는 철회색 긴 머리를 하고 있었다. 섬세한 이목구비를 가진 남자였다. 남자가 뭔가를 말하면 소녀가 대답했다. 몸을 숙인 채 검은색 대형 책에 뭔가를 적고 있는 남자의 오른쪽 귓불에 작은 박쥐 한 마리가 매달려 자고 있었다. 소녀가 다시 말했다. '기다려.' 아니면 '그럴 만하다.'라고 한 것 같았다. 남자가 한 말은 '아주 좋아.'와 비슷했다. 소녀는 휙 하고 몸을 돌려 뛰어갔다. 밴도 돌아서서 소녀를 따라가려 했지만, 실내에는 짙은 색 롱 코트를 입고 줄지어 서 있는 사람들이 가득했다. 밴은 눈에 띄지 않기 위해 몸을 숙였다. 밴이 문 앞에 다다랐을 때 소녀는 이미 사라지고 없었다. 아래로 내려간 뒤였다. 밴은 계단참에 멈춰 섰다. 춥고 어두웠다. 내려갈수록 더욱 어두워지고 점점 추워질 게 분명했다. 밴은 두 손을 꽉 쥐었다.

'슈퍼 밴이라면 어떻게 할까? 아마 계속 내려가겠지. 이 계단을 곧장 내려간 다음 슈퍼 밴은 모든 걸 알아낼 거야. 슈퍼 밴의 도움을 필요로 하는 일들을 다 해결하기 전까지는 멈추지 않을 거야.'

밴은 다시 움직였다. 공기가 점점 더 차가워졌다. 한층 짙은 어둠이 진흙처럼 얼굴에 들러붙었다. 밴은 어둠을 좋아하지 않았다. 소리를 완벽하게 듣지 못하는 만큼 눈으로 볼 수 있는 것은 다 보고 싶었다. 그러다 보니 밴은 다른 사람이 보지 못하는 것을 볼 때가 많았고, 때때로 그런 것들을 위안 삼았다. 어둠 속에서 밴은 안전하지 않았다. 괜스레 작아진 동시에 모든 능력을 빼앗긴 슈퍼 밴이 된 기분이었다. 게다가 이곳 어둠 속에는 뭔가가 있었다. 새나 박쥐처럼 작고 검은 형체들이 잽싸게 움직이면서 주위를 돌아다녔다. 한 번은 목 주변을 스치고 지나가는 날갯짓이 있었다. 밴은 확실히 느껐다. 그리고 잠시 뒤에는 길고 가느다란 다리 달린 무언가가 머리 위를 기어 다니는 듯했다. 밴이 한 손으로 찰싹 때려 봤지만 아무것도 없었다.

그 소리가 맨 처음 들리기 시작했을 때 밴은 상상 속 소리라고 생각했다. 하지만 점점 더 커졌고, 밴은 그 소리가 진짜라고 생각했다. 크게 윙윙거리며 으르렁대는 소리였다. 울부짖는 끔찍한 소리였다. 부르르 벽이 떨렸다. 윙윙거리는 소리가 발바닥을 통과해 몸속으로 파고들었다. 누가 내는 소리인지 알 수 없었지만, 아주 깊은 곳에서 들려오는 것 같았다. 밴은 온몸으로 느꼈다. 발가락부터 무릎, 척추에 이어 내장기관까지 당장 몸을 돌려 계단 위로 뛰어올라가고 싶어 했다. 그 끔찍한 소리와 추위 그리고 어둠으로부터 멀어지고 싶었던 밴은 난간을 붙든 채 심호흡했다. 그러자 한 걸음 더 내딛을 용기가 생길 정도로 마음이 가라앉았고, 갑자기 환한 은색 불빛이 쏟아졌다. 실눈을 뜨고 바라보는 밴 앞에 다른 아치문이 있었다. 이전에 비해 높이와 너비가 두 배나 되는 입구였다. 밴은 아치 위에 새겨진 단어를 읽었다. 머리부터 발끝까지 오싹해지는 기분이었다.

수집품

밴은 남은 계단을 쏜살같이 내려갔다. 입구로 들어가자 쏟아지던 은색 불빛이 사라지고 있었다. 거대한 나무 문이 빠른 속도로 닫히고 있는데 문틈 사이로 불빛이 새 나오고 있었다. 실루엣 하나가 문 안으로 사라지고 있었다. 실루엣 어깨 위로 다람쥐가 보였다.

두 번 생각할 겨를이 없었다. 문이 닫히기 전 서둘러야 했다. 밴은
소녀의 뒤를 따라 거침없이 질주했다.

8
수집품

　이번 방은 밴이 이제까지 봤던 모든 방이 작다고 느낄 만큼 엄청나게 큰 방이었다. 밴이 지금껏 가본 그 어떤 대성당, 콘서트홀보다 규모가 컸다. 저 멀리 쭉 뻗은 돌바닥은 점점 좁아지는 카펫처럼 보였고, 너무 높은 벽은 안쪽으로 기울어진 것처럼 느껴졌다. 여느 방과 달리 천장에는 유리조각 모자이크가 붙어 있었다. 그곳으로 은색 불빛이 들어왔다. 밴은 방의 크기와 불빛은 물론이고 방 안에 가득 찬 금속, 향료, 연기 냄새 때문에 어지러웠지만 그럴수록 집중해서 보기 위해 애를 썼다.

　층고가 높은 벽에는 선반들이 가득했는데 그 높이가 천장에 닿을 정도였다. 선반까지 올라가는 사다리와 돋움대, 철제 나선계단이 솟아 있고, 거미줄처럼 이리저리 가로지르며 교차하는 금속 가름대들이 보였다. 짙은 색 코트를 입은 사람들이 사다리를 바쁘게 오르내렸고, 밑에서는 그보다 더 많은 수의 사람들이 수첩에 뭔가를 끼적이거나 끈 달린 꼬리표에 뭔가를 메모하고 있었다. 사람들이 쓴 메모는 모양, 크기, 색깔이 다 다른 온갖 종류의 유리병에 붙었다. 선반 가득 놓인 것들이 바로 그런 병들이었다. 녹색, 청록색, 남색 병들이 반짝거렸다. 먼지가 잔뜩 쌓인 병, 우유 통만큼 큰 병, 입속에 들어갈 정도로 작은 병 모두 눈이 부실 정도로 반짝거렸다. 밴은 병 안의 내용물이 뭔지 궁금했지만 알아보기 힘들었다. 미처 다가가 확인할 새도 없었다. 다람쥐와 소녀가 어느새 방 한가운데로 달려가고 있었다. 밴은 계단과 사다리 뒤에 몸을 숨기고 눈으로는 소녀의 뒤를 쫓았다. 짙은 색 코트를 입은 사람들은 아무도 알아채지 못한 것 같았다.

밴이 나선계단 뒤에서 지켜보는 동안 소녀는 높은 단 쪽으로 다가갔다. 황제펭귄만큼 작은 체구의 남자가 있었다. 안경 쓴 남자는 커다란 책을 펼쳐 놓고 뭔가를 쓰고 있었다. 소녀는 단 앞에 멈춰 섰고, 펭귄만큼 작은 남자가 소녀를 향해 고개를 끄덕였다. 소녀가 오른쪽 테이블 뒤 짙은 색 코트를 입은 여자에게 작고 부드러운 은색 물건을 건넸다. 여자가 은색 물건을 받아 푸른 유리병에 넣자 옆에 있던 남자가 유리병 목에 꼬리표를 달았다. 옷깃에 주머니쥐처럼 생긴 동물을 두른 여자는 그 유리병을 들고 방 뒤편으로 서둘러 뛰어갔다. 밴은 여자가 든 병을 주시하면서 옆으로 종종걸음을 쳤다. 바닥에 쌓인 1센트짜리 녹슨 동전 무더기와 작은 뼛조각 무더기를 돌아간 여자는 아래쪽 선반에 유리병을 내려놓았다. 밴은 여자가 돌아가기를 기다렸다가 가까이 다가갔다. 선반의 병들은 밴의 손만큼 작았다. 색깔이 있거나 얼음처럼 투명한 병이 있었다. 깨끗한 병이 있는가 하면 먼지를 잔뜩 뒤집어쓴 병도 있었다. 에메랄드빛 녹색 병들은 음식을 담는 원통형 유리병처럼 생겼는데, 병마다 작은 석탄 모양의 금빛 나는 것들이 들어 있었다. 어느 녹색 병에 달린 꼬리표에는 '엘리자베스 오코넬. 1900년 8월 12일. 페르세우스자리 유성군'이라고 쓰여 있었다. 검은색 잉크의 빛바랜 글씨였다. 먼지가 두껍게 쌓인 병 안에서 금색 석탄이 빛나고 있었지만 밴이 찾는 것은 다른 병이었다.

드디어 밴은 찾고 있던 병을 발견했다. 바로 앞 선반 끄트머리에서 반짝거리고 있는 작은 남색 병이었다. 은색 연기 가닥이 병 안에서 천천히 휘돌고 있었다. 밴은 병에 달린 꼬리표를 읽었다. 그리고 제대로 봤는지 확실히 하기 위해 또 한 번 확인했다.

피터 그레이. 4월 8일. 열두 번째 생일.

밴은 생일 파티의 마지막 장면을 다시 떠올렸다. 우주선 케이크, 촛불을 끄던 피터, 은빛 연기 가닥을 물고 있던 다람쥐. 밴이 병에 손을 뻗자 은빛 가닥은 더 빨리 돌았다. 공원에 묻혀 있던 우주인의 팔 같았다. 밴이 발견하고 구출한 것들과 비슷했다. 잊히고 무시당한 채 버려진 모든 작은 물건들. 이것 또한 밴을 기다리고 있었다.

밴은 유심히 지켜본 사람만 알 수 있을 정도로 천천히 병을 집어 들었다. 그리고 모형 다람쥐가 들어 있는 주머니 속에 넣으려고 하는데 갑자기 어깨가 묵직했다. 누군가 어깨에 손을 올린 듯했다.

"너, 여기서 뭐하는 거야?"

오른쪽 귓가에서 나는 소리였다. 밴은 소리 난 쪽으로 고개를 휙 돌렸지만 아무도 없었다. 풍성한 꼬리털을 가진 은빛 다람쥐가 눈을 반짝거리면서 지켜볼 뿐이었다.

"뭐?"

밴이 속삭이자 다람쥐가 눈을 깜빡였다.

"뭐라니?"

"너 방금, '너, 여기서 뭐하는 거야?'라고 했어?"

"어쩌면. 아마도."

다람쥐의 시선이 반짝이는 병으로 향했다.

"오, 파란색이네! 파란색은 내가 제일 좋아하는 색깔이야. 초록색이랑 갈색, 분홍색, 파랑. 오, 봐! 파란색이야!"

밴은 숨이 막히고 온몸이 떨려 왔다. 방금 다람쥐가 말을 걸었고, 다람쥐의 말소리가 또렷하다 못해 마치 머릿속에서 들리는 것 같았다. 둘 다 있을 수 없는 일이었지만 어느 쪽이 더 그런지는 알 수 없었다.

"내가 지금 상상하고 있는 건가? 주머니 속 다람쥐가 하는 말을 들었다고 상상하는 건가?"

밴은 계속 속삭이듯 말했다. 다람쥐가 놀란 표정으로 말했다.

"네 주머니 속에 다람쥐가 있어?"

"그게……."

"누군데? 코넬리우스? 걔가 좀 작긴 하지. 아니면 엘리자베타? 바나벨트? 잠깐, 아니, 바나벨트는 나잖아. 그럼 코넬리우스야?"

"너…… 너 정말로 말하고 있는 거야?"

밴은 참았던 숨을 내쉬며 말했다.

"내가 말하는 게 아냐. 네가 듣고 있는 거지."

다람쥐가 고개를 갸웃했다. 작은 코가 살짝 떨렸다.

"팝콘 냄새 안 나?"

"뭐라고?"

"누가 소원으로 팝콘을 빌었나 봐. 나도 좋아하는데."

다람쥐의 시선이 다시 밴을 향했다.

"야! 너 그 병으로 뭐하고 있던 거야?"

밴은 얼떨결에 손으로 주머니를 가렸다. 내가 범인이라고 말한 것이나 마찬가지였다.

"무슨 병?"

"네 주머니에 있는 병, 코넬리우스랑 같이 들어 있는 병."

"아, 나는……."

밴은 말을 더듬거렸다.

"내 친구 거거든. 친구를 위해서 안전하게 지키는 것뿐이야."

"하지만 페블이 말하기론……."

"매다!"

잠깐 동안 몸이 뻣뻣해졌던 다람쥐가 이내 소리를 지르며 밴의 옷깃 안으로 파고들었다. 밴은 위를 올려다보았다. 커다란 날개를 가진 새가 머리 위를 날고 있었다. 줄지어 늘어선 유리병들 위로 새 그림자가 드리워졌다. 매가 시야에서 사라질 때까지 기다린 다람쥐가 밴의 옷깃 안에서 나왔다.

"나는 매가 싫어."

밴의 어깨 위로 올라가던 다람쥐가 금세 다시 뻣뻣해졌다.

"페블!"

그 소리에 놀란 밴이 뒤를 돌아보았다. 포니테일 소녀가 입을 딱 벌린 채 서 있었다. 동그란 눈이 마치 녹색 동전 같았다.

"페블! 만나서 정말 반가워! 오랜만이야!"

다람쥐가 마구 지껄였지만 페블은 아무 말이 없었다. 밴의 눈을 빤히 바라보기만 했다. 밴도 마주 보았다. 두 사람이 서로를 너무 오랫동안 노려보고 있던 나머지 다람쥐 바나벨트는 다른 데 정신을 팔기 시작했고, 요란하게 발톱을 다듬기 시작했다.

"너, 여기서 뭐하는 거야?"

"넌 여기서 뭐하는 거야?"

페블과 밴이 거의 동시에 내뱉었다.

"여기 있는 사람들은 다 뭐하고 있는 거야? 왜 낡은 동전이랑 생일 케이크의 촛불 연기를 모아?"

페블의 눈이 더욱 커졌다. 밴은 페블의 어깨 너머로 단상에 서 있는 남자가 주머니에서 동전 한 줌을 꺼내는 것을 보았다. 남자가 작은 빛을 다른 남자에게 건네자 빛이 녹색으로 깜빡였다. 남자는 건네받은 빛을 밝은 파란색 병에 하나씩 넣고 코르크 마개로 입구를 막았다. 조금 전 주머니에서 동전을 꺼냈던 남자는 동전들을 내던지고 성큼성큼 사라졌다.

"분명히 팝콘 냄새가 나는 것 같은데. 냄새 안 나?"

밴의 귓가에서 작은 목소리가 말했다.

"아니, 바나벨트."

페블과 밴이 동시에 말했다. 페블은 눈썹을 확 치켜세웠고 밴은 숨을 훅 들이쉬었다. 밴은 움직이는 것은 고사하고 뭐부터 물어봐야 할지 몰랐다. 페블이 먼저 손을 뻗어 밴의 팔을 붙잡았다.

"넌 당장 여기서 나가야 돼."

페블이 거친 목소리로 말했다. 페블은 밴의 팔을 꽉 움켜쥐고 문 쪽으로 향했다.

"왜?"

끌려가면서 밴이 물었다. 다람쥐 바나벨트는 여전히 밴의 어깨에 매달려 있었다.

"왜 내가 여기 있으면 안 되는데?"

"누가 볼 수도 있으니까. 여태 널 못 봤다니 믿을 수가 없어."

"날 보면 어떻게 되는데?"

"몰라. 하지만 안 좋을 거야."

페블은 밴을 끌고 문밖 어두운 계단으로 나갔다. 밴은 비틀거리며 페블을 따라 계단을 올라갔다.

"저들이 날 해칠까?"

페블이 잠시 걸음을 멈추자 밴은 가슴이 철렁했다. 페블은 더 빨리 움직이며 밴이 알아들을 수 없게 중얼거렸다.

"그래! 가자!"

다람쥐가 밴의 어깨 위에서 환호했다.

"이랴!"

"난 아무 짓도 안 했어."

거의 맞는 말이긴 했지만 주머니에 든 병을 생각하자 밴은 또 한 번 가슴이 철렁했다.

"난 그냥 보기만 했어."

"그것만으로도 나빠!"

어둠 속에서 페블의 목소리가 메아리쳤다.

"…… 이건, 아무나 보면 안 되는 거라고!"

"왜 안 돼? 너는 뭘……."

갑작스러운 함성 소리가 들려와 밴의 목소리가 묻혔다. 끔찍한 소리가 다시 요란하게 들려왔다. 윙윙 울어대는 소리가 어둠과 밴의 머릿속을 가득 채웠다. 계단이 흔들리기 시작했다. 밴은 페블에게 잡힌 팔을 휙 빼내 돌난간을 붙잡았다. 진동이 느껴졌다. 밴은 눈을 꼭 감고 꽉 붙잡았다. 다행히 떨림은 점점 줄어들었고 마침내 소리까지 잦아들었다. 차가운 공기도 차분히 가라앉았다. 밴은 난간에서 손을 떼고 바로 옆에 서 있는 페블을 올려다보았다.

"저게 뭐야?"

페블은 눈을 깜빡였다.

"뭐가 뭐냐는 거야?"

"저 소리."

"무슨 소리?"

"너도 분명 들었을 텐데. 크고 으르렁대는, 울부짖는 소리!"

밴은 페블을 바라보다가 바나벨트에게 시선을 돌렸다. 마주 보던 바나벨트가 껑충 뛰어서 페블의 어깨로 옮겨 갔다.

"아래쪽에서 나는 소리 같아."

밴은 난간 위로 몸을 기울였다. 아래쪽에는 끝없이 텅 빈 어둠만 있었다.

"이 아래에 기차 터널 같은 게 있어? 아니면 거대한 동물?"

페블이 긴장한 목소리로 말했다.

"네가 무슨 말을 하는지 모르겠어."

"그 소리 말이야. 난 느꼈어. 난……."

밴은 성난 사람처럼 몸을 휙 돌렸다. 그런데 페블만 있는 게 아니었다. 짙은 색 롱 코트를 입은 사람들이 밴을 둘러싸고 있었다.

누군가 밴의 팔을 잡았고, 밴은 커다란 검은 새와 눈이 마주쳤다. 새에게 어깨를 내준 사람은 덩치 큰 남자였다. 짙은 눈동자의 남자는 까만색 긴 머리를 하고 있었다. 스트랩과 갈고리, 작은 가죽 가방이 잔뜩 달린 코트를 입고 쇄골 바로 아래 무섭게 생긴 칼을 차고 있었다. 남자가 밴의 셔츠를 잡고 들어 올리며 말했다.

"꼬마야, 넌 심각한 실수를 했다."

남자의 목소리는 낮고 단호했다.

9
심각한 실수

밴은 생전 그렇게 빨리 계단을 올라가 본 적이 없었다. 몇몇 손에 단단히 붙들린 채 계단을 올라갔다. 그들은 밴의 옷깃을 잡아 끌고 계단을 올라가 검은색 대형 책들이 있는 '달력 방'으로 데려갔다. 사람들에게 둘러싸이기 직전, 밴은 마지막으로 페블과 바나벨트를 바라보며 이 문제를 해결할 수 있는 말들을 떠올렸지만, 뿔뿔이 흩어져 날아가는 비둘기들처럼 이내 잡을 수 없는 곳으로 멀어져 갔다.

밴은 돌로 이루어진 큰 달력 방 한가운데로 끌려갔다. 사람들이 한꺼번에 떠드는 소리가 들려왔다. 누군가는 '평범한 소년'이라고 했고, 누군가는 '길을 찾을 수 없었을 것'이란 말을 외쳤다. 어깨에 갈까마귀가 앉아 있는 덩치 큰 남자는 '위험'인지 '시험'인지 '엄벌'인지 모를 말들을 으르렁거리듯 내뱉었다. 사람들은 더 많아졌고, 우겨대는 목소리는 더욱 커졌다. 밴은 붙잡을 데라곤 전혀 없는 끈

63

끈한 암흑 속으로 가라앉는 기분이었다. 눈을 감았다. 목소리들이 사라졌다. 밴은 노랫가락을 흥얼거리기 시작했다. 몇 년 전 직접 작곡한 짧은 멜로디였다. 슈퍼 밴 주제가라고 생각하며 머릿속을 채울 수 있을 정도로 흥얼거렸다.

단 다단 단…… 단 다단…….

밴에게서 멀어진 소리들이 서로를 향해 외쳐댔다.

밴은 얼굴에서 동물의 앞발이나 수염 같은 촉감을 느꼈다. 뭔가가 킁킁거렸다. 부드러운 털이 정강이를 문질렀다. 그때 갑자기 어른 두 명이 서로를 밀치기 시작했고, 뭔가가 밴의 어깨에 쿵 부딪혔다.

"그만!"

누군가 외쳤다. 밴은 다시 옷깃을 잡혔다. 눈을 떠 보니 바로 앞에 덩치 큰 남자가 있었다. 남자의 어깨에 앉은 갈까마귀가 날개를 씰룩였다.

"논의는 이제 그만! 내가 보관소로 데려가겠어!"

남자가 사람들에게 소리쳤다.

"놔줘, 잭."

저음의 또렷한 목소리였다. 순식간에 조용해졌다. 덩치 큰 남자가 양손으로 잡고 있는 탓에 어디서 나는 소린지 돌아볼 순 없었지만, 밴은 똑똑히 들었다.

"기껏해야 23킬로그램밖에 안 되겠군."

낮고 차분한 목소리가 말을 이어 갔다.

"26킬로그램이에요."

밴이 기어들어 가는 소리로 말했다.

"26킬로그램이라."

저음의 목소리가 밴의 말을 되뇌었다.

"이 아이가 정말 도망칠 거라고 생각해?"

"도마아앙! 아이이."

갈까마귀가 악을 썼다.

"이 아이가 우리를 보잖아. 여기까지 내려온 걸 아무도 눈치채지 못했어. 얘는 뭐지?"

잭이라는 남자가 말했다.

"나도 모르겠어. 직접 들어보는 게 어때? 이제 풀어 줘, 잭."

낮고 맑은 목소리가 말했다. 밴은 아주 천천히 다시 바닥으로 내려왔다. 잭이 옷깃을 놓아주자 밴은 방향 감각을 잃고 비틀거렸다. 눈앞이 빙빙 돌았다. 비틀거리며 뒷걸음질하는데 처음으로 주변 풍경이 눈에 들어왔다.

수십 명의 사람들이 밴을 둘러싸고 있었다. 다들 똑같은 옷을 입고 있었다. 주머니와 갈고리, 단추가 많이 달린 짙은 색의 롱 코트를 입었는데 주머니 달린 가죽 끈을 옆으로 메고 있는 사람들이 보였다. 무리에는 남녀가 섞여 있었다. 헤어스타일과 피부색이 다양했고 물웅덩이처럼 빛나는 눈을 가지고 있었다. 윤기 나는 머릿결을 가진 여자의 목에 회색 비둘기가 몸을 기대고 있었다. 포니테일을 한 남자가 목에 두른 물체는 살아 있는 너구리였다. 옷깃에 커다란 거미를 브로치처럼 달고 있는 사람도 있었다. 키가 아주 크고 마른 남자는 헝클어진 회색 머리에 광대뼈가 돌출한 얼굴이었다. 남자의 양쪽 어깨에는 커다란 검정색 쥐가 한 마리씩 앉아 있었다. 순식간에 많은 것을 봐서 그런지 밴은 겁도 나지 않았다. 미처 그럴 틈이 없었다.

"그러니, 꼬마야."

광대뼈가 나오고 어깨에 쥐가 있는 키가 아주 큰 사람이 말했다. 낮고 또렷한 목소리의 주인공이었다. 남자가 말을 하면 다른 사람들 모두 조용해졌다.

"네가 누구인지 말해 봐."

"난…… 밴이에요. 밴 마크슨이요."

밴은 마른침을 꿀꺽 삼키며 떨리는 손을 내밀었다.

"만나서 반가워요."

밴이 내민 손을 잠시 바라보던 남자는 마침내 손을 뻗어 악수를 했다. 밴의 손은 아예 보이지도 않았다.

"나는 네일이다."

키 큰 남자가 말했다.

네일은 밴의 손을 잡은 채로 고개를 갸웃거렸다. 밴을 평가하듯 천천히 살피더니 몸을 움찔했다. 갑자기 뻣뻣하게 굳은 것처럼 보였던 남자가 밴의 코앞까지 단단한 광대뼈와 기다랗고 폭이 좁은 코를 들이댔다. 커다란 쥐들과도 더 가까워졌다.

"이건 뭐지?"

남자가 밴의 귀에 대고 물었다. 쥐 한 마리가 앞발을 뻗더니 밴의 어깨 위에서 균형을 잡고 수염 달린 코로 밴의 귓불 가까이에서 킁킁거렸다.

"아, 이거요. 보청기예요."

밴은 자유로운 반대쪽 손을 들어 수염을 밀어냈다. 네일의 눈이 가늘어졌다.

"너, 지금 녹음을 하고 있니? 아니면 누군가에게 전하고 있어?"

웅성거리는 소리가 났다. 사람들이 더욱 가까이 다가왔다.

"넌 누구 밑에서 일하니?"

"난…… 열한 살이에요. 누구 밑에서도 일 안 해요."

밴이 떨리는 목소리로 말했다.

"그럼 왜 마이크를 숨기고 다니지?"

"이건 마이크가 아니에요. 내가 듣는 걸 도와주는 거예요. 소리를 증폭시켜 주고……."

하지만 아무도 듣지 않았다. 중얼중얼 속삭이는 소리가 어두운 물결처럼 밴에게 밀려들었다. 그 소리에 압도된 나머지 밴의 심장이 마구 쿵쾅댔다. 밴은 다시 흥얼거리기 시작했다. 성난 물결을 막아야 했다. 단 다단 단…….

밴의 귓불 근처에서 여전히 쥐 한 마리가 킁킁거렸다. 헤진 벨벳처럼 부드러운 수염이 피부에 닿으면서 나는 소리가 속삭이듯 들려왔다. 마침내 밴은 암컷 쥐 쪽으로 고개를 돌렸다. 분명 암컷 쥐였다. 이상하게도 그런 확신이 들었다. 쥐는 반짝이는 눈으로 밴의 눈을 똑바로 쳐다봤다. 밴은 평소 남의 눈에 띄지 않도록 행동하는 데 아주 익숙한 아이였다. 같은 나이, 같은 학년의 두 다리로 걷는 존재들에게조차 늘 관심 밖의 아이였다. 이렇게 한꺼번에 다수의 강렬한 시선을 받고 있자니 밴은 당황스럽기 그지없었다.

밴은 자신을 바라보는 쥐를 향해 머릿속으로 '안녕?' 했다. 쥐는 잠시 밴을 바라보더니 몸을 돌려 잽싸게 네일의 어깨로 돌아갔다. 그리고 네일의 귀에 코를 들이대자 네일의 입술이 움직였다. 나직하게 "고맙다."라고 말하는 것 같았다.

"넌 네 귓속에 있는 장비를 빼면 평범한 아이니?"

네일의 목소리에 다시 주변이 조용해졌다.

밴은 그 말이 마음에 들지 않았다. '장비를 빼면'이나 '평범한 아이'도 싫었다. 페블이 '작은 남자애'라고 했을 때만큼 싫었지만 상황이 좋지 않았다. 여전히 짙은 색 코트를 입은 사람들에게 둘러싸여 있었고, 밖으로 나가는 계단은 아주 길고 아주 멀었다.

"네. 난 그냥 사람이에요."

"사람⋯⋯."

네일이 밴의 말을 되뇌었다.

"누구와 함께 있지? 어디 소속이야?"

"음⋯⋯ 엄마랑 같이 살아요. 우리 엄마는 가수예요. 나름 유명하죠. 오페라를 좋아하면 아마 알 텐데. 여기 오기 전에 생일 파티에서 사람들이랑 같이 있었어요. 만약 이런 걸 궁금해하는 거라면⋯⋯."

잭이라는 이름의 덩치 큰 남자가 네일에게 다가가 "자기 힘으로 길을 찾아 들어왔어."라고 거칠게 말하는 소리가 들렸다.

"그래. 그럼 어떻게 이 안으로 들어왔지, 밴 마크슨?"

네일은 한 손을 들어 사람들이 조용해지길 기다렸다.

"난, 난 그저⋯⋯ 여자애를 따라왔어요. 페블. 다람쥐와 다니는 아이요."

밴이 더듬거리며 답했다.

"여자애? 이 여자애?"

네일이 고개를 까딱였다. 페블이 불안한 듯 양손을 쥐었다 폈다 하고 있었다. 페블의 머리 위에서 다람쥐가 앞발을 들고 방어하듯 찍찍거렸다. 페블이 외쳤다.

"난 아무 잘못도 안 했어요! 내가 데려온 게 아니에요. 난 그냥 수집하고 있었어요. 쟤가 어떻게 날 봤는지 나도 몰라요!"

네일은 밴을 돌아보았다.

"어떻게 쟤를 봤지?"

"음…… 처음에는 저 애가 공원 분수에서 동전을 건지고 있었어요. 두 번째는 생일 파티에서……."

사람들은 다시 화가 난 듯 숙덕거리기 시작했다.

"두 번?"

웅성거리는 소리에 네일의 목소리가 간신히 들릴 지경이었다.

"우린 이야기를 나눴어요. 쟤는 나한테 물을 튀겼고 나는 구슬을 줬고요."

하지만 아무도 밴의 말을 듣지 않았다. 말들이 오갔고, 성난 목소리들이 부딪히고 엮이면서 밴의 몸을 세게 감쌌다.

"…… 쟤랑 말을 했다고?"

밴의 어깨 뒤에서 누군가 크게 외쳤다.

"작은 남자애!"

다른 사람이 외쳤다.

"…… 서 있었어. …… 눈에 띄었어!"

잭의 갈까마귀가 빽 울부짖었다. 그림자에서 빠져나온 길쭉한 검은 고양이 한 마리가 밴의 발목에 몸을 감으며 반짝이는 눈으로 밴을 올려다봤다. 세로로 길쭉한 눈동자가 포식자 같았다. 다시 한 번 네일의 낮고 또렷한 목소리가 소음을 뚫고 들려왔다.

"그리고 밴 마크슨은 무엇을 보았지?"

네일은 조용해질 때를 기다렸다가 이야기를 이어 갔다. 밴을 돌아보며 두 손을 벌렸다.

"밴 마크슨, 우리에게 말해 다오. 네가 본 게 정확히 뭔지."

밴은 마른침을 꿀꺽 삼켰다. 어디까지 이야기를 해야 할지 행여 신호라도 주지 않을까 내심 기대하며 페블을 쳐다봤지만, 페블과 다람쥐는 겁먹은 얼굴로 바라보기만 했다. 밴은 시선을 돌렸다.

"우선…… 바닥이 아주 깨끗한 걸 봤어요. 이곳에 비둘기가 아주 많은데 말이죠."

네일이 입술을 씰룩거렸다.

"그리고?"

"그리고…… 지도와 표로 가득한 방을 봤어요. '지도'라는 이름이 붙은 방이었어요."

잭이 다시 자리를 옮겼다. 밴의 오른쪽 어깨 바로 옆이었다. 불안해진 밴의 눈길이 잭에게로 향했다.

"그리고 방에 있는 모든 책이 다 똑같다는 걸 알아차렸는데, 책의 용도는 읽기가 아니라 쓰기일 거라고 생각했어요. 생일과 관련이 있을 수도 있고요. 저 커다란 방에서 온갖 물건들이 담겨 있는 병들을 봤어요. 작고 빛나는 동전, 촛불 연기처럼 보이는 것들이요. 그리고 내가 여기 있는 걸 페블이 진짜로 원치 않는다는 거랑 이 아래 어둠 속에 뭔가 굉장히 커다란 게 있다는 걸 알아차렸…… 아니, 확실해요. 페블은 그 얘길 하지 않으려고 하지만 ……."

밴은 말을 멈췄다. 입안이 타들어가는 듯했다.

"그게 다예요."

사람들은 조용했다. 아무도 움직이지 않았다. 심지어 거미나 새들마저. 침묵이 메아리처럼 방 안을 감돌았다.

"그게 다구나."

마침내 네일이 아주 부드럽게 말했다.

"저 아이는 위험해. 내가 말했잖아."

잭의 목소리가 마치 칼날처럼 밴의 목덜미에 내리꽂혔다.

"막아야 해. 우린 저 아이를 데리고 있을 수 없어."

어깨에 비둘기가 있는 매끈한 머릿결의 여자가 말했다. 밴은 고개를 돌려 여자의 얼굴을 바라봤다.

"사람들이 아이를 찾아다닐 거야. 그걸 바라는 거야, 잭? 온 시민이 우리를 찾아내는 걸?"

"네 생각은 어때, 세사미? 데리고 있기 싫다면 아예 제거해야 하나?"

잭이 으르렁거리며 어두운 눈으로 밴을 쏘아봤다. 밴은 목구멍으로 심장이 튀어나올 것만 같았다. 이곳에서 달아나야 한다고 온몸에서 신호를 보냈다.

"아니."

네일이 말했다. 잭의 갈까마귀가 목구멍 깊은 곳에서 작게 까악 소리를 냈다. 다른 사람들은 아무 말이 없었다. 네일은 밴을 향해 고개를 숙였다. 회색빛 눈은 냉정하고 차분했다.

"여기 와서 우리와 이야기한 것, 그저 우리를 본 것만으로도 넌 심각한 위험에 빠진 거야. 어느 누구도 우리에 대해 알아선 안 돼. 이해하겠니?"

밴은 고개를 끄덕였다. 달리 행동할 수도 없었다.

"이곳에 돌아오지 마. 우리나 이 장소에 대해 그 누구에게도, 단 한마디도 하지 마. 우린 널 지켜볼 거야. 만약에 네가 누구에게든

71

털어놓으면 우린 바로 알아차릴 거야."

밴은 꿀꺽 침을 삼켰다. 네일이 가까이 다가왔다.

"그렇게 되면 너는 물론이고 네 이야기를 들은 사람 누구든……
제거해야 해. 이해했니?"

밴은 다시 고개를 끄덕였다. 네일이 커다랗고 길쭉한 손을 내밀
었다. 밴도 작은 손을 내밀었다. 두 사람은 악수를 나누었다.

"넌 우리와 약속한 거다. 이제 페블이 널 데리고 나갈 거야."

네일은 허리를 곧게 폈다. 방 안은 갑자기 분주해졌다. 새들은 사
방으로 날아다녔고, 설치류는 계단 쪽으로 재빠르게 뛰어갔다. 사
람들은 선반과 테이블 쪽으로 성큼성큼 걸어가거나 방 입구에서
사라졌다. 잭조차 밴을 한 번 흘깃 바라보더니 어둠 속으로 뚜벅뚜
벅 걸어갔다.

"정말요?"

페블이 네일에게 속삭였다. 밴은 그 말을 알아들을 수 있었다.

"저 아이가 있어야 할 곳으로 다시 데려가. 바보가 아닌 이상 자
기가 얼마나 운이 좋았는지 깨닫겠지."

네일은 더 이상 속삭이지 않았다. 밴을 향해 고개를 끄덕이고는
말했다.

"잘 가라, 밴 마크슨."

잠깐 주저하던 페블은 몸을 홱 돌려 계단으로 향했다. 그 뒤를
따라 달리던 밴이 마지막으로 돌아보니 램프 불빛 아래 꼼짝 않고
선 네일과 쥐들이 밴을 응시하고 있었다. 원래 말수가 적은 편인 밴
은 공포에 질리면 더욱 조용해졌다. 지금 같은 고요함은 밴을 더 외
롭게 할 뿐이었다. 밴을 덜 외롭게 하는 유일한 사람은 '녹색 동전

눈'을 가진 괴상한 소녀였다.

"그래서…… 네 이름이 페블이야?"

뒤따라 계단을 오르며 말을 걸었으나 페블은 대답이 없었다.

"좀 우스운 이름이네."

페블이 휙 돌아보았다.

"밴이란 이름이 우습지. 특히 너처럼 작은 사람한테는 말이야. 네 이름을 미니 밴이라고 지었어야 해."

"아! 미니 밴! 나 이해했어! 미니 밴!"

바나벨트가 외쳤다. 밴은 한숨을 쉬었다. 계단을 올라가는 내내 바나벨트가 키득거렸다.

"넌 왜 다람쥐 이름을 바나벨트라고 지었어?"

바나벨트가 웃음을 그치자 밴이 물었다. 뒤돌아보는 페블의 눈 빛이 사나웠다.

"쟤 이름이 바나벨트라고 누가 알려 줬어?"

밴은 못 들은 척했다. 어깨 너머로 지도 방의 아치문이 보였다. 짙은 색 코트를 입은 어른들이 분주하게 일하고 있었다.

"여기에 다른 아이들도 있어?"

이번에는 페블도 돌아보지 않았다. 하지만 밴은 순간적으로 페블이 움찔하는 것을 놓치지 않았다.

"지금은 없어."

페블이 답했다.

입을 꾹 다문 채 앞서가는 페블의 코트 밑단이 흔들렸다. 입구를 지나 거대한 방바닥을 걸어가는 동안에도 여전히 흔들렸다. 코트 밑단을 계속 응시하면서 계단을 절반 가까이 올라갔을 때 밴은 최대한 대수롭지 않다는 투로 물었다.

"그 큰 소리는 대체 뭐였어?"

페블은 머뭇거렸다.

"무슨 소리?"

"그 소리 있잖아. 엄청나게 큰 소리. 지진처럼."

"아무것도 아냐. 보관소에 뭐가 있어서 그래."

"보관소는 뭐하는 데야?"

밴이 물었다.

"보관하는 데야."

"어떤 걸?"

"많은 것들을."

"많은 것들."

바나벨트가 따라서 말했다.

"난 많은 것들을 알고 있어. 내 이름이랑 네 이름, 호두 까는 방법이랑 가느다란 나뭇가지를 알아보는 방법. 숫자도 많이 알아. 3은 숫자야. 2100. 이것도 숫자야……."

"그리고 병으로 가득한 큰 방."

밴이 불쑥 끼어들었다.

"그 병 속에 빛나는 것들은 뭐야? 그게 동전, 연기, 작은 뼈랑 무슨 상관이야? 화학물질이야, 원자야, 아니면……."

페블이 휙 돌아섰다. 그 바람에 밴은 페블과 부딪힐 뻔했다. 어깨에 있던 바나벨트도 놀란 모양이었다.

"오, 안녕! 잘 지냈어?"

바나벨트는 오랜만에 만난 이에게 인사를 건네는 것처럼 밴에게 찍찍거렸다.

"넌 질문을 너무 많이 해."

페블의 목소리가 날카로운 스테이크 칼 같았다.

"넌 몰라. 왜냐하면 알 수가 없으니까."

하지만 밴은 이미 여러 단어들을 맞춰 보고 있었다. 생각은 스테이크 칼로도 잘라 낼 수 없었다. 병으로 가득한 방, 동전 무더기, 생일 촛불 연기, 소원을 빌 때 쓰는 작은 뼛조각인 위시본.

"사람들의 소원을 수집하는 거야?"

밴이 조심스럽게 물었다. 그리고 이내 소리를 지르고 말았다. 페블이 너무 세게 잡은 탓이었다. 페블은 말없이 밴을 문밖으로 밀어버렸다.

도시 수집 대행사의 우중충한 사무실을 가로질러 문밖까지 떠밀린 채 밴은 비틀거리면서 거리로 나왔다. 햇빛에 눈이 부셨다. 도로 위의 차들은 부릉거리며 경적을 울렸다. 갑작스레 들려오는 도시의 소음 때문에 관자놀이가 욱신거렸다. 밝은 하늘을 보고 여전히 대낮인 것을 알았지만 그게 다였다. 피터의 파티에서 뛰쳐나온 지 한두 시간쯤 지났을까. 아니, 어쩌면 그보다 더 오랜 시간이 지났는지 알 수 없었다. 그때였다. 다급하게 문을 열고 나온 페블이 뭐라고 했지만 밴은 듣지 못했다. 그런데 갑자기 페블이 달리기 시작했고, 밴은 그 뒤를 쫓아갔다. 계단을 수백 개나 올라온 까닭에 밴은 다리도 아프고 가슴도 아팠다. 주변이 너무 시끄럽고 어수선한 탓도 있었지만 밴이 가장 힘들어한 문제는 다른 것이었다. 파티에서 도망친 걸 엄마가 알면 어떻게 될지, 겁에 질린 엄마의 얼굴이 눈에 선했다. 밴에게 손을 내미는 엄마의 향수 냄새……. 밴의 상상은 여기까지였다. 그다음에 엄마가 어떻게 나올지 밴은 짐작조차 할 수 없었다. 평생 동안 지금보다 훨씬 강도가 덜한 나쁜 짓도 해 본 적이 없었기 때문이다.

페블은 이쪽저쪽 종횡무진 달려갔다. 밴은 페블의 포니테일을 놓치지 않고 계속 뒤쫓았다. 밴은 페블이 "너 혹시……."라고 외치는 것을 들은 듯했다.

'너 혹시? 뭐지? 어쩌면 서둘러, 한 건지 몰라.'

밴은 최대한 빨리 달리고 있었다. 하지만 이제껏 많은 계단을 오르내린 데다 너무 오랫동안 질주했더니 두 다리가 마치 고무처럼 후들거렸다. 갑자기 달리기를 멈춘 페블이 눈에 들어왔다. 페블은 길에 서서 건너편을 빤히 쳐다보고 있었다. 그리고 뭔가에 놀란 사람처럼 비틀거리며 뒷걸음질 쳤다.

"가!"

페블은 밴을 향해 손을 내저으며 소리쳤다.

"거의 다 왔어!"

밴은 휘청거리며 도로로 내려왔다. 밴의 눈에 마지막으로 비친 페블은 공포에 질린 얼굴이었다. 잠시 갈팡질팡하던 페블은 방향을 바꿔 왔던 길로 뛰어갔다. 밴의 귀에 지하 보관소에서 들은 포효와 비슷한 소리가 들렸다. 갑자기 짙은 구름이 바닥까지 깔린 듯 시야가 뿌옇게 흐려졌다. 밴은 비틀거리며 한 발 더 내딛었다. 그리고 세상이 기울어진다고 느꼈다. 짧고도 긴 시간이 멈춘 순간 밴은 자신이 날고 있다고 생각했다. 하지만 슈퍼 밴처럼 날아가는 것은 아니었다. 창가에 있던 화분이 밑으로 떨어지는 느낌에 더 가까웠다. 잠시 뒤 오른쪽에 불이 붙은 듯했다. 시멘트 바닥에 머리를 쿵 부딪치면서 보청기 하나가 빠져나와 굴러갔다. 포효 소리는 더욱 커졌고, 머릿속이 울렸다. 잎이 무성한 나뭇가지와 지붕과 하늘이 눈앞에서 빙빙 돌아갔다. 빙빙 돌아가는 하늘을 배경으로 거대한 몸집의 노란 곤충이 보였는데 뭔가 말하는 것 같았다. 일 초 후에 누군가 조심스럽게 밴을 일으켜 바닥에 앉혔다.

밴은 눈을 깜빡이며 똑바로 앉았다. 조금 전 본 곤충이 딱 달라붙는 노란색 옷을 입은 남자로 변해 있었다. 선글라스를 낀 남자는 자전거 헬멧을 쓰고 있었다. 누군가 보청기를 밴의 손 위에 올려 주었다. 밴은 보청기를 귀에 다시 꽂았다.

"양쪽을 다 봤는데…… 벨도 울리…… 소리도 질렀……."

남자가 외치고 있었다.

"못 들었을 수도 있어요. 청각 장애가 있잖아요."

밴의 어깨 바로 위에서 부드러운 목소리가 들렸다.

"귀가 잘 안 들리는 거예요."

밴이 고쳐 말했다. 머리가 지끈거렸다. 밴은 아예 눈을 감았다. 누군가 팔로 밴의 어깨를 받쳐 주었다.

"괜찮아? 혹시 다쳤니? 난……."

밴은 아픈 엉덩이를 만졌다. 옆으로 떨어졌는데 하필이면 유리병이 있는 쪽이었다. 얼얼한 손가락을 꼼지락거리면서 주머니 속을 더듬었다. 매끈한 표면이 만져지는 걸 보니 병은 무사했다. 하지만 넘어지면서 긁힌 얼룩이 바지 엉덩이에 남은 데다 손바닥이 까져 있었다.

"…… 머리를 부딪쳤니?"

근처에서 누군가 말했다.

"머리는 두 번째로 떨어졌어요. 그냥 찢기만 한 것 같아요."

밴이 대답했다. 주위에서 더 많은 말소리와 소음이 들렸지만 밴은 더 이상 관심이 없었다. 쿵쾅거리는 심장에서부터 시작된 혼란이 욱신욱신한 온몸 여기저기로 퍼져 나가고 있었다. 밴이 다시 두 눈에 초점을 맞추고 정신을 차려 보니 자전거를 탄 남자는 횡 하고 멀어져 가고 있었다.

밴은 오른쪽으로 고개를 돌렸다. 흰색 양복을 입은 나이 든 남자가 옆에 있었다. 백발의 곱슬머리와 웃을 때 쪼글쪼글해지는 눈주름 사이의 푸른 눈이 푸근하고 따듯한 인상을 주는 얼굴이었다. 미소 띤 얼굴이 밴을 격려하는 듯했다. 마치 예방 주사를 놓기 전 의사가 환자에게 짓는 미소 같았다.

"기억하지 못하겠지만 내 이름은 이보르 팔보그야."

남자가 말했다.

"저는……."

"넌 지오바니 마크슨이지. 줄여서 밴."

밴은 눈을 깜빡였다.

"절 어떻게 아세요?"

"아, 난 오페라 마니아거든. 너랑 눈부시게 멋진 엄마를 몇 달 전 오페라 조합 파티에서 만났지."

남자는 밴을 잡고 일으켰다.

"너, 정말 괜찮니? 내가 택시를 불러 줄 수 있어."

"아뇨, 걸어갈 수 있을 것 같아요."

"그럼 함께 걸어도 될까? 우리 집도 너희 집 근처야."

"아…… 집에 가는 게 아니에요. 피터네 집으로 돌아가야 해요."

밴은 다시 기분이 축 처졌다.

"찰스와 피터 그레이 말이니? 나랑 친한 친구들이야! 내가 꼭 데려다줘야겠구나. 여기서 몇 분 안 걸려."

팔보그 씨가 다시 주름 가득한 미소를 지었다.

팔보그 씨의 말은 옳았다. 다음 모퉁이를 돌자마자 웅장한 석조 주택들과 넓은 정면 입구의 계단들이 나타났다. 밴은 단박에 알아봤다. 그중 한 집 앞에 경찰차가 서 있었다. 생일 파티에 왔던 아이들 몇 명이 길에 모여 서로에게 도토리를 던지고 있었다. 피터는 팔짱을 낀 채 길가에 앉아 있었다. 경찰은 피터의 유모가 흐느끼며 하는 말을 작은 수첩에 받아 적었다. 목에 두른 실크 스카프를 한 손으로 움켜쥔 채 이리저리 살피는 사람이 있었다. 밴의 엄마였다. 배 속에 갑자기 차가운 오트밀 한 그릇을 들이부은 느낌이 들었다. 밴은 팔보그 씨의 그림자에 최대한 몸을 숨기고 사람들 쪽으로 다가갔다.

가장 먼저 밴을 알아본 사람은 피터의 유모였다. 유모는 뭔가 외칠 것처럼 입을 벌리고 손가락으로는 밴을 가리켰다. 엄마가 휙 돌아보았다.

"지오바니!"

하이힐을 신고 불과 2초 만에 달려온 엄마는 두 팔로 밴을 끌어안았다. 밴은 잠시 엄마에게 축 처지듯 기대섰다. 자신을 꼭 잡고 있는 손이 잭의 손이 아니고, 엄마 손이라는 사실에 안도하면서 밴은 고마움과 함께 큰 기쁨을 느꼈다. 남자애들이 쳐다보지 않았다면 더 좋았을 것이란 생각이 들긴 했지만.

"너, 대체 무슨 생각으로 그랬니?"

밴은 물론이고 이 거리의 모든 사람들이 다 알아들을 정도로 큰 목소리였지만, 엄마는 밴에게 입 모양을 보여 주려는 듯 굳이 뒤로 물러나며 물었다.

"왜 창문에서 뛰어내려 달려간 거야? 그것도 이런 도시에서? 대체 무슨 생각으로 그런 거야?"

엄마가 밴의 까진 손을 붙잡았다.

"무슨 일이 있었던 거야? 괜찮아?"

밴은 입을 열긴 했지만 아무 말도 나오지 않았다.

"자전거 타는 사람과 살짝 부딪쳤어요."

팔보그 씨가 말했다.

"제가 봤습니다. 너무 순식간이라 손쓸 틈이 없었답니다."

"자전거에 치였다고? 다쳤니? 머리를 부딪쳤어?"

엄마가 양손으로 밴의 얼굴을 꽉 붙잡았다. 엄마 손에서는 백합 냄새가 났다. 경찰과 울고 있던 유모가 다가왔다. 피터만 빼고 다른 아이들도 가까이 다가왔다. 여전히 서로에게 도토리를 던지고 있었지만, 그러면서 엿듣고 있는 게 분명했다. 밴은 생각을 정리할 수 없었다. 엄마가 얼굴을 너무 꽉 잡고 있어 말하기도 힘들었다.

"음."

밴이 말문을 뗐다.

"옆구리를 부딪친 것 같습니다. 제가 끼어드는 걸 언짢게 여기지 않으시길 바랍니다, 마크슨 부인. 전 이보르 팔보그입니다. 오페라 조합 회원이지요. 지난 3월 갈라 모임에서 처음 만났죠."

"아, 네. 팔보그 씨. 당신이라도 계셨다니 정말 다행이네요."

엄마가 말했다. 엄마는 다시 밴 쪽으로 휙 돌아봤다.

"대체 무슨 생각으로 그랬는지 아직 대답 안 했어."

밴은 마른침을 꿀꺽 삼켰다. 기억을 되살렸다. 열린 창문에서부터 다람쥐 바나벨트, 모형무대에서 다람쥐 대신 사용한 흰 고양이, 그리고 거기에서…….

"길고양이를 봤어요."

밴이 불쑥 말했다.

"길고양이?"

엄마가 되물었다.

"뜰에 있었어요. 길 잃은 고양이라고 생각해서 잡으려고 한 거예요."

엄마의 얼굴은 마치 밴이 개 사료를 억지로 먹이기라도 한 듯했다. 엄마는 입을 꾹 다문 채 뒤로 물러났다.

"길 잃은 고양이를 보고 생일 파티를 하던 중에?"

"그것도 창문에서 뛰어내려 쫓아갔다고?"

경찰과 흐느끼던 유모가 합세했다. 다른 아이들도 더 가까이 다가왔다.

"네. 그래서 그랬어요."

밴이 말했다. 엄마는 우아하게 몸을 쭉 펴며 말했다.

"길고양이를 쫓아갔던 모양이네요. 번거롭게 해드려 정말 죄송합니다, 경관님. 그리고 팔보그 씨, 정말 친절하게도 시간을 내주셨어요."

"마크슨 부인, 전 너무…… 너무…… 저는 그런 게 아니었……."

유모는 몹시 떨면서 말을 이었다.

"당신 잘못이 아니었어요. 다른 사람 그 누구도 아닌 밴의 잘못이었어요."

엄마는 유모의 팔을 쓰다듬었다.

"그리고 고양이요."

밴이 중얼거렸지만 다들 무시했다.

"…… 이제 다 제자리로 돌아온 것 같군요."

엄마의 말이 끝나자 엄마와 피터의 유모에게 고개를 끄덕인 경찰은 차로 향했다.

"파티를 계속하시지요."

"파티는 끝났어요."

누군가 큰 소리로 말했다. 모두가 돌아보았다. 피터는 그대로 앉아 있었다.

"데이비드가 집에 갈 시간이에요. 십 분 안에 다들 데리러 올 거예요. 그동안 우린 내내 여기 나와서 다른 집 뜰만 쳐다보고 있었어요. 선물은 아예 열어 보지도 못했다고요."

"피터! 밴이 무사하잖아. 그게 중요한 거지."

유모가 나무라듯 말했다.

밴은 피터의 눈을 보았다. 피터의 눈은 야외 수영장을 떠올리게 하는 서늘한 푸른색이었다. 피터의 눈이 가늘어지면서 수영장의 물 색깔 또한 어두워졌다. 밴은 피터의 차가운 증오가 넘쳐흘러 자신에게로 향하는 것을 느낄 수 있었다.

"파티를 망쳐서 지오바니는 분명히 정말 미안해하고 있을 거야."

잉그리드 마크슨의 목소리는 워낙 컸다. 밴은 떠밀리듯 앞으로 나섰다. 엄마가 손가락을 움직이며 결정적인 말을 했다.

"그렇지 않니, 지오바니?"

밴은 피터에게 한 걸음 다가갔다.

"미안해."

피터는 고개를 옆으로 돌렸다. 웅얼거리듯 말해 입술 모양을 잘 볼 수 없었지만, 피터가 "당연히 그렇겠지."라고 말했다고 밴은 확신했다.

밴은 주머니 속 작은 모형 다람쥐를 손끝으로 꼭 쥐었다.

"파티에 초대해 줘서 고마웠어."

밴은 피터에게 최대한 밝은 미소를 지어 보이며 "정말 즐거웠어."라고 말했다.

집에 돌아오자 엄마는 밴의 까진 손부터 씻겨 주었다. 흠이 생긴 바지를 보며 쯧쯧 하고 밴을 곧장 방으로 보냈다. 밴은 얼른 방으로 가고 싶은 생각뿐이었다.

방문이 단단히 닫혔는지 확인한 밴은 보청기부터 빼내고 침대 밑에서 수집품 상자를 꺼냈다. 상자 안을 뒤져 프랑스 백화점에서 주운, 끈으로 조이는 벨벳 주머니를 찾아냈다. 밴은 바지 주머니에서 꺼낸 푸른 유리병을 들고 빛에 비춰 보며 이리저리 돌려봤다.

'피터 그레이, 4월 8일. 열두 번째 생일.'

병 속에서 은색 빛줄기가 부드럽게 빛났다. 바로 피터의 소원이었다.

밴은 피터가 무슨 소원을 빌었을지 궁금했다. 눈을 가늘게 뜨고 병 속을 들여다보는데 빙글빙글 돌아가는 은빛 연기에서는 아무 단서도 찾을 수 없었다.

'그 지하실에 훔친 소원을 얼마나 많이 보관하고 있을까? 수백만 개? 수십억 개? 짙은 색 코트를 입은 사람들은 왜 소원을 훔치

는 걸까?'

밴은 천천히 병을 벨벳 주머니에 넣은 다음 다른 보물 아래, 상자의 가장 아래 바닥에 두었다. 그리고 모형무대로 몸을 돌렸다. 어제 놔둔 플라스틱 공룡들을 치우고 슈퍼 밴과 체스 폰 소녀를 가운데 두었다. 그 둘 사이에 훔쳐 온 모형 다람쥐를 놨다. 그리고 보물 상자를 뒤져서 찾아낸 녹슨 모형 쓰레기차를 움직였다.

부르르르릉, 끼이이익. 쓰레기차가 붐비는 도시 모퉁이를 돌아 돌진했다. 조그만 회색 다람쥐는 도망갈 시간이 없었다. 소녀는 겁에 질린 채 육중한 타이어를 굴리며 다가오는 쓰레기차를 지켜보았다. 바로 그때 머리 위로 빨강과 검정 물체가 휙 다가왔다. 쓰레기차 앞에 나타난 슈퍼 밴이 어찌나 가까이에서 뛰어들었는지 망토가 트럭 앞 범퍼를 큰 걸레처럼 쓸고 갈 정도였다. 슈퍼 밴은 다람쥐를 낚아채 품에 안고 다시 날아올랐다. 트럭은 쿵쾅거리며 멀리 사라져 갔다.

"네가 바나벨트를 구했어!"

우아하게 땅으로 내려앉는 슈퍼 밴을 향해 폰 소녀가 외쳤다.

"응! 네가 날 구했어! 네가 내 목숨을 구했다고! 난 목숨을 구해 주는 사람들이 좋아!"

다람쥐도 환호했다.

"그리고 난 사탕도 좋아하고, 캐러멜도 좋아하고 또⋯⋯."

"별거 아니야."

슈퍼 밴이 겸손하게 말했다.

"아냐, 넌 영웅이야. 우리가 널 믿을 수 있다는 걸 증명했어. 그러니까 이제⋯⋯ 우리 비밀을 너한테 전부 다 말해 줄게."

폰 소녀가 다가왔다. 밴의 시선이 폰 소녀와 다람쥐를 오갔지만 밴 혼자 쓰는 평범한 침실에서는 다음 장면에서 어떤 일이 일어날지 상상할 수 없었다.

갈까마귀가 창턱에 내려앉았을 때도 밴은 조용히 무대를 바라보고 있었다. 갈까마귀는 영리하고 뾰족한 머리로 재빨리 양옆을 휘둘러보며 창 안쪽 상황을 파악했다. 작은 모형무대, 무대에 정신이 팔려 있는 소년과 작은 모형 다람쥐까지. 말똥말똥 빛나는 눈을 깜빡거리던 갈까마귀는 날개를 펼치고 힘껏 날아올라 해 질 녘 도로에서 기다리고 있던 검은색 롱 코트를 입은 남자의 어깨 위에 내려앉았다. 갈까마귀는 남자의 귀에 대고 작게 깍깍 소리를 냈다. 남자는 갈까마귀를 어깨에 태운 채로 돌아서서 성큼성큼 걸어갔지만, 도로 양쪽에 늘어선 고층 빌딩 안 분주한 사람들은 그 누구도 눈치채지 못했다. 그들이 거기 있었다는 사실조차.

10
머리카락 공예품과
더 이상한 것들

"왜 안 돼요? 그냥 집에 있을래요. 토요일에 온종일 리허설 하는 곳에 있긴 싫어요."

다음 날 아침, 백합 향수 냄새가 진동하는 엄마의 그림자에 갇혀 보도블록을 걷던 밴이 걸음을 재촉하며 말했다.

"너도 알잖니. 엄마는 이제 널 못 믿겠어. 네가 있어야 할 곳에 있을 거라고 어떻게 믿니. 어제 네가 보여 줬잖아. 여긴 위험한 대도시고, 넌 아주 작고 아주 특별한 아이야."

엄마가 밴의 머리 위에 손을 얹었다. 밴은 움찔하며 물러났다.

"게다가, 피터가 와 있을 거라는 걸 알게 됐거든."

밴은 머릿속으로 피터의 얼음처럼 차가운 눈을 떠올렸다. 이어서 보물 상자에 훔친 모형 다람쥐를 숨겨 놓은 사실과 작고 파란 유리병 생각이 났다. 배가 아파 왔다. 뭔가가 속을 꽉 조여 오는 느낌이었다.

"피터는 날 싫어해요."

"널 싫어하지 않을 거야. 분명히. 하지만 파티를 방해한 데 대한 보상으로 아주 잘해 주는 건 어떻겠니."

"어쩌면요."

밴은 미심쩍었다.

"찰스와 난, 너희 둘이 보내는 시간이 좀 더 많아지면 좋겠어. 그게 서로에게 좋을 거야."

"서로에게 좋다니요? 무슨…… 브로콜리처럼요?"

"브로콜리와 브로콜리니처럼!"

엄마가 노래하듯 말했다.

밴은 잠시 생각에 잠겼다. '차라리 도망칠까.' 슈퍼 밴처럼 날아오르는 모습을 상상했다. 어깨에 망토를 두르고 총알처럼 도시를 날아가는……. 하지만 상상 속의 밴조차 현실의 엄마를 따돌릴 수는 없었다. 바로 다음 모퉁이를 돌자마자 잡힐 게 뻔했다. 밴은 어깨를 축 늘어뜨리고 고개를 떨구었다. 길바닥에는 오래된 껌 덩어리, 병뚜껑, 쭈글쭈글해진 꽃잎 몇 장이 떨어져 있었다. 덤불 아래로 반짝이는 까만 눈이 보였다.

밴은 갑자기 쭈그려 앉았다. 하마터면 엄마가 부딪칠 뻔했다.

"지오바니, 대체 무슨……."

엄마가 입을 열었다. 하지만 밴은 듣고 있지 않았다. 이파리 그늘 아래 보이는 것에 더 가까이 다가갔다. 뾰족한 연필처럼 생긴 부리를 지닌 잭의 갈까마귀이거나 네일의 쥐일지도 모른다고 생각했다. 뭔지 몰라도 살아 있는 생물이었다. 밴을 노려보았다. 밴은 심장이 두근대는 것을 느끼며 손을 뻗어 가지들을 걷어 냈다. 덤불 아래 작은 회색 솜털 뭉치가 바들바들 떨고 있었다.

"아기 새예요!"

아기 새는 잉크 방울처럼 생긴 눈을 깜빡이며 밴을 바라봤다. 비뚤어진 날개 하나를 씰룩거렸다.

"다친 것 같아요!"

"오. 둥지에서 떨어졌나 보네. 불쌍한 것."

엄마가 말했다.

"어떻게 하죠?"

"지오바니…… 자연에서 이런 일은 종종 일어나는 법이야. 우린 가야 해. 안 그러면 늦는다고."

엄마가 한숨을 쉬었다. 밴은 팔을 잡는 엄마의 손을 뿌리쳤다.

"그냥 두고 갈 순 없어요!"

엄마는 다시 한숨을 쉬었다.

"여긴 야외잖니. 이 새가 있어야 할 곳은 여기야. 만지지 마. 분명히 진드기나 광견병이 있을 거야."

"새는 광견병에 안 걸려요."

사실 밴도 확신할 수는 없었다.

"도와줘야 해요!"

"지오바니, 그건 야생동물이야. 그냥 집에 데려갈 수는 없어, 까마귀나, 참새나, 또, 또……."

"아기 개똥지빠귀죠."

어디선가 예의바른 목소리가 들려왔다. 흰색 양복을 입은 남자가 어느 틈에 옆에 와 있었다. 너무 조용히 다가와서 눈치채지 못한 것이었다. 밴이 올려다보니 팔보그 씨가 활짝 웃고 있었다. 따뜻한 기운이 흘러넘쳤다.

"예리한 눈을 가졌구나, 마크스 군."

팔보그 씨가 활짝 웃었다.

"그리고 시뇨리나 마크슨, 세계 최고의 리릭 소프라노를 이틀 연속 우연히 마주치다니 정말 기쁘군요! 제게 큰 행운이 찾아왔어요."

"정말 다정하세요, 팔보그 씨. 밴과 저는 오페라 극장에 가는 길이었어요."

엄마도 마주 보고 웃으며 말했다.

"난 아니에요. 이 새를 여기 두고는 못 가요."

밴이 말했다.

"지오바니."

엄마의 목소리에 대성당 같은 울림이 묻어나기 시작했다.

"제안 하나 해도 될까요? 제가 이 개똥지빠귀를 근처 아주 훌륭한 동물병원에 데려갈 수 있습니다. 매년 레나타를 데려가서 검진을 받는 곳이죠. 레나타는 제가 키우는 페르시아고양이예요. 레나타 테발디(이탈리아의 전설적인 리릭 소프라노)처럼 레나타도 디바랍니다."

팔보그 씨는 미소 띤 얼굴로 다시 밴을 향해 말했다.

"그리고 시뇨리나 마크슨, 괜찮으시다면 기꺼이 밴과 함께 가고 싶군요."

밴은 홱 돌아보았다.

"가면 안 돼요? 엄마, 제발!"

"진료 후에는 제가 밴을 데리고 곧장 오페라 극장으로 가겠습니다. 동의하신다면 말이죠."

팔보그 씨는 자신의 제안에 대한 답을 기다렸다. 밴의 눈에 비친 팔보그 씨의 주름진 얼굴은 너무나 인정 많은 얼굴이었다. 저런 제안을 거절할 수 있는 사람이 과연 있을까 싶은 정도였다. 엄마도 거절하지는 않았다. "알겠어요." 하고는 몸을 숙여 밴의 이마에 입을 맞췄다.

"하지만 예의바르게 행동해야 한다. 내 말 듣고 있니, 지오바니?"

"들었어요."

밴이 웅얼거렸다. 잉그리드 마크슨은 발걸음을 서둘렀다.

팔보그 씨는 "네가 이 작은 동물을 발견해서 다행이다."라고 하면서 조끼 주머니에서 파란색 실크 손수건을 꺼냈다.

"네가 없었으면 아마 살아남지 못했을 거야. 자, 여기."

팔보그 씨는 몸을 숙여 손수건으로 새를 감쌌다.

"이렇게 하면 안전하다고 생각할 거야."

동물병원은 겨우 두 블록 거리였다. 가는 길에 이십오 센트짜리 동전과 레고 기사를 발견한 밴은 오늘따라 아침이 더욱 화창하다고 느꼈다. 친절한 수의사에게 아기 개똥지빠귀를 맡겼고, 의사는 아기 새를 치료한 다음 야생으로 돌려보내겠다고 약속했다. 팔보그 씨는 계산서를 자기 집으로 보내 달라고 부탁했다.

다시 거리로 나온 두 사람은 서로를 향해 미소를 지어 보였다. 일을 잘 처리했다는 의미였다. 밴은 오페라 리허설 방을 떠올렸다. 피터 그레이와 모든 게 시끄럽고 흐릿하고 지겨웠다. 화창한 여름날 토요일에 할 수 있는 다른 일들이 생각났다. 밴은 한숨을 내쉬었다.

"뭐가 잘못됐니?"

팔보그 씨가 물었다.

"그냥…… 오페라 극장에 가고 싶지 않아서요. 리허설은 세 시에 끝나기 때문에, 거기 가면 몇 시간 동안 앉아 있어야 하거든요."

"으음."

팔보그 씨는 곰곰이 생각에 잠겼다.

"리허설이 끝나기 한참 전에 오페라 극장에 도착하게 해줄 테니 남는 시간을 우리 집에서 보내는 건 어떻겠니?"

밴의 얼굴 가득 미소가 번졌다.

"그거 괜찮겠네요."

팔보그 씨의 집은 팔보그 씨처럼 높고 단정했다. 하얀 벽돌로 지은 오 층 건물은 잘 다듬어진 덤불과 나무가 있는 뜰에 둘러싸여 있었다. 현관문은 팔보그 씨의 손수건 색과 같은 파란색 페인트로 칠해져 있었다.

"들어오렴."

팔보그 씨가 현관 문턱을 넘어 집 안으로 들어가며 말했다. 내부는 천장이 높았다. 문이 열리면 아파트처럼 양쪽에 호수가 붙은 문들이 나타날 거라고 생각했던 터라 밴은 작게 헉 소리를 냈다.

"건물 전체를 다 쓰세요?"

"우리 가문에서 꽤 오래전부터 내려온 집이란다. 아! 게르다!"

복도 반대쪽에서 나타난 단정한 회색 정장 차림의 중년 여성을 보고 팔보그 씨가 소리쳤다.

"지오바니 마크슨 군이에요. 유명한 소프라노 잉그리드 마크슨의 아드님이에요."

"그냥 밴이라고 불러 주세요."

밴이 조심스럽게 말했다.

"만나서 반가워요."

게르다는 뚝 떨어지는 억양으로 말했는데, 밴은 그게 어디 말투인지 알 수 없었다. 게르다는 밴에게 따뜻한 미소를 보냈다.

"팔보그 씨…… 오늘 오후에 베니스의 딜러가 전화를 세 번이나 했어요."

"고마워요, 게르다."

팔보그 씨가 밴을 돌아보며 말했다.

"잠깐 실례해도 될까? 거실에서 편하게 있으렴."

그리고 밴을 아치형 문간으로 안내했다.

"게르다, 다과 좀 내오겠어요?"

팔보그 씨의 말에 게르다는 집 안 뒤쪽 복도로 걸어갔다. 팔보그 씨는 오른쪽으로 걸어갔다. 혼자 남은 밴은 아치형 문간으로 살금살금 걸어갔다.

커다란 거실이 나왔다. 벽은 하얀색이었다. 하얀 천장에 샹들리에가 매달려 있고, 하얀 벽돌을 쌓아 만든 대형 벽난로가 있는데, 그 위 선반도 하얀색이었다. 난로 주변의 안락의자들도 하얀색이었는데, 하얀색은 거기까지였다. 매달린 바구니에서 풍성하게 자란 양치식물들이 정글처럼 드리워져 있었다. 붙박이 책장에는 따스한 색감의 오래된 양장본들이 빛을 발하고 있었다. 벽에 걸린 각양각색 액자 속에는 모두 다른 내용물이 들어 있었다. 종이를 오려 만든 실루엣, 골동품으로 보이는 엽서, 핀에 꽂힌 나비 같은 것들이었다. 선반 위에는 광택이 도는 조개껍데기, 병 속에 든 나무 배, 낡은 금속 장난감, 돌을 조각해 만들었지만 진짜 꽃 같은 작고 특이한 수집품들이 잔뜩 놓여 있었다. 밴은 아주 조심스럽게 무쇠 코끼리의 코를 만졌는데, 코가 아래로 휘었다가 다시 제자리로 휙 돌아오는 바람에 깜짝 놀라 제자리에서 펄쩍 뛰었다.

"레모네이드와 생강 쿠키입니다."

게르다의 목소리에 놀라 밴은 또 한 번 펄쩍 뛰었다.

"마음껏 드세요."

게르다는 테이블에 쟁반을 두고 문밖으로 휙 나갔다.

밴은 게걸음으로 낮은 흰색 소파를 빙 돌아서 쿠키 하나를 조금 맛봤다. 굉장히 바삭바삭했지만 향이 지나치게 강해서 입안이 얼얼했다.

"신선한 …… 쿠키 …… 내가."

팔보그 씨의 목소리가 어깨 너머로 들려왔다.

'시원한 민트 쿠키를 내왔구나.'

밴이 돌아보며 말했다.

"게르다 부인이…… 음…… 아내 분께서 가져다 주셨어요."

"네 말처럼 내 아내가 나더러 '팔보그 씨.'라고 부르지 않으면 좋겠구나."

팔보그 씨가 미소를 지었다.

"게르다와 한스가 우리 집 살림을 도와주고 있어. 한스는 게르다의 남편이지. 내가 하는 사업의 구매나 판매 관리 일을 돕는단다. 덕분에 이 큰 집에서 내가 덜 외롭지. 저 두 사람이 없었다면 이 집에는 그저 나와 수집품들뿐이었을 거야."

팔보그 씨는 방 전체를 아우르는 손짓을 해보였다.

"보다시피 상당한 공간을 차지하고 있긴 해도 썩 좋은 친구가 되어 주진 않거든. 기계 장치 저금통, 도장, 구슬, 머리카락으로 만든 공예품…….”

밴은 자신의 귀를 의심했다.

“머리카락 공예품이라고요?”

“빅토리아 시대 물건인데, 사람 머리카락으로 만든 거란다. 수집한 지 십여 년밖에 안 됐어. 어떤 수집품들은 일생에 걸쳐 모은 것들이지. 오페라 앨범들, 문진들…….”

팔보그 씨가 말하는 동안 파란색 눈은 더욱 밝아졌다.

“날 따라오면 직접 볼 수 있게 해주마.”

밴은 팔보그 씨를 따라 또 다른 아치문을 지났다. 모퉁이를 돌아 굳게 닫힌 문 두 개를 지나 팔보그 씨가 휙 문을 열었다. 불을 켜자 방 전체가 반짝이며 살아났다.

“오오오.”

밴이 숨을 내쉬었다.

방에는 조명이 켜진 유리 캐비닛이 가득했다. 근사한 보석 가게에서나 보던 것이었다. 선반 가득 형형색색의 유리구슬들이 부드럽게 반짝이고 있었다. 문득 희미하게 빛나는 유리병으로 가득했던 방이 떠올랐지만…… 팔보그 씨가 캐비닛을 열고 뭔가를 들어 올리는 것을 보고 밴은 다시 집중했다.

“이건 내 수집품 가운데 가장 오래된 것들 중 하나야.”

팔보그 씨가 나선 모양의 금이 든 녹색 유리구를 들어 보였다.

“뉴올리언스의 골동품 가게에서 발견했지. 지금 네 나이보다 별로 많지 않은 때였어. 내가 이것 때문에 빠져들었지.”

밴은 문진 속 은하계를 들여다봤다. 얼어붙은 사이클론처럼 생긴 거품이 들어 있는 것, 해파리 다리처럼 보이는 색유리가 층층이 쌓인 것, 백 년 전 꽃이 든 것도 있었다.

"우아."

밴이 중얼거렸다.

"수집이란 파악하기 힘든 일이야."

팔보그 씨가 밴 옆에서 몸을 숙이며 말했다.

"전 세계가 골동품 상점이지. 다음 발견을 어디서 할지 모르는 거야. 물론 세상을 이런 식으로 보면 정신이 산만해지고 이상해지지만, 어쩔 수 없어. 그만두는 순간 진짜 보물을 놓칠 테니까."

캐비닛을 보고 있던 밴은 고개를 들었다. 시선이 팔보그 씨의 얼굴로 옮겨 갔다. 척추에서부터 묘한 짜릿함이 올라왔다. 길에서 자신을 기다리고 있던 뭔가 특별한 것을 발견했을 때의 느낌과 비슷했다.

"그리고 일단 그 보물을 발견하고 나면, 그걸 가져야 해. 수집품에 꼭 추가해야만 해. 왜냐하면……."

"거기 있어야만 하는 물건이니까요."

팔보그 씨의 눈이 반짝였다.

"바로 그거야."

팔보그 씨가 밴의 어깨에 손을 얹었다.

"너 역시 수집가라는 걸 단박에 알아봤지. 네 열정은 뭐니? 뭘 수집해?"

"그냥…… 눈에 띄는 작은 물건들이요. 사람들이 흘리거나 버린 것들이요."

"아주 흥미롭구나. 쿠키 하나 더 먹을래? 아니면 머리카락으로 만든 공예품을 보여 줄까?"

"머리카락 공예품이요."

밴이 재빨리 대답했다.

팔보그 씨는 밴을 데리고 방을 나왔다. 모퉁이를 몇 번 더 돌아 닫힌 문 여러 개를 지나서 긴 계단을 올라갔다. 팔보그 씨의 집 내부는 생각보다 훨씬 복잡했다. 복도는 전부 여러 갈래로 갈라졌고, 구석구석 선반마다 기묘한 보물이 있었다. 수백 개의 가면을 걸어놓은 벽도 있고, 오래된 서커스 포스터로 뒤덮인 벽도 있었다. 이런 저런 형태의 뱀 박제로 가득한 복도 전체가 은은하게 빛나는 곳을 지나 팔보그 씨가 방문을 열었을 때 밴은 자신이 어디로 가고 있는지조차 잊어버릴 정도였다.

좁고 긴 방이었다. 어두운 색의 패널과 빨간 벨벳 커튼 때문에 빛은 거의 들어오지 않았다. 윤기가 흐르는 나무 테이블 위에는 묘하게 생긴 기계들이 놓여 있었다. 타자기, 아주 오래된 금전 등록기, 재봉틀이나 치과에서 사용할 법한 등이었다. 팔보그 씨가 샹들리에를 켜자 유리 상자를 잔뜩 달아 놓은 벽이 밴의 눈에 들어왔다. 상자마다 근사한 자수 공예품이 들어 있었다. 알록달록 실이 아닌 인간의 머리카락으로 만든 공예품이었다. 밴은 더 자세히 보기 위해 가까이 다가갔다. 머리카락을 묶거나 감는 방식으로 작은 꽃봉오리와 나무, 이파리와 줄기를 만든 것이었다. 원래는 녹색, 분홍색, 흰색이었어야 할 것들이 전부 칙칙한 갈색이었다.

"정말 괴상하네요."

밴이 입을 떼자 팔보그 씨는 고개를 끄덕였다.

"정말 그렇지. 빅토리아 시대의 장인들이 밤이면 밤마다 빗에서 머리카락을 집어내는 모습을 상상해 봐."

"정말 괴상해요."

"시간이 더 있었다면 내 뮤직 박스들도 보여 줬을 텐데. 지하 저장고에 있거든. 다음에 오면 보여 주마."

밴은 팔보그 씨에게 미소를 보냈다.

"네. 좋아요."

밴을 바라보는 팔보그 씨의 얼굴에도 미소가 떠올랐다. 그때 밴의 눈에 무언가가 들어왔다. 팔보그 씨의 어깨 너머 가장 깊고 구석진 어두운 곳에서 빨간 벨벳 커튼에 가려진 채 빛나고 있는 검은색 문 두 개가 보였다. 문에는 색칠한 실크가 붙은 패널이 달려 있었다.

"저 안엔 뭐가 있어요? 다른 수집품인가요?"

밴이 물었다.

"아."

팔보그 씨는 밴과 빛나는 검은색 문 사이로 얼른 몸을 옮겼다.

"미안하지만 저건 손님들에게 보여 주지 않는 수집품이야."

그리고 미안해하는 표정을 지었다.

"내 수집품 중 가장 귀한 거야. 안전하게 지키는 게 그 무엇보다 중요하거든."

호기심에 이끌린 밴은 친절한 팔보그 씨 덕분에 평소보다 용기를 냈다.

"정말 조심할게요."

밴은 다시 한 번 문을 흘깃거리며 약속했다.

"절 믿으셔도 돼요."

하지만 그와 동시에 밴은 속으로 몇 가지 비밀을 떠올렸다. 피터의 다람쥐를 훔친 것, 지저분한 수집 대행사에 숨어들어 끝없는 지하 계단을 오르내린 것, 소원 병으로 가득한 방에 숨어든 것, 은색 빛줄기가 빙빙 돌아가는 파란색 유리병을 침대 밑 보물 상자에 숨긴 것까지. 물론 팔보그 씨의 것을 훔치지는 않겠지만…… 어쩌면 자신이야말로 믿지 못할 사람일지 모른다고 생각했다. 피터 그레이의 집에서나 지하 수집품 보관소에서도 뭔가를 훔치려고 했던 것은 아니었다.

"오, 그럼 확신한단다. 난 널 믿어."

팔보그 씨의 대답을 듣자 밴의 마음이 조금 가라앉았다.

"하지만 다른 사람들이……."

하던 말을 멈추고 팔보그 씨의 눈이 향한 곳은 반쯤 가려진 검은 문 근처의 벽면이었다. 팔보그 씨가 노려보는 곳에 작은 갈색 거미 한 마리가 꼼짝 않고 있었다. 팔보그 씨는 곧바로 주머니에서 파란 손수건을 꺼내 거미를 거칠게 내리쳤다. 탁 소리와 함께 납작해진 거미를 보고 밴은 소스라치게 놀랐다. 조그만 거미 한 마리를 잡을 때 나는 소리치고 어마어마하게 큰 소리였다. 팔보그 씨의 얼굴에서 차가운 불쾌감이 묻어났다. 하지만 몸을 돌려 밴을 바라볼 때는 순식간에 미소 띤 얼굴로 돌변해 있었다.

"모든 동물이 친구는 아니란다."

팔보그 씨가 옆 테이블에 손수건을 올려놓으며 말했다. 곧이어 손목시계를 보더니 "오, 이런. 시간 가는 줄도 몰랐구나. 이만 오페라 극장으로 출발하는 게 좋겠다." 하면서 밴에게 문 쪽으로 가라고 손짓을 했다.

"먼저 나가렴. 마크슨군."

오페라 극장은 생각보다 가까웠다. 오후 햇살을 받으며 걸어가는 동안 팔보그 씨가 특이한 구슬과 아주 희귀한 우표 이야기를 들려주었지만 밴은 절반밖에 알아듣지 못했고, 가는 길에 배수로에서 구식 열쇠를 발견했다. 극장 앞에 도착하자 팔보그 씨는 로비 문을 열어 주며 작별 인사를 고했다. 그 순간 밴의 가슴 깊은 곳에 작지만 묘하게 불편한 감정이 자리 잡았지만 그 이유는 알 수 없었다.

11
우리가 널 찾으러 갈 것이다

자정에서 삼 분이 지났을 때였다. 밴의 방 창문이 조금씩 열렸다. 창문이 삐걱거렸지만 평소처럼 침대 옆에 보청기를 올려두고 깊은 잠에 빠진 밴의 귀에는 아무 소리도 들리지 않았다. 발톱이 침대 기둥에 닿을 때 나는 달그락 소리도, 묵직한 금속 갈고리가 창턱에 걸리면서 나는 그 어떤 소리도 듣지 못하고 있었다. 열린 창문으로 시원한 바람이 불어와 밴의 머리카락을 살짝 흔들었지만, 몸을 조금 뒤척이게 할 뿐 밴을 깨우기에는 역부족이었다.

창문 아래 두 쌍의 부츠가 벽을 기어오르고, 창턱 위로 길고 어두운 코트 자락들이 펄럭였지만 밴은 여전히 꿈속이었다. 스탠드의 뿌연 불빛을 막아서는 그림자가 몸 전체를 감싸고 나서야 밴의 눈꺼풀이 천천히 올라갔다. 침대 옆에 선 두 남자는 어두운 색 코트를 입고 있었다. 한 사람은 살아 있는 너구리를 목에 둘렀고, 빛나는 눈과 굳은 표정의 다른 한 사람은 어깨에 커다란 검정 갈까마귀를 얹고 있었다.

밴은 소리를 지르려고 했지만 커다란 손이 나타나 밴의 입을 막아 버렸다. 잭이 입술을 움직이자 다른 한 사람이 고개를 끄덕이며 밴이 덮고 있던 이불을 들쳤다. 밴의 머리에 검은 자루가 씌워지고 누군가 밴을 번쩍 들어 어깨에 둘러멨는데 이 모든 일이 워낙 순식간에 일어나는 바람에 밴은 모형 기차가 그려진 잠옷을 입고 있다는 사실을 들키지 않기를 바랄 시간조차 없었다.

밴을 어깨에 떠멘 남자가 거친 숨소리와 함께 창턱을 넘었다. 축축한 밤공기가 밴이 입은 잠옷을 파고들었다. 밴은 잭의 어깨에 눌린 배가 몹시 아팠다. 비명이 절로 나왔지만 머리에 자루를 뒤집어쓴 탓인지 입 밖으로 나오지 않고 머릿속을 맴돌았다. 잠깐 동안 밴은 앞으로 고꾸라진다고 생각했지만, 곧 누군가가 두 손으로 밴을 잡고 들어 올려 좁고 푹신한 의자에 앉혔다. 누군가 옆자리에 앉았는지 의자가 움직이는 게 느껴졌다. 몸이 흔들리면서 바람이 불어왔다. 앞으로 빠르게 움직이고 있다는 걸 알 수 있었다. 그것도 아주 빠르게.

'내가 훔친 유리병에 대해 아는 거야.'

밴은 깨달았다. 갑자기 온몸이 싸늘해진 느낌이었다.

"제발요. 돌려드릴게요. 시키는 건 뭐든 할……."

밴은 자루를 뒤집어쓴 채 숨을 헐떡이며 말했다. 하지만 커다란 손이 다시 밴의 입을 막았다. 혹여 누군가 대답했다고 해도 밴은 아무 소리도 들을 수 없었다. 입을 막고 있는 크고 묵직한 손 때문에 답답해서 숨이 막힐 지경이었다. 두려움 때문에 발작을 일으키기 직전이었지만, 밴은 당황하지 않고 아주 천천히 고개를 옆으로 기울였다. 크고 묵직한 손은 그대로였다. 머리를 움직일 수 있게 되자 밴은 아래쪽 틈으로 밖을 내다 봤다.

밴은 지붕이 없는 작은 마차의 검은 가죽 의자에 앉아 있었다. 가느다랗고 커다란 바퀴 달린 자전거로 끄는 마차였다. 두 남자가 짙은 색 코트 자락을 펄럭이며 자전거의 페달을 밟고 있었다. 골목 안으로 들어간 마차는 다른 골목을 지나 또 다른 골목으로 방향을 꺾었다. 더는 길을 기억할 수 없게 되었지만 밴은 상관없다고 생각했다. 어디로 가는지는 이미 알고 있었다.

마침내 마차가 멈췄다. 잭이 다시 밴을 어깨에 둘러메자 흘러내린 자루가 눈을 가렸지만 밴은 느낌으로 알 수 있었다. 어둑한 텅 빈 사무실 안으로 들어간 그들은 가파른 돌계단을 내려갔다. 싸늘한 공기가 온몸을 에워쌌다.

"제발…… 뭐든 할게요. 제발."

밴의 애원에도 불구하고 밴을 메고 가는 사람은 단 몇 초의 머뭇거림도 없었다. 여러 번 방향을 바꾸고 수없이 많은 계단을 내려가면서 점점 아래로 이동했다. 왼쪽, 오른쪽 그리고 마침내 잭은 멀미가 날 만큼 빠른 동작으로 밴을 내려주었다. 밴은 바닥에 똑바로 서는 것과 동시에 여러 사람에게 떠밀려 차가운 금속 위로 비틀거리며 올라갔다. 맨발바닥 아래 바닥에서 진동이 느껴졌다. 누군가 밴이 뒤집어쓴 자루를 확 벗겼다. 밴은 눈을 깜빡거렸다. 멍하고 어지러웠다. 아래를 내려다보니 텅 빈 어둠뿐이었다. 비명을 질렀지만 보청기를 끼지 않은 밴의 귀에는 그마저 작고 희미하게 들렸다. 다른 사람들 귀에 들리기는 할까 궁금했던 밴은 새로운 사실을 깨달았다. 자신이 흔들리는 엘리베이터, 아니 그보다는 매달아 놓은 우리에 더 가까워 보이는 곳에 서 있다는 사실이었다. 격자 형태의 쇠 창살 우리에서 밴이 한 뼘만 더 내딛으면 어두운 구멍 아래로 곤두 박질칠 만큼 가파른 깊이였다. 우리에서 일 미터쯤 떨어진 단단한 석단 위에 굳은 얼굴을 한 남자 두 명과 함께 서 있는 잭이 보였다. 잭은 커다란 금속 바퀴에 달린 손잡이를 두 손으로 꽉 잡고 있었 다. 바퀴는 도르래와 여러 개의 톱니바퀴, 선에 연결되어 있었다. 밴 은 이제야 모든 상황을 파악했다. 저들은 밴을 어둠 속으로 보내려 는 중이었다. 저 깊디깊은, 앞이 보이지 않을 정도로 깊은 어둠 속, 돌을 뒤흔들 정도로 무섭게 으르렁거리는 무시무시한 존재가 있는 곳으로. 그곳은 보관소였다.

"안 돼요! 하지 마요! 제발요! 돌려줄게요!"

밴이 소리치자 잭이 입을 열었지만 이내 닫았다.

"안 들려요!"

잭이 다시 입을 움직였지만, 밴은 하나도 알아들을 수 없었다. 남자 하나가 잭의 귀에 대고 속삭였다. 잭이 눈이 가늘어졌다. 잭 의 어깨 위에 있던 갈까마귀가 하늘로 날아오르며 외쳤다.

"거짓말이야! 거짓말이야!"

그 소리가 어찌나 큰지 밴의 귀에까지 들릴 정도였다.

잭이 손잡이를 돌렸고, 밴이 서 있는 우리가 마구 흔들리면서 일 이 미터 아래로 내려갔다. 바닥에 미끄러진 밴은 뼈가 으스러질 정 도로 쇠창살을 세게 꽉 붙잡았다.

"제발요! 난 당신들이 원하는 게 뭔지 몰라요!"

밴은 머리 위 석단에 서 있는 남자들을 향해 외쳤다. 포니테일을 한 남자가 고개를 가로저었다. 세 번째 남자는 뭔가를 중얼거렸고,

부싯돌 같은 눈을 한 잭이 밴을 지켜보며 기다렸다가 다시 손잡이를 돌렸다. 밴은 중심을 잃고 엉덩방아를 찧었다. 한쪽 구석까지 미끄러졌고 창살에 척추를 부딪쳤다. 석단 위의 세 남자를 올려다보았다. 녹색과 금색 불빛이 멀어지고 있었다. 공포감 때문에 온몸이 화끈거렸다.

"안 돼! 누구 없나요! 도와줘요! 제발요!"

밴이 비명을 질렀다. 뭔가가 위에서 휙 지나갔다. 진줏빛 날개가 보였다. 어둠 속을 가로질러 휙 날아오른 물체는 벌벌 떨고 있는 밴이 갇힌 금속 우리를 지나쳐 바퀴 손잡이를 꽉 잡은 잭의 두 손 사이에 우아하게 내려앉았다. 비둘기였다. 곧이어 짙은 색 롱 코트를 입은 여자가 단 위로 서둘러 올라왔다. 손잡이에 앉아 있던 비둘기는 날개를 펄럭이며 여자의 어깨 위로 옮겨갔다. 밴은 달력 방에서 자신을 둘러쌌던 사람들 중에 저렇게 매끈한 머릿결의 여자가 있던 게 기억났다. 이름은 세사미. 잭보다 키는 작았지만 세사미가 잭 앞에 마주 서자 잭이 움찔하는 모습을 봤다고 밴은 맹세할 수 있었다.

여자는, 흔들리는 금속 우리에서 겁에 질려 있는 밴을 가리키며 서성였다. 몹시 화난 얼굴이었다.

"이게…… 안심…… 무슨! ……감히 ……누구 ……거야!"

여자가 외쳤다. 밴이 있는 우리 바닥이 또 한 차례 부르르 떨렸다. 진동으로 우리 전체가 흔들렸다. 밴은 창살에 몸을 바짝 붙였다. 우리는 위로 올라가기 시작했고 천천히 흔들리면서 원래 있던 자리로 돌아갔다. 사람들이 다시 밴을 움켜잡았다. 밴은 젖은 모래 자루처럼 털썩 주저앉았다. 공포감에 짓눌린 밴이 할 수 있는 게 없었다. 누가 잡았는지, 누가 끌고 갔는지, 어디로 가는지 거의 깨닫지 못했다.

밴이 정신을 차려 보니 다른 방으로 들어가고 있었다. 사방이 석벽인 더 작은 방이었다. 벽난로가 타오르고 있고 여기저기 깔개가 널려 있었다. 네일이 쥐들을 데리고 우뚝 서 있었다. 머릿결이 매끈한 여자와 잭, 잭의 부하들이 있었다. 다들 굉장히 화난 것처럼 보였다. 누군가 밴을 낡은 안락의자에 툭 내려놓았다. 어른들은 소리치고 있고, 세사미는 잭과 코를 맞대고 서 있었다. 네일과 다른 사람들은 두 사람 바로 뒤에 있었다. 가끔씩 단어가 들려왔다. 배신했다…… 듣는다…… 그저…… 안다…….

심한 충격을 받고 지쳐 있던 밴은 사람들의 대화를 따라가기는 커녕 그런 시도조차 할 수 없었다. 그저 바닥만 내려다보고 있었다. 벽난로 불빛에 비친 돌이 축축하고 흐릿해 보였다. 기묘한 그림자들이 종종걸음을 치는 모습이 밴의 눈에 들어왔다. 밴은 꿈을 꾸는 기분이었다. 무언가가 발목에 부드럽게 와 닿았다. 침대 발치에 앉아서 밴을 깨우려고 하는 엄마 같았다.

밴은 눈을 깜빡였다. 크고 검은 쥐 두 마리가 밴의 잠옷 바지 위를 기어오르고 있었다. 밴은 온몸이 뻣뻣해졌고 쥐들은 잽싸게 밴의 목 주변에 자리를 잡았다. 뾰족한 발톱이 밴의 어깨를 찔렀고, 수염 때문에 간질간질했다. 축축한 코가 귓불에 살짝 닿는 순간 밴은 몸을 부르르 떨며 눈을 꼭 감았다. 다른 목소리들이 어둠 속으로 사라졌다. 간지러운 이유가 꼭 수염 때문만은 아니란 것을 깨달았다. 바로 목소리였다. 주머니에 깊숙이 넣어 둔 시계가 째깍거리는 듯한 높고 작은 목소리. 밴은 이제 보청기 없이도 쥐들의 말을 전부 알아들을 수 있었다.

"수집가야."

오른쪽에서 말했다.

"뭘 모으는데?"

이번에는 왼쪽에서 물었다.

"작은 것."

첫 번째 목소리가 말했다. 지금 목소리가 조금 더 높았다.

"작은 방의 절반 정도에다가."

"아. 빨간 커튼이 있는 작은 방."

밴은 몸을 떨며 숨을 들이쉬었다.

"내 마케트를 말하는 거야?"

밴은 쥐들만큼이나 부드러운 목소리로 속삭였다. 쥐 두 마리는 갑자기 얼어붙기라도 한 것처럼 움직임을 멈췄다.

"그건 모형무대야. 커튼이 달려 있어."

밴이 이어서 말했다.

"아."

쥐들이 말했다. 쥐들은 잠시 말없이 앞발로 밴을 토닥거렸다.

"너희들은…… 혹시 내 생각을 읽고 있니?"

밴이 물었다.

"못 읽어."

첫 번째 쥐가 말했다.

"우린 쥐거든."

다른 쥐가 설명했다.

"아니 내 말은, 내가 무슨 생각을 하는지 알 수 있어? 내 수집품에 대해서는 어떻게 알았어?"

"레무엘이 봤어. 세라피나도 봤어."

목소리 낮은 쥐가 말했다.

"나는 레무엘이라는 사람은 몰라. 세라피나도."

"레무엘은 갈까마귀. 그리고 세라피나는 거미야."

쥐가 말했다.

"걔들이 날 지켜보고 있었어?"

"우리 모두 널 지켜보고 있지."

"라두슬라브. 너, 비밀을 말하고 있어."

목소리 높은 쥐가 주의를 주었다.

"바보 같은 비밀들. 얘는 거짓말쟁이가 아니야, 비올레타."

라두슬라브가 말했다.

"응, 진짜 같은 냄새가 나."

비올레타는 밴의 귓불에 코를 대고 킁킁거리며 말했다.

"진짜 같아 보여."

"음…… 비올레타? 라두슬라브?"

밴은 용기를 내 말을 건넸다. 입씨름 중인 어른들을 보며 고개를 끄덕였다.

"저 사람들이 나한테 무슨 짓을 할까?"

"몰라."

라두슬라브가 말했다.

"뭔가 하겠지."

비올레타가 말했다. 밴은 목 안이 꽉 막힌 느낌이 들었다. 꿀꺽 마른침을 삼켰다.

"날 해칠까?"

"아니. 그냥 붙잡아 둘 거야."

라두슬라브가 말했다.

"날 붙잡아 둔다고?"

밴이 새된 목소리로 말했다.

"어쩌면. 어쩌면 영원히. 아닐 수도 있고."

라두슬라브가 말했다.

"네 기계는 어디 있어?"

비올레타가 물었다.

"내 기계?"

"작고 파란 기계."

"아. 보청기. 그건 집에 있어. 그래서 어른들이 나에 대해 무슨 말을 하는지 들을 수가 없어."

밴의 말을 들은 쥐들이 또다시 얼어붙었다. 비올레타가 먼저 뛰어내리더니 바닥을 가로질러 네일의 코트 자락으로 달려갔다. 밴은 비올레타가 기어올라 네일의 귀에 대고 말하는 모습을 지켜보았다. 네일의 표정이 달라졌다. 순식간에 네일의 길고 어두운 형체가 밴과 불길 사이로 걸어 들어왔다. 네일의 그림자가 밴을 감쌌다.

"밴 마크슨."

네일이 말했다. 네일은 눈높이를 맞추기 위해 밴 앞에 쭈그리고 앉았다. 밴의 어깨에 있던 라두슬라브가 뛰어서 네일의 어깨로 건너갔다.

"내가 가까이 있으면 내 말을 이해할 수 있니?"

"얼굴이 보이면 더 나아요. 그리고 다른 사람들이 정말 조용해지면요."

네일은 사람들을 둘러보았다.

"조용해질 거다."

그리고 다시 밴을 보았다. 벽난로 불빛이 네일의 얼굴을 비추었다. 평소보다도 광대뼈가 더 날카로워 보였다.

"네가 무슨 짓을 했는지 우린 다 알고 있어."

그가 천천히 말했다.

'그 파란 유리병.'

밴의 배 속에서 빙글빙글 소용돌이가 일었다. 머리에 폭탄을 맞은 느낌이었다. 어깨 너머에서 잭과 부하들이 밴을 쏘아봤다. 도망칠 길이 없었다.

"그러려던 게 아니……."

네일이 밴의 말을 잘랐다.

"우린 네가 어디에 갔었는지 알고 있어. 누굴 만났는지도."

밴의 머릿속은 뒤죽박죽이 되었다.

"새끼 개똥지빠귀요? 개똥지빠귀들도 부하로 쓰세요? 나는 그냥……."

"……상대가 안 돼."

잭의 부하 하나가 끼어들었다.

'상대가 안 된대? 너무 많이 알아?'

"……약하고 녹슬었어."

잭이 거칠게 말했다.

'우린 그를 믿을 수 없어.'

네일은 한 손을 들어 잭의 말을 막았다.

"무겁다…… 누구…… 우리에 대해?"

"아뇨! 아무한테도 말 안 했어요! 맹세해요!"

밴이 소리 질렀다.

"겁먹었어."

비올레타가 작고 또렷한 목소리로 말했다.

"그리고 죄책감도 좀 느끼고 있네. 하지만 거짓말은 아니야."

라두슬라브가 거들었다.

"그래! 봤죠? 난 거짓말하는 게 아니에요."

밴은 고마워하며 말했다.

모두가 얼어붙었다. 네일의 입꼬리가 올라갔지만 미소를 지었다고 할 수는 없었다. 방 안이 너무나 조용해져서 네일의 말이 벽에 부딪쳐서 메아리치는 듯했다.

"누구와 이야기하고 있니, 밴 마크슨?"

밴은 겁에 질린 채 네일을 쳐다봤다.

"우리가 뭘 수집하는지 안다고 말해."

비올레타가 속삭였다.

"난 당신들이 뭘 수집하는지 알아요! 소원에 대한 걸 알아요!"

밴은 필사적으로 말했다. 그렇지 않아도 조용한 방이 이제 숨소리조차 들리지 않을 정도로 고요했다. 방 전체가 반짝이는 유리병 안에 밀봉된 것 같았다. 밴은 뒤늦게 깨달았다. 이 모든 것이 시험이었다는 것과 간신히 통과했다는 것을. 또는 통과하지 못했다는 것을.

아주 길고 차가운 일 분이 흐르는 동안 모두가 밴을 바라봤다.

"알고 있군."

네일이 모두를 빨아들이듯 깊이 있는 목소리로 말했다.

"이 아이는 생명체의 소리를 들어. 그리고 알고 있어."

또다시 침묵의 일 분이 흘렀다. 밴은 힘겹게 숨을 내쉬었다. 천둥처럼 뛰는 심장을 죄는 양쪽 허파가 쪼글쪼글 말린 자두처럼 느껴졌다.

마침내 네일이 다시 입을 열었다.

"저런 아이, 눈에 보이면서 눈에 띄지 않는 사람을 우리 편에 두는 게 우리에게 가장 유리하지 않겠어?"

수집가들은 서로를 바라봤다. 곧 모든 사람이 말하기 시작했고, 밴이 알아들을 수 없는 말들을 주고받았다. 밴은 안락의자에 털썩 앉았다. 큰 나무 책상 주위로 모여드는 모든 사람들을 유심히 지켜보았다. 잠시 후 사람들은 흩어졌고, 네일은 밴이 앉아 있는 곳을 향해 천천히 부드럽게 다가왔다.

"…… 널 믿는 게 잘못일 수도 있어."

네일은 날카롭고 냉랭한 자신의 얼굴을 밴이 볼 수 있게 다시 몸을 굽혔다.

"…… 이제 너한테 달렸다. 네가 우리의 적이 아니라는 걸 증명해 보여."

목소리가 더 낮아졌다.

"아니면 우리를 적으로 상대해야 할 거야."

"네. 그럴게요. 증명할게요."

밴은 필사적으로 말했다. 사실 어떻게 증명하면 되는지 전혀 몰랐지만 그게 뭐였든 밴은 다 약속했을 것이다. 낯설고 화난 사람들로 가득한 이 지하실에서 밖으로 나갈 수만 있다면.

네일은 접은 종이쪽지를 밴에게 내밀었다. 오랫동안 날카로운 눈길로 쳐다보는 네일 때문에 밴은 껍질이 홀딱 벗겨진 감자가 된 느낌이었다. 네일은 건장한 남자 세 명을 향해 말했다.

"집에 데려다줘."

잭은 이미 옆에 와 있었다.

"리벳, 비틀. 가자."

밴은 잭이 그렇게 말하는 것을 들었다고 생각했다.

밴은 종이를 펼치기도 전에 끌려 나갔다. 난롯가를 떠나 육중한 문을 나갔다. 사람들 손에 이끌린 채 돌 복도를 지나고 가파른 계단을 올라가 도시 수집 대행사 사무실로 올라갔다. 갈까마귀 떼가 따라오면서 깍깍 소리를 냈다. 재미없는 농담을 떠올리며 웃는 웃음소리 같았다.

마차에서 잭은 밴 옆에 앉았다. 남자들이 탄 자전거가 꼬불꼬불 골목길을 지나는 동안 잭은 아무 말이 없었다. 밴은 용기를 내서 잭을 흘끔거렸다. 정면을 바라보는 잭의 새까만 눈이 빛나고 있었다. 마차 덮개 너머로 짙은 회색빛 하늘이 흐릿하게 보였다. 가장자리에 생긴 구멍에서 달빛 한 줄기가 쏟아졌다. 까마귀들이 날개를 펄럭였다.

마차가 모퉁이를 돌자 팔보그 씨의 하얀 저택이 보였다. 위층 창문에서 불빛이 새 나오고 있었다. 그런데 갑자기 마차가 방향을 틀었고, 밴은 중심을 잃고 쓰러진 채로 집에 도착할 때까지 똑바로 앉을 수가 없었다.

밴의 침실 창문이 열려 있었다. 너구리와 다니는 남자-밴은 그가 비틀이라고 생각했다-가 갈고리를 매단 밧줄을 창문 안으로 힘껏 던졌다. 잭이 마차에서 뛰어내렸다.

"울타리냐?"

"뭐라고요?"

밴이 말했다.

잭은 엄지손가락으로 자기 등을 가리켰다.

"올라타라고."

주저하던 밴이 잭의 목을 감싸 안았다. 잭이 밧줄을 잡고 올라가기 시작한 지 불과 몇 초 만에 두 사람은 땅 위에서 대롱거렸다. 밴은 잭의 등에 단단히 매달려 있었다. 침실 창턱에 도착한 잭은 창문 틈으로 몸을 기울여 등에 붙어 있던 밴을 떼어 냈다. 단단한 나무 바닥으로 굴러 떨어진 밴은 거친 숨을 내쉬었다. 단단했던 뼈가 익힌 스파게티처럼 물렁해진 기분이었다.

"저게 일기?"

밴이 여전히 꽉 쥐고 있는 종이를 가리키며 잭이 작은 목소리로 말했다.

'저걸 읽어.'

밴은 고개를 끄덕였다.

밴을 한 번 더 쳐다보고 창문으로 나간 잭은 금세 사라졌다. 비틀거리며 일어난 밴이 겨우 창문 앞까지 걸어갔을 때는 짙은 색 코트를 입은 세 남자와 이상한 마차가 어둠 속으로 사라진 뒤였다. 밴은 창문을 잠갔다. 이미 천둥 번개에 비까지 몰아치는데 방충망을 닫는 것과 뭐가 다를까 싶었지만, 밴은 창문 블라인드까지 내리고 침대 위에 올라가 누웠다. 이불을 턱 밑까지 끌어올리고 침대 옆 스탠드를 켰다.

네일이 준 종이는 두껍고 누르스름한 데다 가장자리가 해져 있었다. 비스듬한 글씨는 읽기가 힘들었다. 밴은 떨리는 손으로 종이를 옆으로 돌려 더 가까이서 들여다보았다.

넌 다른 종류의 수집가를 만났지. 아마 네게 자기가 가진 보물의 일부를 보여 주었을 거야. 그 사람이 꽁꽁 숨겨 둔 수집품이 있어. 넌 이 수집품을 잘 살펴보고 뭐가 있는지 알아낸 다음 그중 하나를 우리에게 가져와야 해. 그럼 네가 정말 그걸 봤고 우리 편이라는 증거로 여길 거야. 만약 그렇게 하지 않으면 우리와 동맹을 맺은 게 아니야. 우린 널 적이라고 생각할 거야.

가슴이 조여 왔다. 밴은 떨리는 손으로 종이를 다시 접어 침대 발치로 던져 버렸지만 종이는 여전히 눈에 띄었다. 종이가 마치 자신을 지켜보는 것 같았다. 밴은 침대에서 일어나 다시 종이를 집어 들었다. 그리고 모형무대 벽 뒤쪽으로 종이를 밀어 넣고 그 앞에는 슈퍼 밴을 세워 놓았다.

'다른 종류의 수집가.'

이 말이 가리키는 사람은 단 한 사람밖에 없었다.

'갈까마귀, 비둘기, 거미, 짙은 색 롱 코트를 입은 사람들이 집 안에 있는 날 볼 수 있다면, 내가 팔보그 씨의 하얀 저택 안으로 들어가는 것도 분명 봤을 거야.'

"그 사람이 꽁꽁 숨겨 둔 수집품이 있어."

붉은 커튼이 쳐진 어두운 방, 그 방에 숨겨진 검은 문을 떠올리자 밴은 속이 다시 부글거렸다. 이제부터 선량한 팔보그 씨를 감시하고, 팔보그 씨만 아는 비밀을 훔쳐서 다른 사람에게 넘겨야 했다.

'수집가들과 동맹을 맺지 않으면 어떻게 될까, 친구일지 모르는 사람마저 납치하는 수집가들의 적이 되면 대체 어떤 일이 벌어질까?'

기억 속 깊은 지하에서 들려오던 울부짖음이 밴의 머릿속에서 메아리쳤다.

'난 어쩌다가 이런 어둡고 끔찍한 일에 휘말린 걸까?'

밴은 다시 침대로 달려가 누웠다. 이불을 단단히 둘렀지만 떨림이 멈추기까지 아주 오랜 시간이 걸렸다. 그리고 마침내 잠들기까지는 더 오랜 시간이 걸렸다.

12
뜻밖의 손님

이튿날 내내 밴은 끔찍했던 전날 밤을 다시 떠올리며 보냈다. 행여 자신을 감시하는 거미가 있을까 봐 집안 곳곳을 뒤지고 다니면서 여기저기에 부딪쳤다. 덕분에 엄마는 하루 종일 오디오에서 나오는 노래를 따라 부르며 밴이 떨어뜨린 물건들을 제자리에 올려놓고, 부엌을 정리하며 보내야 했다. 하지만 정신이 딴 데 팔려 있는 밴은 그마저도 알아차리지 못했다.

밴은 창가 의자에서 무릎을 꿇은 채로 유리창에 이마를 바짝 붙이고 거리를 살폈다. 짙은 색 코트를 입은 사람들과 숨어 있는 동물들을 찾는 중이었다. 현관문을 두드리는 소리가 들렸다. 엄마가 얼른 달려 나갔다.

"안녕하세요! 어서 들어오세요!"

먹을거리가 잔뜩 든 봉투를 들고 서 있는 그레이 씨와 피터를 보며 엄마가 소리쳤다.

밴은 의자에서 재빨리 내려왔다. 부엌 선반에 봉투를 내려놓은 그레이 씨는 엄마와 볼키스를 주고받았다. 차가운 수영장처럼 새파란 눈으로 피터는 앞만 쳐다봤다.

"와인을 냉장고에 넣을까요?"

그레이 씨가 물었다.

"정말 좋은 생각이에요, 찰스. 지오바니, 찰스가 특별한 리조토를 만들어 줄 거야. 우리가 요리할 동안 넌 피터와 방에서 노는 게 어때?"

심장이 쪼그라드는 것 같았다. 훔친 다람쥐와 피터의 생일 소원이 담긴 파란색 병이 여전히 침대 밑에 있었다. 피터를 방에 들이다니 어쨌거나 위험할 것 같았다. 마치 욕조 위에 피라냐가 들어 있는 어항을 올려두는 것과 다를 게 없었다.

"지오바니, 내 말 들었니?"

엄마가 물었다.

"네."

밴은 복도를 걸어가면서 빠져나갈 방법이 떠오르길 기대했다. 피터가 바로 뒤따라왔다. 방으로 들어온 피터는 문을 쾅 닫았다. 밴은 얼른 침대 옆으로 비켜나며 보물 상자를 가렸다. 보청기를 귀에 꽂으며 말했다.

"게임이 좀 있어. 아니면 레고 갖고 놀아도 돼."

문 앞에 서서 밴을 바라보던 피터는 방 전체를 훑어보더니 어깨를 으쓱했다.

"그림 그리고 싶어?"

밴이 제안했다.

"아무래도 좋아."

피터는 밴의 뒤에 있는 작은 무대 쪽으로 다가갔다.

"네가 오늘 밤에 놀러 온다는 걸 모르고 있었어."

밴이 다급하게 말했지만, 피터는 이미 작은 무대 앞에 무릎을 꿇고 있었다.

"응, 나도 몰랐어."

슈퍼 밴에게 손을 뻗으며 웅얼거리던 피터가 밴을 올려다보며 물었다.

"이게 뭐야?"

"모형무대야."

피터 옆에 무릎을 꿇으며 밴이 말했다.

"아빠가 만들었어. 세트 디자이너였거든."

피터는 코웃음을 치며 손끝으로 슈퍼 밴의 머리를 잡고 돌렸다.

"우리 아빠는 아무것도 안 만들어. 이래라 저래라 시키기만 하지."

"음."

밴은 네일의 쪽지가 잘 있는지 확인하기 위해 커튼을 살폈다.

"그게 직업이겠지. 디렉터잖아."

피터는 처음으로 밴의 얼굴을 똑바로 쳐다봤다.

"왜 두둔하는 거야? 들어 봐!"

피터는 문 쪽으로 머리를 까닥해 보였다. 귀를 기울였지만 밴의 귀에는 아무 소리도 들리지 않았다.

"뭘?"

"두 사람. 늘 이런 식이야. 아빠가 고르는 가수는 전부 새 여자 친구가 된단 말이야.”

피터의 목소리는 낮고 진지했다.

“뭐?”

밴이 다시 물었다.

“우리 엄마는 너희 아빠 여자 친구가 아니야.”

“지금 무슨 일이 일어나는 것 같은데? 네가, 그냥 저녁 요리하는 거라고 말하면 난 미쳐 버릴 거야.”

피터는 화난 사람처럼 말했다.

“나는⋯⋯.”

밴이 말끝을 흐렸다. 시선을 돌린 피터는 슈퍼 밴을 무대 중앙에 다시 놓았다.

“전에도 이런 일이 있었다는 거야?”

잠시 후 밴이 물었다. 피터는 어깨를 으쓱했다.

“보통 난 집에 있어. 내 생각에는 너희 엄마한테 네가 있으니까 아빠가 날 데려와야겠다고 생각한 것 같아.”

피터는 다시 밴을 보았다.

“넌 저 두 사람이 사귀는 거 싫지, 안 그래?”

밴은 속으로 가상의 달력을 한 장씩 넘겼다. 피터와 점점 더 많은 시간을 보내게 될 것 같았다. 답답한 피터네 집으로 들어가 함께 살고, 오만한 그레이 씨에게 ‘아빠’라고 불러야 하는 장면을 떠올렸다. 엄마가 그레이 씨에게 특별한 미소를 짓는 동안 피터와 단둘이 집에 남아 있는 상상도 했다. 엄마는 점점 멀어져 가는데 밴은 큰 소리로 엄마를 부를 수 없었다. 엄마를 붙잡을 만큼 빠르게 움직일 수도 없었다.

"싫어."

밴이 대답했다. 피터는 잠시 동안 말없이 부드러운 벨벳 커튼을 만지작거렸다.

"내가 바라는 건 그저……."

밴은 무대 뒤의 쪽지가 보일까 봐 얼른 커튼을 펼쳤다.

"바라는 게 뭔데?"

피터는 하던 말을 끝맺지 않고 문 쪽으로 고개를 또 한 번 까닥였다.

"들어 봐."

밴은 귀를 기울였다.

"내 귀에는 아무것도 안 들려."

"바로 그거야. 아주 조용해. 아마 둘이서 키스하고 있을 거야."

"아니야."

"맞아."

"아니야."

피터는 말없이 문 쪽으로 다가가며 밴에게 따라오라는 손짓을 했다. 둘은 복도를 살금살금 걸어가 모퉁이 뒤에서 부엌 안을 훔쳐봤다. 엄마와 그레이 씨는 요리 중이었다. 도마 위로 몸을 숙이고 칼질을 했다. 손은 아주 가까웠지만 입술은 한 뼘 정도 거리가 있었다.

"내가 뭐라고 했어."

밴이 조금 큰 소리로 말한 탓에 부모들이 고개를 들었다. 그레이 씨는 약간 짜증 난 얼굴이었다. 엄마는 밝은 미소를 지으며 노래하듯 말했다.

"지오바니! 피터랑 같이 와서 상을 차려 주지 그러니? 피터에게 뭐가 어디 있는지 알려 주렴."

밴은 피터와 함께 부엌을 가로질러 은식기가 있는 서랍장 앞으로 갔다. 도마 옆을 지날 때 엄마는 밴의 정수리에 짧게 입을 맞추었지만 그레이 씨는 두 아이를 못 본 체했다.

밴과 피터는 작은 식탁 위에 칼과 포크를 늘어놓았다. 오디오에서는 계속 음악이 흘러나왔다. 엄마와 그레이 씨는 작게 대화를 나누었다. 밴은 대화 내용을 알아들을 수 없었지만, 한 번 이상은 종소리처럼 울리는 엄마의 웃음소리를 들은 것 같았다. 밴은 슬쩍 피터를 살폈다. 피터는 어깨를 축 늘어뜨린 채 멍한 얼굴이었다. 얼음장 같던 눈에…… 물기가 많아 보였다. 밴은 처음으로 피터에 대한 반감이 누그러지는 것을 느꼈다. 따뜻한 호감은 아니었지만 반감보다는 훨씬 덜 차가운 느낌이었는데 정확히 어떤 감정인지 알 수 없었다. 그리고 그게 정확히 뭔지 채 파악도 하기 전에 또다시 노크 소리가 들렸다.

"저게 누굴까! 또 오기로 한 사람은 없었는데!"

엄마가 노래하듯 말했다. 밴이 지켜보는 가운데 엄마가 문을 열었다.

"잉그리드 마크슨? 당신 암으로 울 겁니다."

문 앞 배달부는 흰 백합 꽃다발을 건네고 얼른 가버렸다.

'당신 암으로 울 겁니다.'

밴은 마음속으로 단어들을 헤집었다.

'당신 앞으로 온 겁니다.'

아마 이런 말이었을 것이다. 그렇지만 밴의 심장은 여전히 조금 거칠게 뛰었다.

"또 다른 팬인가요, 잉그리드?"

그레이 씨의 말에 엄마가 웃음을 터뜨렸다.

"그렇다면 정말 놀랄 일이네요."

엄마는 꽃다발 속에서 작은 봉투를 꺼냈다.

"오, 팔보그 씨가 보낸 거네요!"

엄마는 처음에 밴을 보고 이어서 그레이 씨를 보며 미소를 지었다.

"당신과 이보르 팔보그 씨는 오랜 친구 사이 아닌가요, 찰스? '당신과 개똥지빠귀를 구하는 당신의 아드님과 더 잘 알게 되어 무척 기쁩니다.'라니 정말 다정하지 않아요? 그리고 지오바니, 네게 보내는 쪽지도 있구나."

엄마는 밴에게 더 작은 다른 봉투를 내밀었다.

지오바니 마크슨군.

깔끔하고 정중한 글씨로 쓰여 있었다. 밴이 봉투를 열었다.

내 친구에게.

아무도 이 쪽지를 보지 못하게 해. 가능한 한 빨리 와서 날 만나야 해. 넌 지금 엄청난 위험에 처해 있어.

13
뜻밖의 손님들이 더 있었다

밴은 그날 밤 잠을 이루지 못했다. 보청기를 빼고 침대에 웅크리고 누운 채로 스탠드를 켜고 베개로 방어벽까지 쌓았지만 소용없었다. 아무리 애를 써도 머릿속 전원 스위치가 자꾸만 저절로 올라갔다.

'팔보그 씨가 수집가들에 대해 말한 게 분명해. 네가 심각한 위험에 처한 이유가 그들 때문인 게 맞지?'

머릿속에서 모형 다람쥐의 소리를 닮은 목소리가 말했다.

'당연하지. 제발 조용히 해. 잠 좀 자게 해줘.'

밴이 말했다.

'그런데 네가 위험하다는 게 무슨 뜻이라고 생각해? 그들이 무슨 짓을 한다는 걸까? 그 구덩이 속에 널 떨어뜨릴까? 아니면 그보다 더 심한 짓을 할까?'

머릿속에서 질문이 이어졌다.

'난 정말 그때 일을 떠올리고 싶지 않아. 제발, 제발, 제발, 그만해.'

밴이 말하고 몇 초간 조용했다. 이제 눈을 감아도 안전하다는 기분이 들 때쯤 다시 질문이 이어졌다.

'네일의 쪽지 내용 기억해? 수집가들에게 돌아가지 않으면 그들의 적이 된다는 거? 그러니까 넌 돌아가야 해. 근데 그게 함정일까? 팔보그 씨한테 그 사람들 얘기를 할 거야? 애초에 팔보그 씨는 네가 위험하다는 걸 어떻게 안 거지? 어쩌면 팔보그 씨도 수집가들에 대해 알고 있는지도 몰라. 네가 그 사람을 염탐해야 한다는 걸 알지도 몰라. 널 속이려는 걸 수도 있어. 숨거나 도망가야 할지도 몰라. 그런데 어디로 갈 거야?'

밴은 머리 양쪽을 베개로 막고 눈을 꼭 감은 채 이를 앙다물었다. 물론 그런다고 안에서부터 나오는 목소리를 막을 수는 없었다.

'수집가들이 숨기고 있는 게 또 뭐가 있을까? 보관소에는 뭐가 있다고 생각해? 야, 야, 너 깨어 있어? 야.'

밴은 눈을 더 꼭 감았다.

'야! 야, 밴? 야, 미니 밴? 야. 야. 야!'

어쩐지 목소리가 달라진 것 같았다. 높아졌다가 더 빨라졌다. 게다가 밴은 스스로를 '미니 밴'이라고는 절대 부르지 않았다.

"야, 너 깨어 있어? 아직도 안 일어났어? 지금도? 야, 야! 밴. 야. 야. 야!"

작고 살짝 축축한 것이 얼굴에 닿았다. 밴은 샌드위치처럼 머리를 감싸고 있던 베개 하나를 밀어내고 눈을 떴다. 은빛 다람쥐가 코를 맞대고 있었다.

"바나벨트? 어떻게 들어왔어?"

밴이 속삭였다.

"다람쥐잖아."

바나벨트가 대답했다. 밴은 네일의 쥐들 목소리를 들었을 때처럼 다람쥐의 목소리가 또렷하게 들린다는 사실을 깨달았다. 침대 머리맡으로 움직여 옆 테이블에 손을 뻗었다.

"난 어디에든 기어 올라갈 수 있어."

바나벨트가 밴을 따라 깡충깡충 뛰어오며 말했다.

"유리만 빼고. 그리고 거울도. 거울도 유리의 일종이지. 전화선에서 떨어진 적이 있긴 하지만 얼어 있었으니까 그건 빼야지. 야, 이거 네 침대야?"

"응. 내 침대야."

밴이 귀에 보청기를 끼면서 대답했다.

"좋은데."

바나벨트는 시험 삼아 뛰어 봤다.

"잘 튕기네. 아마 난 분명히…… 야! 침대보에 있는 그림이 우주선이야?"

바나벨트가 다시 뛰기 시작하자 밴이 말했다.

"바나벨트, 너 나 감시하러 온 거야? 아직 네일이 말한 대로 할 기회가 없었지만, 그래도……."

"널 감시한다고?"

바나벨트는 뛰는 것을 멈추고 말했다.

"물론 아니지. 난 그저 소원수집가지, 정보 수집가가 아니야. 정보 수집가는 거의 다 거미야. 나는 거미처럼 오래 앉아 있을 수 없

125

어."

"그럼…… 여기 왜 온 거야?"

"내가 왜 왔냐고?"

바나벨트가 밴의 질문을 되뇌었다. 바나벨트는 방 안을 둘러봤다. 눈빛이 흐릿했다.

"내가 왜 왔더라?"

"나한테 뭔가 경고를 해주려고 온 거야, 아니면 뭘 가지러 온 거야, 아니면……."

"페블!"

다람쥐가 외쳤다.

"응, 그거야. 페블이 널 원해."

"나한테 뭘 원하는데?"

"너랑 얘기할 게 있대. 밖에 있어."

침대에서 창턱까지 뛰어오른 다람쥐는 창문 틈새로 코를 내밀었다.

"보여?"

밴은 꼼지락거리며 침대에서 내려왔다. 얼른 창가로 움직였다. 건물 앞 계단 옆에 헐렁한 코트 차림의 소녀가 구부정하게 서 있었다.

"이거 속임수야?"

"이렇게 날 불러내는 거. 설마 또 날 납치하려는 거야?"

"그건 아닌 것 같아. 하지만 내가 그 부분을 까먹은 거일 수도 있어."

바나벨트가 말했다. 밴은 창밖을 다시 내다봤다. 가로등이 켜져 있고, 달빛을 받은 도로가 은빛으로 빛났다. 문간에 짙은 색 롱 코트를 입고 숨어 있는 사람은 없었다. 적어도 밴의 눈에는 보이지 않았다.

"알았어. 일단 가운만 걸치고."

건물 복도와 계단은 텅 비어 있었다. 파란 가운을 걸치고 어깨에 다람쥐를 태운 아주 작은 소년과 마주친 이웃은 다행히 없었다. 밴이 현관문을 밀고 나오자 시원한 밤공기가 밀려들었다. 페블은 바로 앞에서 기다리고 있었다. 밴을 보자마자 양손으로 밴의 팔을 잡고 확 끌어당겼다. 현관 계단 앞을 돌아 소나무 화분 두 개와 일렬로 늘어선 쓰레기통 뒤로 몸을 피했다. 페블은 가로등 불빛 아래서 얼굴을 드러냈다.

"나와 줘서 고마워. 우리가 깨웠다면 미안해. 하지만 너랑 꼭 할 얘기가 있어."

페블은 빠르게 말했다. 밴이 여태껏 들어 본 가운데 가장 예의 바른 목소리였다.

"왜?"

춥지도 않는데 밴의 몸이 조금 떨렸다.

"무슨 일이야?"

"프레첼 냄새가 나."

다람쥐가 킁킁대며 말했다.

"너도 프레첼 냄새가 나니?"

페블의 목소리는 속삭임에 가까웠다. 가로등 불빛에도 불구하고 밴은 페블의 입모양을 읽을 수 없었다.

"사고나고 있어."

"뭐라고?"

밴이 속삭였다. 페블은 거리를 힐끗 살피며 말했다.

"사과하고 싶어."

"뭐를?"

"그들이 네게 한 일. 잭과 비틀과 리벳이."

"잭? 어디 있어?"

바나벨트가 끽 소리쳤다.

밴은 살짝 뒷걸음질했다.

"그들이 널 보낸 거야? 날 염탐하러 온 거야? 아니면 날 설득하러? 그들이 내게 시킨 일 때문에?"

밴이 조심스럽게 물었다.

"뭐?"

페블은 정말로 놀란 눈치였다.

"아냐! 내가 여기 온 건 아무도 몰라."

가로등 불빛 속에서 그림자 하나가 움직이자 페블은 움찔했다.

"하지만 그들이 지켜보고 있을 수도 있어."

페블은 다시 밴을 돌아보며 말했다.

"잭과 경비들은 그러지 말았어야 했어. 물론 그게 그 사람들이 하는 일이지만. 아무튼 그게 내 탓이라고 생각하지 않으면 좋겠어. 내 말은…… 그러니까 우리 모두에게."

납치되었던 일에 불만을 갖지 말라니, 밴은 그런 말을 들어 본 사람이 자신 말고 또 있을까 싶었다.

"음, 좋진 않았지. 하지만 네 잘못도 아니었어."

페블의 목소리가 더 작아졌다.

"그럼…… 나한테 화난 건 아니야?"

"그래. 너한테 화난 게 아니야."

밴의 말에 페블은 잠깐 긴장을 누그러뜨린 것처럼 보였다. 하지만 깊게 숨을 내쉬고 다시 긴장의 끈을 바짝 조였다.

"그래. 좋아."

페블이 말했다. 자기 자신에게 하는 말 같았다. 밴은 페블을 유심히 관찰했다.

"내가 너한테 화났는지에 대해 왜 그렇게 신경 써? 왜 너희 모두 내가 너희 편이길 바라는 거야? 내가 너희의 비밀을 알기 때문에?"

"아냐."

페블이 재빨리 대답했다.

"음, 그런 점도 있지만…… 넌 말이지……."

페블은 두 손을 들어 올리며 졌다는 듯 말했다.

"넌 다른 사람들이 할 수 없는 걸 할 수 있으니까!"

밴은 이제까지 살아오면서, 자신이 할 수 없는 것을 다른 사람들은 할 수 있다는 사실을 깨달으며 많은 시간을 보내야 했다. 사람들은 밴이 듣지 못하는 것을 들었고, 밴이 이해하지 못하는 단어와 의미를 이해했다. 밴의 주변에는 늘 더 크고 더 힘세고 나이 많은 사람들뿐이었다. 어지간히 애를 쓰고 상상력을 발휘해야 보통 사람들과 겨우 보조를 맞출 수 있었다. 그런데 다른 사람은 하지 못하는 것을 자신은 할 수 있다니, 밴은 그런 생각만으로도 잠시 숨이 멎는 기분이었다.

"어떤 거?"

밴이 물었다.

"넌 동물들의 말을 들을 수 있어. 소원도 볼 수 있어. 처음부터 우리를 알아봤잖아."

페블이 말했다. 밴은 어깨를 으쓱했다.

"수집가들도 다 할 수 있는 것들이잖아."

"그렇지. 하지만 우린 수집가들이잖아! 외부인 중 그럴 수 있는 사람은 네가…… 처음이야."

"정말?"

밴이 기대에 부푼 목소리로 물었다.

"그리고 다른 쪽 있잖아. 그들은 위험해. 정말 위험해."

밴이 팔짱을 끼며 말했다.

"한밤중에 자기 침대에서 잠든 사람을 납치해서 끝도 안 보이는 구덩이 위에 매단 사람들보다 더?"

"말했잖아. 잭과 경비들은 나쁜 사람들이 아니야. 그냥 그렇게 행동하는 것뿐이야."

"그런 행동이야말로 나쁜 사람들이 하는 짓 아냐?"

페블은 눈썹을 치켜세우고 아주 오랫동안 말이 없었다. 대답을 기다리던 밴은 포기하고 말았다.

"그쪽에 대해 알게 되면 너희 편이 되고 싶어질지도 모르지. 어쨌든 지하에서 뭘 하는 거야? 왜 사람들의 소원을 수집해?"

페블은 밴의 양쪽 어깨 너머를 다시 한 번 주시하며 말했다.

"그게 우리 일이야. 우린 모두를 안전하게 지키고 있어."

"소원으로부터?"

"모두의 소원이 이루어지면 일어날 일로부터."

밴은 고개를 가로저었다.

"그게 뭐 그리 나쁜 일이라고?"

페블이 쳐다보는데 흑사병이 뭐 그렇게 나쁜 병이냐는 질문을 받은 것 같은 표정이었다.

"넌 사람들이 어떤 소원을 비는지 알고는 있니?"

페블이 쏘아붙였다.

"공룡한테 밟혀 보고 싶어? 다른 아이를 괴롭히는 고작 여덟 살짜리가 왕이 되는 걸 바라는 거야? 이 세상 모든 음식에서 초콜릿 아이스크림 맛이 나면 좋겠어? 초콜릿 아이스크림이 얼마나 지긋지긋해질지 상상이나 해봤어?"

"초콜릿 아이스크림."

밴의 어깨 위에서 다람쥐가 한숨을 쉬었다.

"왜 내가 널 믿어야 하지?"

"왜냐하면, 난 알고 있으니까."

페블은 흡사 화난 사람처럼 두 눈을 부릅뜨며 말했다.

"난 양쪽에 대해 다 알아."

페블은 몸을 숙이고 코트에 달린 주머니들을 뒤졌다. 그리고 밴의 손 안에 뭔가를 밀어 넣었다. 어두워서 잘 안 보였지만 촉감으로 사진이라는 것을 알 수 있었다. 잘 보이지는 않았다. 그때였다. 가로등 불빛 아래로 뭔가가 어두운 날개를 펄럭이며 날아갔다. 페블은 뒤로 홱 물러났다.

"우린 가야 해. 가자, 바나벨트."

밴의 어깨에 있던 다람쥐가 페블의 머리 위로 뛰어올랐다. 소녀와 다람쥐는 어둠 속으로 재빠르게 사라졌다. 뒤늦게 다람쥐가 "프레첼 냄새 나?" 하고 또 물어보는 소리만 들렸다.

밴은 서둘러 아파트 계단을 올라갔다. 엄마의 침실 방문은 여전히 닫혀 있었다. 문틈 아래로 어둠만 흘렀다. 밴은 슬며시 방으로 들어가 문을 닫았다. 침대 위 베개로 만든 요새로 기어 올라가 스탠드를 켰다.

페블이 준 사진은 쭈글쭈글 구겨지고 오래된 사진이었다. 주머니에 아주 오랫동안 넣어 둔 것 같았다. 사진 속에는 두 사람이 있었다. 푸른 눈의 남자는 눈가에 주름이 지고 머리가 하얗게 샌 중년 남성이었다. 나이는 제법 들어 보였지만 날씬하고 깔끔한 흰색 양복을 갖춰 입고 있었다. 밴은 바로 알아봤다. 남자는 팔보그 씨였다. 바로 옆에는 대여섯 살짜리 여자아이가 있었다. 크고 짙은 눈, 둥근 볼 옆으로 내려온 곱슬곱슬한 짧은 갈색 머리. 팔보그 씨의 손이 소녀의 머리 위에 친근하고 장난스럽게 올라가 있었다. 둘다 카메라를 바라보며 활짝 웃고 있었다. 밴은 이 소녀의 귀만큼 커다란 귀를 거의 본 적이 없었다. 머리카락 옆으로 튀어나온 귀가 마치…… 나무둥치에서 자라난 버섯 같았다. 밴은 사진을 더 가까이 들여다봤다. 소녀의 눈빛이 이끼 낀 동전 색과 꼭 닮아 있었다.

14
새로운 반려동물

다음 날 아침 밴은 말없이 작은 좀비처럼 움직였다. 시리얼에 오렌지 주스를 부어 절반쯤 먹다가 그 사실을 알아차렸고, 셔츠를 두 번이나 거꾸로 입었다. 엄마와 오페라 극장에 갈 때는 만화책 캘빈과 홉스를 두고 왔다는 사실을 깨달았다. 두 블록이나 걸어갔다가 되돌아와야 했다. 나중에 리허설 방 구석 자리의 의자에 앉게 되었을 때, 밴은 책을 두고 온 것을 아예 기억하지 못했더라면 좋았을 거라고 생각했다. 밴에게 필요한 것은 만화책이 아니라, 지금 있는 곳에서 몇 블록 떨어진 하얀 저택의 푸른색 현관문 안쪽에 있는 것이었다.

팔보그 씨의 집에는 모든 게 다 있었다. 수집가들을 위해 밴이 빼내야 할 정보라든가 페블의 과거 또는 '가능한 한 빨리 와서 날 만나야 해. 넌 지금 엄청난 위험에 처해 있어.'라고 쓰인 쪽지의 숨은 의미까지 다 있었다. 밴의 심장박동이 빨라졌다. 쪽지에 있던 말들이 함께 쿵쿵거렸다. 가능한 한 빨리. 가능한 한 빨리.

멍하니 책장을 바라보며 계획을 짜고 있는 밴의 귀에 날카로운 목소리가 들렸다.

"네 이마에 뭐가 있는 거야?"

밴은 시선을 들었다. 옆에서 굳은 얼굴을 한 피터 그레이가 실눈을 뜨고 바라봤다.

"내 이마?"

밴이 되물었다. 피터는 아주 화난 표정이었다.

"너희 엄마."

피터는 아주, 아주 천천히 다시 말했다.

"너희. 엄마가. 뭐하고. 있냐고?"

밴은 리허설 방을 둘러보았다. 엄마는 가수들이 마실 물과 차를 올려놓은 테이블 근처에 서 있었다. 그 옆에 그레이 씨가 있었다. 두 사람 모두 미소 띤 얼굴이었다. 엄마는 틀어 올린 머리에서 빠져나온 머리 가닥을 만지고 있었다.

"얘기…… 하고 있는 것 같네?"

밴이 말했다. 피터는 볼멘 표정을 하고 있었다. 풍선처럼 곧 터질 것 같은 얼굴이었다.

"왜. 우리. 아빠한테. 말하고. 있지?"

피터가 따지듯 말했다.

"같이 일하니까?"

밴이 말했다.

"아니. 저걸 봐!"

피터가 다시 몸을 앞으로 숙이며 얼굴을 들이밀었다.

134

"왜 우리 아빠한테 저렇게 웃고 있냐고?"

"우리 엄마는 누구한테나 저렇게 웃어 주는걸."

"맙소사."

피터가 문 쪽으로 가며 씩씩거렸다.

"…… 러시아 아가씨란."

밴은 책을 내려놓고 방 건너편을 바라봤다. 엄마와 그레이 씨는 여전히 함께 서 있었다. 불현듯 두 사람이 아주 가까워 보였다. 다른 모든 이들로부터 멀리 떨어져 있는 것 같았다. 저 미소가 지금껏 관객이나 수위 아저씨 그리고 모든 사람에게 보내던 눈부신 미소와 똑같은 것인지, 밴도 알 수 없었다. 뭔가 달랐다. 당장 두 사람 사이에 끼어들어야 했다. 밴은 서두르며 반짝이는 나무 바닥 위를 걸어갔다.

"엄마."

밴은 엄마의 소맷자락을 붙잡았다.

"엄마."

그레이 씨는 하던 말을 멈추고 살짝 찡그린 채 밴을 내려다보았다. 엄마의 미소는 여전히 밝았다.

"왜 그러니, 지오바니?"

"엄마, 뭐 물어볼 게 있어요."

"음."

그레이 씨는 한 걸음 뒤로 물러섰다.

"나중에 다시 얘기해요, 잉그리드."

"네."

엄마의 환한 미소는 무대를 밝힐 수 있을 정도였다.

"다시 얘기해요."

엄마가 미소 띤 얼굴로 돌아봤다. 문득 밴은 선글라스를 쓰고 있으면 좋았겠다고 생각했다.

"뭘 물어보려 했니?"

"음…… 집에 두고 온 게 있어요. 다른 책이요. 가지러 가도 돼요?"

밴은 즉흥적으로 말했다.

"지금 너 혼자서 아파트까지 걸어가도 되겠냐고 묻는 거니?"

엄마가 손으로 밴의 눈을 가리고 있는 머리카락을 걷어 냈다. 백합향이 났다.

"아니, 절대 안 돼."

밴은 접근 방식을 달리 해보기로 마음먹었다.

"코스튬 가게에 가서 아나를 만나고 오면 안 돼요? 아니면 소품실이 열렸는지 가볼게요. 안 돼요?"

"지오바니, 오늘은 지난번 공연의 짐을 푸는 날이야. 방해하면 안 돼."

밴을 유심히 살피던 엄마의 눈빛이 밝아졌다.

"여기 있기 싫으면, 피터랑 노는 건 어떠니? 아마 제 아빠 사무실에 있을 텐데."

밴은 엄마의 말에 기분이 밝아졌지만 피터와 노는 것에는 동의할 수 없었다.

"네, 가서 찾아볼게요!"

"건물 밖으로는 나가지 마."

엄마의 말을 들었지만 밴은 뒤돌아보지 않았다. 나중에 못 들었다고 할 생각이었다. 배낭을 멘 밴은 어두운 복도를 지나 뒤쪽 계단으로 곧장 달려갔다. 거리로 나갔다. 엄마에게 거짓말하는 것을 좋아하지 않았지만 밴에게는 선택의 여지가 없었다. 하다못해 속옷 사이즈까지 자신에 대한 모든 것을 속속들이 알고 있는 사람으로부터 비밀을 지키기란 매우 어려운 법이었다. 밴은 붐비는 도로 위로 힘차게 달려갔지만, 그런 발길을 되돌리려는 것처럼 무거운 배낭이 밴의 어깨를 잡아당겼다.

게르다가 파란 대문을 열어 주었다.

"마크슨 군!"

게르다는 상냥한 미소를 지었지만 어리둥절한 표정이었다.

"팔보그 씨를 만나야 해요. 집에 계신가요?"

밴이 헐떡거리며 말했다.

"들어와요."

게르다는 밴을 안으로 들어오게 했다. 문이 삐걱거리며 쿵 닫히는 소리가 났다.

"…… 응접실로. 왔다고 말할게요."

밴은 쿵 소리에 게르다의 말을 조금밖에 알아듣지 못했다.

고급스러운 분위기의 거실에는 양치식물이 무성했다. 밴은 하얀색 안락의자에 가만히 앉아 있지 못하고 몇 초 만에 자리에서 벌떡 일어났다. 가까운 벽으로 달려가 벽에 걸린 사진 액자와 엽서를 훑어봤지만, 지금보다 더 작고 여린 모습으로 웃고 있는 페블의 흔적은 찾을 수 없었다. 밴이 실눈을 뜬 채 종이를 잘라 만든 실루엣을 바라보고 있는데, 왼쪽 창문 앞 의자에서 뭔가가 씰룩였다. 빙 돌아가 보니 고양이였다. 덩치가 크고 밝은 회색빛이 나는 장모 고양이는 새우처럼 등을 구부리고 앞발을 쭉 뻗고 있었다. 오후 햇살을 받으며 자세를 바꾸는 중이었다.

밴은 이제까지 살면서 한 번도 고양이에게 말을 걸어 본 적이 없었지만, 최근 며칠 동안의 기억을 떠올렸다. 다람쥐 한 마리와 두 마리의 쥐들과 대화를 나눈 기억이었다. 문득 고양이에게 말을 걸지 않는 편이 오히려 어리석은 선택이란 생각이 들었다. 밴이 알아야 할 모든 것을 다 알고 있는 고양이라면 특히!

"네가 레나타겠구나."

밴은 창가 한쪽 자리에 무릎을 꿇었다.

"나는 밴이야."

레나타는 녹갈색 눈 한쪽을 반쯤 뜬 채 밴을 바라봤다. 밴은 침을 꿀꺽 삼켰다.

"그러니까…… 네가 이야기하고 싶으면……."

레나타의 꼬리 끝이 살짝 움직였다. 밴은 한쪽 귀를 털북숭이 레나타의 코 쪽으로 가져갔다.

"내게 말하고 싶은 게 있으면 그게 뭐든…… 페블이라는 여자아이에 대한 거라든가, 엄청난 비밀 수집품이라든가…… 난 귀를 기울이고 있어."

희미하고 비릿한 고양이의 숨결이 밴의 귀를 스쳤다. 밴은 그 숨소리에 한 번도 들어본 적 없는 단어들이 숨겨져 있을까 싶어 꼼짝하지 않고 기다렸다. 팔보그 씨가 방 안으로 슬며시 들어왔을 때도 여전히 밴은 고양이의 코에 귀를 대고 앉아 있었다.

"레나타와 친해지고 있니?"

팔보그 씨가 상냥하게 물었다. 밴은 자리에서 벌떡 일어났다.

"쟤는 게으르고 늙은 녀석이야."

팔보그 씨가 계속 말했다.

"하지만 고양이란 동물이 원래 그렇지."

팔보그 씨는 티끌 하나 없는 하얀 양복 차림이었다. 단정하게 빗은 백발을 하고 맑은 눈으로 반가운 미소를 지었다. 밴의 가슴에서 불안하게 날뛰던 심장이 아주 조금 느려졌다.

"아…… 음…… 팔보그 씨."

밴은 말을 더듬었다.

"갑작스레 찾아와서 언짢으신 건 아닌지."

"언짢다고? 널 기다리고 있었는걸."

팔보그 씨는 안락의자를 가리키며 손짓했다.

"자, 앉으렴."

밴은 의자에 엉덩이를 걸치고 앉았다.

"내 메시지는 분명 혼란스러웠을 테고, 최악의 경우 무섭다고 느꼈겠지."

팔보그 씨는 맞은편 안락의자에 앉았다.

"네 엄마에게 보낸 꽃다발 속에 숨긴 쪽지는 길게 설명하기에 적절한 수단은 아니었어."

"저는 그저……."

밴이 조심스럽게 말을 꺼냈다.

"그게 무슨 뜻인지 알고 싶어요."

팔보그 씨가 몸을 내밀며 말했다.

"아, 난 네가 이미 알고 있다고 생각했는데."

얼음장처럼 싸한 느낌이 밴의 몸을 휘감는 순간 밴은 이런 질문들을 내뱉을 뻔했다.

'당신도 날 지켜보고 있나요? 수집가들에 대해서 뭘 알고 있어요? 페블은 어떻게 알아요? 대체 지금 무슨 일이 일어나고 있는 거죠?'

밴은 애써 억눌렀다. 침묵을 지키는 게 늘 더 안전했다. 게다가 팔보그 씨는 벌써 다 알고 있다는 듯 밝은 눈빛으로 밴을 지켜보고 있었다. 밴은 알 수 있었다. 이런 질문들을 이미 말한 것이나 다름없다는 걸.

팔보그 씨는 양손을 깍지 끼며 말했다.

"마크슨 군. 혹시 캘빈과 홉스의 팬이니?"

예상치 못한 대화의 시작이었다.

"책은 다 읽었어요. 한 번 이상. 지금도 배낭에 한 권 있어요."

밴이 미처 생각해 볼 겨를도 없이 대답이 튀어나왔다.

"아! 동료 수집가는 언제든 알아볼 수 있지. 캘빈과 홉스 팬도 마찬가지고. 캘빈이 동물원에 가자고 하니까 호랑이인 홉스가 동물원에 가도 좋다, 그다음에는 교도소에 가는 게 어떠냐고 말하는 만화 기억나니?"

팔보그 씨의 말이 따뜻하게 들렸다. 밴은 고개를 끄덕였다.

"기억해요."

팔보그 씨는 안락의자의 푹신한 팔걸이에 한쪽 팔꿈치를 기댔다.

"동물원과 교도소의 차이가 뭐라고 생각하니?"

"아마…… 동물들은 동물원에 있고 싶어 하지 않을 거예요. 문제는 우리가 그 사실을 모른다는 거죠."

"좋은 대답이야."

팔보그 씨는 흡족해했다.

"물론 사육사는 자신이 동물들을 위해서, 보호하거나 보존하기 위해서 가둔다고 믿고 있지. 감옥에 집어넣는 게 아니라고 말이야."

팔보그 씨는 잠시 말을 멈추었다.

"하지만 그런 결정을 내리는 게 왜 사육사들이어야 할까?"

"사람은 사람이고, 동물은 그냥…… 동물이니까요."

밴은 레나타를 쳐다보며 생각했다.

'악의는 없어.'

고양이는 그저 따분해하는 것 같았다.

"그게 사람들끼리 하는 말이지, 안 그래? 하지만 동물들 중에 유독 지적이고 복잡한 존재들은 어떨까? 코끼리? 돌고래? 영장류? 그림도 그리고, 신호로 의사소통도 할 수 있고, 가족을 잃으면 슬퍼하고, 갇혀 있는 게 싫다고 분명하게 말할 수 있는 존재들은?"

밴은 가슴이 아팠다.

"모르겠어요."

팔보그 씨는 목을 앞으로 쭉 빼더니 티끌하나 없는 흰색 양복 무릎에 팔꿈치를 세우며 말했다.

"만약에 우리와 매우 비슷한 생명체가 있다면 어떨까? 어떤 면에서는 우리를 훨씬 앞서가는 생명체 말이야. 그들은 원한 건 오직 살아남을 기회였지만…… 우리 인간이 그들을 가두거나 아예 없애 버려야 한다고 고집했다면, 그건 잘못한 걸까?"

그 순간 밴은 머릿속에 실험실 우리에 갇힌 원숭이들이 떠올랐다. 동물 인형을 끌어안고 있는 원숭이들이 무척이나 외로워 보이는 사진이었다.

"네. 그건 완전히 잘못된 일이에요."

팔보그 씨는 밴의 눈을 들여다보았다.

"네가 그렇게 생각한다니 정말 기쁘다."

그리곤 갑자기 일어섰다.

"날 따라와 주렴."

팔보그 씨는 아치문을 지나 복도를 따라가는 길로 밴을 안내했다. 지난번에도 지나간 길이었는데 볼거리가 너무 많았다. 옥으로 조각한 마을들로 뒤덮인 벽과 번쩍이는 문장 방패가 줄줄이 걸려 있는 벽을 지나 집게발 달린 딱정벌레 수백 마리가 유리 상자 안에서 빛나고 있는 방을 지났다. 전에 본 적 없는 것들이 계속 나왔다. 밴은 여러 번 모퉁이를 돌아 계단으로 한 층 올라갔다. 팔보그 씨는 뒤도 안 돌아보고 걸음을 재촉했고, 밴은 그 뒤를 뒤쫓는 내내 환상적인 수집품에 시선을 뺏기지 않기 위해 애써야 했다.

빨간 벨벳 커튼이 쳐진 작은 방에 도착할 즈음 밴은 뭔가에 홀린 듯했다. 지금 있는 곳이 어디인지 알기는커녕 밖으로 나가는 길도 영영 못 찾을 것 같았다. 방문을 닫은 팔보그 씨는 벽을 따라 걸어가며 작은 얼룩 하나까지 세세하게 살폈다. 방 전체를 꼼꼼하게 점검한 뒤 마침내 숨겨진 문 앞으로 다가가 커튼을 걷었다. 팔보그 씨는 조끼 주머니에서 순금 쇠줄을 꺼내 줄에 달린 열쇠를 작은 자물쇠 구멍에 넣었다. 밴의 심장이 마구 뛰었다. 패널 문이 휙 열렸다.

"먼저 들어가렴."

팔보그 씨의 말에 밴은 과감하게 안으로 들어갔다. 팔보그 씨가 뒤따라 들어와 문을 닫았다. 잠깐 동안은 완벽하게 깜깜한 세상이었다. 사방은 고요했고 아무 냄새가 나지 않았다. 깜빡거리는 불빛과 함께 방 안에 불이 들어왔다.

밴은 자신이 커다랗고 네모진 방에 들어온 것을 알았다. 사방이 막혀 있는 방이었다. 천장에 매달린 유리 샹들리에가 보였다. 꾸불꾸불 말미잘처럼 생긴 샹들리에였다. 언뜻 방 전체가 도서관처럼 보이기도 했지만 선반에는 책 대신 상자들이 가득했다. 상자들은 나무, 마분지, 금속처럼 소재도 다르고 크기도 다 제각각이었다. 어떤 것은 거인 신발이 들어갈 만큼 컸고, 어떤 것은 아기 신발만큼 작았지만 척 보기에도 신발 보관용은 아니었다.

밴의 심장박동이 더욱 거세졌고, 심장 소리 때문에 아예 다른 소리가 들리지 않았다. 아니, 어쩌면 그 소리가 너무 작아서 처음에는 밴이 듣지 못했을 수도 있다. 그런데 팔보그 씨가 불을 켠 순간부터 밴의 귀에 다른 소리가 들려왔다. 조심스럽게 바스락거리는 소리였다. 시간이 지날수록 상자 속 바스락거리는 소리가 점점 커져 갔다. 상자를 두드리는 소리와 속삭이는 소리, 달가닥거리는 소리들이 점점 커져 갔다. 작고 동그란 불빛이 그림자에 둘러싸이는 듯했다.

"내가 이 방에 다른 사람을 들인 게 거의 몇 년 만이야."

팔보그 씨의 말이 다시 밴의 주의를 끌었다.

"내가 널 믿을 수 있길 바란다. 우리가 널 믿을 수 있길."

쿵쾅거리던 밴의 심장이 살짝 쪼그라들었다. 팔보그 씨는 선반들이 늘어선 벽 쪽으로 다가갔다. 상자들이 내는 소리는 더욱 커졌다. 팔보그 씨는 줄지어 있는 상자들을 살피면서 손끝으로 나무 상자와 금속 상자, 에나멜 상자를 훑었다. 그리고 평범한 마분지 상자를 골라 꺼냈다. 밴의 신발 크기 정도의 평범한 상자였다. 다른 상자들은 이내 조용해졌다. 팔보그 씨가 돌아보며 말했다.

"소개합니다."

마분지 상자의 뚜껑이 열렸다. 작은 얼굴에 크고 둥근 눈, 회갈색 코가 나타났다. 밴은 처음에 여우원숭이를 떠올렸지만, 녀석의 입가에는 뭔가 원숭이, 심지어 인간을 닮은 구석이 있었다. 밴은 녀석의 입이 수줍은 미소를 지어 보였다고 맹세할 수 있었다.

밴은 조금씩 다가갔다. 몇 걸음 떨어진 곳에서는 두꺼운 먼지 층으로 덮인 것처럼 흐릿해 보였지만, 가까이 갈수록 실제로는 흐릿하지 않다는 것을 알 수 있었다. 반투명한 몸은 옅은 회색 안개 같았고, 몸을 통해 방 반대편을 곧장 볼 수 있었다.

"이게 뭐예요?"

밴이 속삭였다.

"이건 소원을 먹는 자야."

팔보그 씨가 손가락으로 귀를 쓰다듬자 생명체는 기분이 좋은 듯 고개를 갸우뚱했다.

"이들만의 언어가 없어서 유감스럽게도 더 좋은 이름은 없을 것 같구나."

"그 말은……."

밴은 지금 하려는 말이 터무니없는 소리처럼 들리지 않게 하려고 애를 썼다.

"이게 소원을 먹는다는 건가요?"

"응, 그것만 먹고 살아. 판다와 대나무, 코알라와 유칼립투스. 모두 정해진 것만 먹는 존재들이지."

팔보그 씨가 다른 쪽 귀를 만질 수 있도록 소원을 먹는 자는 고개를 갸우뚱했다.

"모든 종은 다른 살아 있는 것들에게 먹히잖니. 빛, 가스, 온기. 이 종족은 우연히 소원을 먹게 된 거란다."

밴은 소원을 먹는 자의 크고 촉촉한 눈을 들여다보았다.

"그래도…… 그럼 이제 어떻게 되는 거죠? 그들이 소원을 먹으면 무슨 일이 일어나는 건가요? 소원은 그냥…… 사라지나요?"

밴이 물었다.

"아."

팔보그 씨는 단정한 회색 눈썹을 치켜세우며 함박 미소를 지었다.

"그건 소원이 이루어졌을 때지."

밴은 갑자기 균형을 잃었다. 발밑 바닥을 비롯한 모든 것이 물러진 것 같았다. 잠시 눈을 감았다. 다시 눈을 떴을 때도 소원을 먹는 자는 원래 자리에서 밴을 똑바로 바라보고 있었다. 녀석은 마디진 손가락으로 상자의 가장자리를 붙잡았다. 밴 쪽으로 목을 빼고 불안정한 자세로 살짝 몸을 일으키면서 킁킁거렸다.

"널 좀 더 가까이서 보고 싶어 해. 걱정하지 마. 이 녀석들은 아주 순하니까."

밴은 조심스럽게 집게손가락을 내밀었다. 소원을 먹는 자가 밴의 손가락을 쥐었다. 손끝을 감싸 쥐는 크기였다. 밴은 엄마와 그리스에서 열리는 워킹 투어에 참가했을 때가 떠올랐다. 무심코 시선이 아래로 향했는데 청개구리 한 마리가 팔에 달라붙어 있었다. 개구리는 아주 작고 가벼웠다. 아주 잠깐, 또는 몇 시간이나 함께 다녔어도 전혀 눈치채지 못할 정도였다. 지금 손길이 그때보다 훨씬 부드러웠다.

팔보그 씨가 밴에게 손을 내밀어 보라고 했다. 밴은 양손을 오므렸다. 그러자 소원을 먹는 자가 상자에서 기어 나와 밴의 손 안으로 들어왔다. 무게가 느껴지지 않았다. 그 대신 안개처럼 뿌연 발가락과 기다란 꼬리를 통해 차갑고 보송보송하고 간지러운 느낌이 전해졌다. 밴은 팔보그 씨가 했던 대로 소원을 먹는 자의 주름진 귀를 손끝으로 문질렀다. 소원을 먹는 자는 기분이 좋은지 스르르 눈을 감고 밴의 손바닥에 코를 비볐다. 반투명한 한쪽 손으로는 밴의 엄지손가락 아래를 토닥거렸다. 밴의 가슴속에서 뭔가가 솟구쳐 올랐다. 학교에서 긴 하루를 보내고 집까지 걸어오다 문 앞에서 기다리고 있는 엄마를 났을 때…… 그런 기분이었다. 지금까지 다른 존재로 인해 그런 감정을 느낀 적이 없던 밴은 이제 알 것 같았다. 누군가와 함께 있어 진심으로 행복해지는 느낌, 상대도 나와 함께 있기를 원하기 때문에 더욱 행복해지는 느낌이었다.

"널 좋아하는구나. 이 녀석들은 정말 사교적인 존재들이야. 가둬 놔야 한다는 게 마음이 아프지만, 녀석들이 얌전하게 있는 유일한 방법이라서."

소원을 먹는 자가 다시 눈을 뜨고 잠시 밴을 올려다보더니 밴의 손바닥 안에서 즐거운 듯 빙글빙글 돌아다녔다. 보송보송한 몸이 손바닥을 간질이자 밴은 키득키득 웃음을 터뜨렸다. 팔보그 씨도 미소를 지었다.

"나는 내가 간수라기보다는 동물원의 사육사에 가깝다고 생각해. 사실 둘 다 없어지길 바라지만. 난 이 녀석들을 지키고 있는 거야. 먹이도 주려고 노력하고. 내가 할 수 있는 일을 하지."

팔보그 씨는 잠시 멈추었다가 더 무거운 어조로 말했다.

"이 녀석들을 전부 죽여 버리고 싶어 하는 사람들이 있단다."

충격을 받은 밴이 고개를 들었다. 소원 먹는 자를 감싸 안았다.

"뭐라고요? 애들을 죽이고 싶어 하는 사람들이 있단 말이죠?"

팔보그 씨는 밴을 내려다보았다.

"착한 마음을 지녔구나, 마크슨군. 너처럼 착한 소년이, 소원을 들어주는 생명체의 힘을 갖고 싶어 하는 사람이 있다는 걸 짐작이나 할 수 있을지 모르겠구나. 이 녀석들을 통제하거나 아예 제거하려는 거야."

팔보그 씨는 한숨을 쉬었다.

"그들이 성공하고 있는 것 같아 걱정이야. 난 수십 년째 소원을 먹는 자들에게 은신처를 제공해 주고 있거든."

팔보그 씨는 방 전체를 가리키며 손짓을 했다.

"물론 야생에 남아 있기도 해. 유달리 빠르거나 재주가 좋거나. 아무튼 운 좋은 녀석들이지. 하지만 한 해 한 해 지나갈수록 점점 줄어들고 있어. 날 찾아오는 녀석들 중엔 굶주린 아이들이 많지."

"왜 굶주렸어요?"

밴이 물었다. 심장이 조여 오는 느낌이었다.

"소원을 비는 사람들이 얼마나 많은데⋯⋯."

"아, 모든 소원이 진짜는 아니란다."

팔보그 씨가 말했다.

"적어도 소원을 먹는 자들에겐 그래. 뭔가를 걸고 빈 소원이어야 해. 생일 촛불, 위시본, 분수에 던진 동전. 게다가 소원을 비는 즉시 훔쳐 가기 위해 누군가 늘 지켜보고 있다면⋯⋯."

팔보그 씨는 밴에게 의미심장한 눈빛을 보냈다.

"이 불쌍한 존재들이 어째서 심각한 식량 부족을 겪고 있는지 알 수 있을 거야."

밴의 머릿속에 여러 가지 일들이 떠올랐다. 페블이 분수에서 동전을 건져 낸 일, 바나벨트가 샹들리에에 매달린 채 생일 케이크를 지켜보던 일, 소원을 담은 병으로 가득 찬 지하실 등등.

'페블은 모두를 안전하게 지키기 위해 수집가들이 소원을 모으고 있다고 했지만 어쩌면 아닐 수도 있어. 소원을 빼앗아 가는 것일 수도 있어. 생존을 위해 소원이 필요한 이들로부터.'

밴은 소원을 먹는 자를 내려다보았다. 조그마한 녀석이 밴의 눈을 똑바로 바라봤다.

"이들은 굶주리고 있을 뿐 아니라 사냥당하고 있지."

팔보그 씨가 말했다.

"누가⋯⋯."

밴은 말하다 말고 침을 삼켰다.

"누가 사냥을 해요?"

팔보그 씨는 아주 낮은 목소리로 말했지만, 사방이 밀폐된 방은 워낙 조용해서 밴은 똑똑히 들을 수 있었다.

"오. 그건 너도 알고 있을 거라고 생각하는데."

밴은 다시 침을 삼켰다.

"그래서 네게 경고할 필요가 있었어."

팔보그 씨는 옆 선반에 손을 뻗어 작은 나무 상자를 잡았다.

"수집가들은 많아. 그리고 위험해."

밴은 등골이 오싹했다. 팔보그 씨가 반질반질 윤이 나는 상자 뚜껑을 열고 속삭였다.

"이리 나오렴. 널 해칠 사람은 없단다."

과일박쥐와 비슷하게 생긴 녀석이 팔보그 씨의 팔을 기어 올라 갔다. 팔보그 씨를 믿는 듯했다. 딱 크기도 박쥐만 한 녀석이 팔보 그 씨의 목에 안정적으로 자리를 잡았다. 흡사 목에 안개를 붙인 것 같았다.

"다른 수집가들의 임무는 이 불쌍한 생명체들이 작아지고, 약 해지고, 무력해질 때까지 가둬 놓고 굶주리게 하는 거야. 결국 이 녀석들을 완전한 파멸에 이르게 하는 거지."

팔보그 씨는 줄지어 늘어선 상자들을 보며 고개를 끄덕였다.

"내가 동물원 사육사라면, 그들은 감옥 간수나 마찬가지야. 고 문하고 사형을 집행하지."

팔보그 씨는 겁에 질린 밴의 눈을 바라봤다.

"상상만 해도 끔찍하지 않니?"

팔보그 씨가 자신의 어깨 위에 앉은 녀석을 쓰다듬었다.

"그게 수집가들이 이 녀석들의 존재 자체를 비밀로 하려는 또 하나의 이유야. 그리고 운 나쁘게 수집가들의 그런 활동을 알게 된 이들에게 협력하라며 압력을 넣지…… 아예 제거해 버리거나."

밴은 등골이 오싹하다 못해 온몸에 전율이 일었다. 팔보그 씨는 코를 비비며 다가오는 소원 먹는 자를 방해하지 않으면서 주머니에 서 작고 하얗고 네모난 것을 꺼내 밴에게 내밀었다. 사진이었다. 낯 익은 사진이었다. 밴의 주머니에 있는 것과 똑같았다. 조금 덜 빛바 랜 사진이긴 하나 어린 페블과 팔보그 씨가 함께 미소 짓고 있는, 똑같은 사진이었다.

밴은 갑자기 숨쉬기가 힘들었다.

"그들은 내 종손녀도 데려갔어."

팔보그 씨의 목소리는 부드럽고 슬펐다.

"벌써 오 년 전 일이야. 그 뒤로 보지 못했지만, 난 여전히 어딜 가든 그 아이와 함께야."

'애, 알아요!'

'잘 있어요!'

밴은 불쑥 말할 뻔했지만 사진을 주던 페블의 강렬한 표정이 기억나 입을 열지 않았다. 페블은 '난 양쪽을 다 알아.'라고 했다. 마치 그렇게 말하면 밴이 다 알아들을 거란 듯이.

하지만 정작 밴은 그 말이 무엇을 의미하는지 몰랐다. '페블은 잡혀 있는 걸까?' 분명 그렇게 보이지는 않았다. '나한테 일종의 비밀 메시지를 전한 걸까? 페블은 내내 진실만을 말했을까?' 지금 팔보그 씨에게 페블 얘기를 꺼내면 페블과 자신은 물론이고 어쩌면 모두가 위험에 처하게 될지 모른다고 생각했다. 밴은 누구 말을 믿어야 할지 알 수 없었다. 팔보그 씨는 사진을 다시 주머니에 조심스레 넣고 있었다. 밴은 평소처럼, 먼저 말하는 것보다 상대방의 이야기에 귀 기울이는 편이 낫겠다고 생각했다.

"아마 그들이 너한테도 가담하라고 할 거야. 내 종손녀에게 그랬듯이."

팔보그 씨가 계속 이야기했다.

"넌 최소한, 그들이 어떤 일을 하고 네가 어떤 일을 돕게 될지 정도는 알 자격이 있지."

팔보그 씨는 어깨 위의 작은 생명체를 다시 한 번 쓰다듬은 후 밴의 눈이 또다시 자신에게 향할 때를 기다렸다.

"하지만 넌 선택할 수 있어. 너만 마음먹으면 아주 드물게 오는 이런 기회를 이용해서 이들과 비슷한 존재들을 도울 수도 있어. 물론 너한테는 큰 위험이 되겠지."

팔보그 씨는 밴을 계속 응시하며 말했다.

"마크슨군, 널 위험에 처하게 하고 싶진 않지만 사실 넌 이미 위험해."

밴은 두려웠다. 공포감에 목이 졸리는 기분이었다. 마침 팔을 타고 기어오른 소원 먹는 자가 팔꿈치 안쪽 피부를 작은 손으로 쓰다듬어 주었다. 밴의 목을 조르고 있던 공포가 차츰 느슨해져 갔다. 밴은 깊게 숨을 내쉬었다. 이상한 일이었다. 이렇게 작고 연약한, 누군가에게 보살핌을 받아야 하는 존재가 있음으로 인해 그 어느 때보다 더 크고 강하다고 느끼게 되다니.

"저는 뭘 하면 될까요?"

밴이 물었다.

"그냥 네가 지금 잘하고 있는 걸 하면 돼. 모든 걸 잘 살피고 수집가들에게 돌아가. 이 녀석들이 어디서 어떻게 잡히는지, 또 얼마나 남아 있는지, 얼마나 부당한 대우를 받고 있는지 알아봐 줘. 수집품을 지키는 경비의 약점도. 그리고 네가 알게 된 걸 내게 와서 말해 줘."

밴은 머뭇거렸다. 팔보그 씨는 밴이 수집가들을 염탐하기를 바랐다. 수집가들이 팔보그 씨를 염탐하라고 했듯이. 하지만 팔보그 씨는 말끔한 정장을 차려입은 친절한 노인이었다. 이 작은 생명체들을 안전하게 지키고 싶어 하는 그에 비해 수집가들은 몰래 다른 사람의 소원이나 훔치고 다니는 군인이나 다름없었다. 게다가 납치까지 해서 감옥에 가두고 죽이는 이들이었다. 밴에게는 너무나 쉬운 선택이어서 고민할 필요도 없었다. 다만 밴에게 쉬운 선택이었던 만큼 팔보그 씨에게도 확실한 선택이었는지는 알 수 없었다.

"저를 원하는 게 확실해요? 저는 그러니까, 저는 별로……."

"완벽해."

팔보그 씨는 밴의 눈을 똑바로 보며 말했다.

"그래, 넌 작은 아이지. 듣지 못하는 소리도 있어. 넌 그저 평범한 소년이야…… 네가 그들의 일원이 아니라는 뜻이지. 그런데 이 모든 것 때문에 넌 우리가 원하는 적임자인 거야. 내가 절대로 할 수 없는 일을 넌 할 수 있어. 너라면 의심받지 않고 수집가들 틈에서 돌아다닐 수 있어. 네가 지금 보고 듣는 방식으로 그들의 비밀을 밝혀낼 수 있어. 그러고 나면 네 양심에 귀 기울이고 진정 올바른 길을 고를 수 있을 거야."

팔보그 씨는 다시 미소를 지었다.

"마크슨군, 넌 네 자신이 얼마나 특별한지 몰라."

따뜻하고 밝은 무엇인가가 밴의 몸을 채우기 시작했다.

"알았어요."

밴은 심호흡을 했다. 온기와 빛이 타올랐고, 목을 짓눌렀던 공포는 영영 사라졌다.

"알았어요."

밴은 다시 말했다.

"할 수 있어요."

팔보그 씨의 얼굴 표정이 맑았다. 파란 하늘에 해가 떠오른 듯했다.

"고맙다, 밴."

그는 손을 내밀었다.

"우리 모두가 네게 감사해야겠구나."

밴은 팔보그 씨의 손을 잡고 악수를 나누었다.

"자."

팔보그 씨는 어깨 위 작은 박쥐처럼 생긴 녀석을 향해 고개를 끄덕였다.

"이제 이 녀석에게 먹이를 줘야겠구나. 먹이 주기가 꽤 어렵단다, 특히 몰래 하려면 말이지."

팔보그 씨는 조끼 주머니에서 꺼낸 열쇠로 커다란 가죽 트렁크를 열고 고기가 붙어 있지 않은 위시본을 꺼냈다.

"다행히 게르다가 동네 푸줏간들과 친해져서 꽤 도움이 되지."

소원을 먹는 자는 위시본을 보자마자 팔보그 씨의 어깨에서 미끄러지듯 내려와 잽싸게 카펫 위로 올라앉았다.

"이 녀석은 아주 작은 편이야. 그러니 소원도 작아야겠지."

박쥐를 닮은 생명체가 흥분한 듯 제자리에서 빙글빙글 돌았다.

"작고 간단한 소원을 생각해 낼 수 있겠니?"

"제가요?"

밴은 놀라서 숨이 턱 막혔다.

팔보그 씨가 위시본을 내밀었다.

"그래, 너 말이야."

"그 말은…… 제가 소원을 빌면 반드시 이루어진다는 뜻인가요?"

팔보그 씨는 미소를 지었다.

"맞아. 하지만 소원으로는 할 수 없는 일들이 있지. 소원을 빈다고 해서 이 녀석들을 통제할 수는 없어. 죽이거나 직접적으로 피해를 줄 수도 없고, 시간을 변하게 할 수도 없고, 누군가가 근본적으로 하지 않을 일을 하게 할 수도 없어. 그리고 이미 말했듯이 이렇게 작은 존재한테 어울리는 작고 간단한 소원이어야 해. 말하는 공룡이나, 개인용 우주선은 안 된다는……."

밴은 가로등 불빛 아래에서 페블이 "넌 사람들이 어떤 소원을 비는지 알고는 있니? 공룡한테 밟혀 보고 싶어?"라고 말할 때의 절박한 표정을 다시 떠올렸다. 하지만 모든 소원이 다 위험하거나 멍청한 것은 아니었다. 밴은 최대한 작고 간단하고 안전한 소원을 골라야 했다.

"음…… 몰래 빠져 나와서 아저씨를 만났다는 걸 아무도 모르는 거요. 이 정도면 작은 소원인가요?"

"아주 훌륭한 선택이야. 이제 그 소원을 최대한 선명하게 그려 봐."

무릎을 꿇고 팔보그 씨가 다시 위시본을 내밀었다. 밴은 위시본의 반대쪽을 잡았다. 박쥐를 닮은 녀석은 그 옆에서 위아래로 깡충깡충 뛰었다. 그 모습을 다른 녀석들이 큰 눈으로 지켜보고 있었다.

"셋을 세고 소원을 말하렴. 그리고 뼈를 부러뜨릴 거야. 분명 네가 큰 쪽을 가져갈 거야."

밴은 떨면서 숨을 들이쉬었다.

"자."

팔보그 씨가 말했다.

"하나…… 둘…… 셋."

'오페라 극장에서 내가 빠져 나왔다는 걸 아무도 몰랐으면 좋겠어.'라고 밴은 생각했다.

뼈가 부러지면서 밴이 쥐고 있는 뼛조각에서 마치 유령처럼 하얀 줄기가 흘러나왔다. 유심히 보지 않았으면 놓쳤을 수도 있는 뭔가를, 소원 먹는 자가 작은 입으로 받아먹었다. 밴은 그 모습을 보고, 지난번 학교에서 과학실 벽에 걸린 병의 물을 받아 마시던 햄스터가 생각났다. 소원을 먹은 녀석의 몸은 빛났고, 찰나의 시간이 흐른 뒤 흔들리는 은빛이 사방에 가득했다. 당장이라도 소나기를 퍼부을 것처럼 방 안 공기가 묵직해지고, 눈에 보이지 않는 습한 기운이 피부를 감쌌다. 안개는 나타날 때만큼 빠르게 사라졌고, 박쥐처럼 생긴 녀석은 바닥에 내려앉았다. 졸리지만 만족스러운 표정이었다. 아까보다 조금 커진 것 같았다. 팔보그 씨가 녀석을 상자 속에 넣었다.

"다시 자렴."

팔보그 씨는 나지막이 말한 후 다시 뚜껑을 덮고 선반 제자리에 가져다 놓았다.

"봤어요."

다시 밴 쪽으로 돌아선 팔보그 씨에게 밴이 말했다.

"소원을 봤어요. 저 녀석이 먹는 것도요. 그리고 모든 게…… 반짝거렸어요."

"사랑스럽지 않니? 해가 갈수록 드물어지지. 세상은 점점 덜 흥미로워지고."

"그래서……"

밴은 소리 죽여 말했다.

"소원은 이루어진 건가요?"

"곧 알게 될 거야."

밴에게 안긴 소원을 먹는 자가 팔 안쪽으로 좀 더 파고들었다. 팔보그 씨가 그 모습을 내려다보며 말했다.

"이젠 이해하겠지, 응? 왜 이 경이로운 존재들이 구원받아야 하는지. 영원히 사라지기 전에 말이야."

'영원히 사라진다.'

밴은 말만 들었는데 가슴이 아파 왔다.

"네."

"아."

그 순간 팔보그 씨의 눈에는 눈물이 가득 고여 있었다. 분명히 봤다고 밴은 맹세라도 할 수도 있었다.

"너무 기쁘구나."

팔보그 씨는 몸을 굽혀 소원 먹는 자를 아주 부드럽게 밴의 팔에서 떼어냈다. 녀석이 다시 상자 속으로 들어가는 것을 보니 밴은 가슴이 찡할 정도로 슬펐다. 너무 다정하고 애정 넘치는 존재가 사라지고 나니 다시 작아지고 외로운 기분이었다. 그런데 갑작스레 돌아선 팔보그 씨가 밴의 손에 상자를 넘기며 말했다.

"자. 이건 네 거야."

밴은 오래전부터 반려동물을 키우게 해달라고 졸랐지만 엄마는 절대 들어주지 않았다. 이 도시에서 저 도시로, 이 나라에서 저 나라로 옮겨 다니느라 반려동물까지 데리고 다닐 수 없다고 했다. 그렇지 않다고 우기긴 했지만 밴은 마음속 깊은 곳에서부터 느끼고 있었다. 엄마의 말이 틀리지 않다는 것을.

"그렇지만……."

밴이 입을 열었다.

"돌보기 쉬운 애들이야."

팔보그 씨가 격려하듯 말했다.

"거의 늘 자고 있지. 어두운 곳에 갇혀 있을 때는 완전히 수동적이고. 그리고 이 녀석은 이미 너에게서 유대감을 느끼는 게 확실해."

"수집가들은요?"

밴은 상자를 꼭 안으며 속삭였다.

"수집가들이 절 지켜보고 있어요. 이 아이를 데려가려고 할까요?"

"커튼을 쳐두렴. 거미가 있는지 구석구석 잘 살펴봐. 다 확인할 때까지는 항상 누군가가 지켜보고 있다고 생각해. 자."

팔보그 씨는 가슴팍에 손을 넣어 다른 위시본을 꺼냈다.

"배고파하면 이걸 써."

밴에게 위시본과 작고 하얀 명함을 건넸다.

"내 전화번호야. 필요하면 언제든 전화하렴."

밴이 이 모든 상황을 깨달았을 때는, 갑작스럽게 마법의 생명체가 들어 있는 상자를 넣은 배낭을 둘러멘 채 굽이굽이 돌고 돌아 팔보그 씨의 하얀 저택 안을 통과하고 있었다. 현관에 거의 다다랐을 즈음 밴은 눈덩이를 얻어맞은 듯 갑작스레 가던 길을 멈추고 생각에 잠겼다. 수집가들에게 팔보그 씨의 수집품 중 일부를 가져가야 했다. 하지만 그게 뭔지 알게 된 이상 차마 그럴 수 없었다. 배낭

속 작디작은 존재를, 자신만 믿고 품속에 파고드는 녀석을 넘기다니 말도 안 되는 얘기였다. 일억 년이 지난 뒤에도 결코 안 될 일이었다.

하지만 밴이 이미 이곳에 다녀간 사실을 곧 그들도 알게 될 것이다. 새나 거미, 어두운 코트를 입은 수집가가 팔보그 씨 집의 대문으로 들어가는 밴을 봤다면 뭐라도 가져가야 했다.

"화장실 써도 돼요?"

밴이 불쑥 물었다. 팔보그 씨가 돌아봤다.

"물론. 앞의 응접실을 지나서 왼쪽 문 뒤로 가면 돼."

밴은 양치식물로 무성한 거실을 가로질러 아치문을 지났다. 팔보그 씨의 시야에서 벗어났는지 확인하느라 뒤를 힐끔거리면서 왼쪽 문을 열지 않고 문진이 가득한 방 쪽으로 갔다. 방으로 들어간 밴은 불을 켜지 않고 가장 가까운 캐비닛으로 살금살금 다가갔다. 문은 쉽게 열렸다. 밴은 실눈을 뜨고 문진들을 바라보다 그중 하나를 집어 들었다. 없어져도 눈에 덜 띌 것 같았다. 가운데 놓여 있던 유리 덩어리는 차갑고 묵직했다. 밴은 죄책감이 너무 심해지기 전에 지퍼 달린 배낭 주머니에 넣었다. 훨씬 더 귀중한 것을 구하려는 것이라며 애써 자신의 행동을 합리화했다. '팔보그 씨도 이해할 거야.' 하면서. 혹시 누가 듣고 있을까 봐 밴은 티끌 하나 없는 하얀 화장실에서 변기 물을 내리고 손을 씻었다. 그리고 방금 전 화장실을 사용한 것처럼 안도감을 느꼈다…… 그렇다고 팔보그 씨와 아무렇지 않게 눈을 마주칠 자신은 없었다.

팔보그 씨가 대문을 획 열었다.

"한스?"

풍성한 백발에 옅은 갈색 스웨터를 입은 남자를 불렀다. 늘어선 덤불을 다듬고 있던 남자가 쳐다봤다.

"마크슨군을 오페라 극장까지 태워다 주겠나?"

"별로 안 멀어요. 걸어가면 돼요."

밴이 말했다.

"말도 안 돼."

팔보그 씨는 손을 내젓더니 혹시 다른 사람이 들을까 봐 조심하며 밴 쪽으로 몸을 기울였다.

"이게 더 안전해. 넌 지금도 위험하지만, 최소한 왜 위험한지는 알고 있으니까."

그는 밴에게 또 한 번 미소를 지어 보였다.

"그리고 알다시피 네겐 친구가 있어."

몇 분 뒤 번쩍이는 회색 차에서 내린 밴은 비틀거리며 오페라 극장 안으로 들어갔다. 로비와 구불구불한 무대 뒤 복도에 아무도 없었다. 건물 전체가 이상할 정도로 조용했지만 밴이 리허설 방으로 다가갈수록 새로운 소리가 들려왔다. 음악 소리는 아니었다. 낮고 부글거리는, 여러 사람이 한꺼번에 말할 때 나는 웅성거리는 소리였다. 밴의 시야에 밝은 실크 스카프를 한 엄마의 모습이 들어왔다. 리허설 반주자는 양팔을 벌린 채 마루를 가로지르며 천천히 움직이고 있고, 조감독은 전화기에 대고 아주 빠르게 말을 하고 있었다. 방 반대편에 서 있는 사슴 한 마리가 발굽을 가볍게 움직였다. 여러 갈래로 뻗은 뿔과 검은 눈, 칙칙한 흰색 털을 가진 사슴이었다. 문을 밀고 들어오는 밴에게 아무도 시선을 돌리지 않았지만, 크고 촉촉한 눈은 밴에게로 향했다. 사슴이 껑충 뛰어 다가왔다. 누군가 비명을 질렀고, 밴은 너무 놀란 나머지 꼼짝 않고 서 있었다. 사슴이 껑충껑충 뛰어서 지나갈 때 밴은 휙 하는 소리를 느꼈다. 부드럽게 젖은 털 하나하나에 은빛 이슬이 맺혀 있었다. 사슴은 복도를 달려 환한 로비로 향했고, 모든 사람이 한꺼번에 소리를 지르기 시작했다.

"누가 좀 따라가."

"도시에 사슴이?"

"동물보호센터!"

"동물원에서?"

"지오바니!"

시끄러운 소리를 뚫고 크고 또렷한 목소리가 울려 퍼졌다. 엄마가 두 손으로 밴의 어깨를 잡았다.

"괜찮니?"

"네. 괜찮아요."

사실 밴은 괜찮지 않았다. 훨씬, 훨씬 더 좋았다. 방금 전 소원이 이루어지는 것을 두 눈으로 봤으니까.

15
계획 변경

잉그리드 마크슨은 따스한 석양빛을 받으며 밴과 함께 집으로 걸어가는 중이었다.

"매표소의 릴리 말로는 사슴이 거리로 달려 나가서 사라져 버렸대. 도시 한복판에 나타난 야생 사슴은 엄마도 처음이야. 게다가 알비노 사슴이라니. 마이클과 사라가 듀엣을 하는데 사슴이 갑자기 나타났단다. 무슨 무대 효과처럼 말이야. 엄마가 맹세하는데, 드라이아이스가 있어야 할 것 같았다니까!"

잉그리드는 웃으면서 고개를 절레절레 흔들었다. 마지막 햇빛을 받은 머리칼이 반짝거렸다.

"너랑 피터가 거기 없어서 못 본 게 안타까울 정도였어."

그리고 밴을 내려다보며 말했다.

"그래, 내 사랑. 오늘 오후에 둘이 잘 놀았니?"

"네?"

어느새 밴의 관심은 배낭 바닥으로 옮겨 가 있었다. 밴은 상자가 움직이는 것을 느끼면서 배낭끈을 조절했다.

"아, 피터랑요? 괜찮았어요."

"너희가 함께 보내는 시간이 더 많으면 좋겠지만 우리가 곧 영국으로 옮겨야 할 것 같구나."

"네? 언제요?"

밴이 더 크게 말했다.

"지금 하고 있는 공연이 끝나면 엄마와의 계약도 끝나는 거야. 레올라가 아주 흥미로운 선택지를 가져왔단다."

엄마는 손을 뻗어 밴의 손을 꼭 쥐었다.

"우리를 위한 거야."

레올라는 엄마의 매니저였다. 밴의 양쪽 뺨에 완벽한 자국을 남길 정도로 진한 립스틱을 바르는 이탈리아 여자였다.

밴은 손을 뺐다.

"우리가 떠날지도 모른다고요?"

"그래, 아마 그럴 거야."

"그럼…… 얼마나 빨리요?"

밴은 겁에 질린 목소리를 내지 않으려 애썼다. 엄마는 구릿빛 풍성한 머리칼을 한쪽으로 기울였다.

"음, 찰스가 새로운 깜짝 제안을 하지 않는다면 이번 공연을 마치는 대로 떠날 수 있겠지. 이번 공연은 한 달 정도면 끝나."

"한 달이요?"

엄마는 눈썹을 치켜세웠다.

"왜 그렇게 놀라니, 지오바니? 어떻게 돌아가는지 너도 알잖니.

몇 년간의 일정이 미리 잡히기도 하고, 사흘 전에 통보받을 때도 있잖아."

"전 그냥……."

팔보그 씨의 웅장하고 하얀 저택부터 수집가들의 검은 지하실을 오가는 밴의 마음은 혼란스러웠다.

"떠나기 싫어서요, 아직은."

엄마의 눈썹이 더 올라갔다.

"네가 이곳을 그렇게까지 좋아한다고는 생각 못 해봤는데."

"좋아해요. 그러니까…… 네, 점점 더 좋아져요. 조금만 더 있으면 안 돼요?"

"지오바니, 엄마는 일자리가 있는 곳으로 가야 해."

밴은 지푸라기라도 잡을 준비가 되어 있었다. 설사 그것이 조금 못마땅한 지푸라기라도 상관없었다.

"그레이 가족은요? 그립지 않겠어요?"

밴이 불쑥 말했다. 망설이는 듯한 얼굴 표정이 부드러워지면서 흐릿하고 은밀한 뭔가가 엄마의 눈을 스쳐 지나갔다.

"물론이지. 보고 싶은 사람이 많을 거야. 늘 그렇듯이."

엄마는 다시 밴의 손을 잡았다.

"하지만 내가 원하는 유일한 사람은 바로 여기 있단다."

이번에는 밴도 손을 빼지 않았다. 밴과 엄마는 잠시 말없이 걸어 갔다.

"내가 말한 것처럼, 이건 가능성일 뿐이야. 그럴 수도 있다는 거지."

엄마가 마침내 입을 열었다.

"알았어요. 가능성에 불과하다는 거죠."

밴이 부드럽게 말했다.

아파트 안으로 들어간 밴은 터덜터덜 복도를 걸어갔다.

"방에 있을게요."

밴이 어깨 너머로 말했다. 엄마가 대답을 했더라도 밴은 들을 수 없었다. 방문을 닫고 블라인드를 내려 라벤더색 저녁 햇살을 가린 다음 구석구석을 살피던 밴은 침대 밑까지 들여다봤다. 숨어 있는 거미가 없는지 확인하기 위해 벽장을 열고 보푸라기와 먼지까지 세세하게 찾아냈다. 안전에 대한 확신이 들자 밴은 바닥에 앉았다. 그리고 마지막으로 배낭을 열어 마분지 상자를 꺼냈다. 뚜껑을 열자 작고 흐릿한 얼굴이 나타나 밴을 바라봤다. 밴의 가슴속에 설렘과 기쁨이 어른거렸다. 기억 그대로 소원을 먹는 자는 진짜였고 사랑스러웠다.

"다시 만나서 반가워."

밴이 속삭였다. 소원을 먹는 자가 눈을 깜빡였다. 상자 밖으로 목을 내밀고 소심하게 주위를 둘러보았다.

"나와도 돼."

밴은 한 손을 내밀었다.

"여긴 안전해. 약속할게."

소원을 먹는 자가 밴의 손 위로 조금씩 기어올랐다. 손바닥에 쪼그리고 앉더니 커다란 눈으로 밴을 올려다보았다. 녀석은 희미했지만 시원하고 가벼웠다. 밴은 좀 더 자세히 보기 위해 손을 들어 올렸다.

"여기가 내 방이야. 적어도 지금은 그래. 저게 내 침대야. 넌 저 아래 내 수집품들 사이에서 자게 될 거야. 안전한 곳이야. 그리고 이건 내 모형무대야."

밴은 소원을 먹는 자를 부드럽게 무대 중앙에 내려놓았다. 소원을 먹는 자는 작은 조각상을 보면서 수줍은 듯 눈을 깜빡거렸다. 밴이 "저건 슈퍼 밴이야."라고 설명해 주었다.

"착한 사람이야. 도움을 필요로 하는 모든 사람들을 돕기 위해 노력하지."

밴은 수집품 상자를 꺼내 속을 뒤지기 시작했다. 헬리콥터, 보라색 코끼리, 사슴이 끄는 썰매를 탄 작은 산타클로스를 옆으로 밀어내고 마침내 찾아낸 것은 하얀 플라스틱 마법사였다. 소원을 먹는 자가 눈을 크게 뜨고 지켜보는 가운데 밴은 마법사를 무대 위로 가져갔다.

"슈퍼 밴! 우린 네 도움이 필요해! 우릴 구할 수 있는 건 너뿐이야!"

백색의 마법사가 외쳤다.

"저도 돕고 싶지만 다른 임무가 생겼어요."

슈퍼 밴이 대답했다.

"제발, 슈퍼 밴. 소원을 먹는 자들 전체가 네게 의지하고 있어!"

백색의 마법사가 간청했다. 소원을 먹는 자는 양쪽을 번갈아 보았다.

"선택의 여지가 없어요. 모함(母艦)이 곧 떠날 거예요."

슈퍼 밴이 말했다.

"어서 네 능력을 써! 빨리! 방법을 찾아야 해!"

백색의 마법사가 말했다.

밴은 발꿈치를 바닥에 대고 몸을 뒤로 기대앉았다. 백색의 마법사가 옳았다. 슈퍼 밴이라면 방법을 찾을 수 있다. 소원을 먹는 자들을 도와야 했다. 시간이 더욱 촉박했다.

밴은 창문을 흘깃 쳐다봤다. 커튼을 물들인 연보라색 빛이 보랏빛으로 짙어져 있었다. 곧 어두워질 게 분명했지만 엄마가 잠들기 전에는 빠져나갈 수 없었다. 정말 어두워지고 나면 알 수 없는 위험이 도사리는 거대한 암흑 도시 속으로 혼자 걸어 들어가야 한다.

밴은 침을 꿀꺽 삼켰다. 무대 위 소원을 먹는 자는 슈퍼 밴과 백색의 마법사를 번갈아 보며 기다리고 있었다. 녀석이 작고 뿌연 손가락으로 톡 건드리자 슈퍼 밴이 앞으로 쓰러지면서 무대 바닥에 퍽 부딪혔다. 소원을 먹는 자는 놀라서 뒤로 물러섰다가 겁을 집어먹은 듯 밴의 다리 사이로 뛰어들었다.

"괜찮아."

소원을 먹는 자는 무게감이 거의 없었다. 밴은 벌벌 떠는 녀석을 안아 주며 말했다.

"겁먹지 마. 내가 있잖아."

소원을 먹는 자는 고개를 들고 밴을 바라보며 눈을 깜빡거렸다. 밴은 자신이 이 생명체를 돕게 될 것을 확신했다. 깊은 지하 어둠 속에 갇힌 이 작고 불쌍한 생명체들을 도우리라 다짐했다. 밴은 녀석의 주름진 귀를 쓰다듬었다.

'슈퍼 밴의 능력이 있기만 하면…… 그럼 수집품 보관소로 재빨리 안전하게 간 다음에…… 잠깐.'

밴은 귀를 쓰다듬다 말고 멈췄다. 밴에게는 실제로 그럴 힘이 있었다. 게다가 그 힘을 써야 할 아주 타당한 이유가 있었다.

한 시간 뒤 밴은 침실 문을 닫았다. 서둘러 이를 닦고 엄마에게 부드러운 이마 키스를 받은 뒤였다. 스탠드만 켜놓고 다른 불은 모두 끈 상태였다. 옷을 모두 입은 밴은 바지 왼쪽 주머니에 팔보그 씨의 집에서 가져온 문진을 넣고, 보청기를 낀 채로 침대 이불 속으로 기어들어 갔다. 그리고 베개에 기댄 채 기다렸다. 문틈 아래로 보이는 불빛이 사라지기까지 엄청나게 오랜 시간이 흐른 듯했다. 드디어 엄마가 잠자리에 든 것을 확인한 밴은 이불 속을 빠져나와 침대 옆에 쭈그리고 앉았다. 숨겨 놓은 상자를 끄집어내서 뚜껑을 열자 소원을 먹는 자가 간절한 눈빛으로 밴을 올려다봤다. 스탠드 불빛 때문에 몸 전체가 희미하게 빛나고 있었다.

"그 안은 괜찮니?"

밴은 속삭이듯 말했다. 상자 옆에 기댄 녀석이 뭉툭한 두 팔을 내밀었다.

"널 계속 '소원을 먹는 자'라고 부를 수는 없지."

밴은 자기 팔에 기어오르는 생명체를 보며 말했다.

"이름이 필요해. 약간 여우원숭이를 닮았으니까 널 레미라고 부르면 어떨까?"

소원을 먹는 자가 주름진 귀를 씰룩거렸다.

"레미."

밴이 다시 말했다.

"마음에 드니?"

소원을 먹는 자는 귀를 더 빨리 씰룩거렸다.

밴이 바닥에 있던 배낭 앞주머니에서 위시본을 꺼내자 조그마한 녀석이 몸을 쭉 펴는 동시에 코를 킁킁거렸다. 마치 참치 캔을 따자마자 공기 중에 퍼지는 냄새를 맡고 있는 고양이 같았다.

"좋아, 레미. 네게 줄 소원이 있어."

밴은 속삭이듯 말하고 위시본에서 부러지기 쉬운 양쪽 끄트머리를 잡았다. 밴은 망설였다. 지난번 소원을 빌 때는 팔보그 씨가 옆에 있었다. 뭔가 잘못되더라도 팔보그 씨의 도움을 받을 수 있었지만 지금은 완전히 혼자였다.

밴의 다리 위에서 안달이 난 소원을 먹는 자가 살짝살짝 뛰기 시작했다.

'음…… 완전히 혼자는 아니군.'

레미의 도움을 받았고, 그에 대한 보답으로 레미를 도와주리라 마음먹었다. 아니, 꼭 돕고 싶었다. 밤은 빠르게 지나가고 있었다. 두려움에 낭비할 시간이 없었다.

'나는 수집품 보관소에 최대한 빨리 안전하고 비밀스럽게 가고 싶어.'

딱 소리와 함께 위시본이 부러졌다. 옅은 색의 섬세한 뭔가가 흘러내렸다. 목을 쭉 뻗은 레미가 입을 벌린 채 받아먹었다. 방 안에 퍼져나간 안개 덕분에 밴의 머리끝이 촉촉해졌다. 밴은 피부가 한결 부드러워졌다고 느꼈다.

안개가 사라지고 밴의 다리에 기댄 레미는 만족스러운 표정을 지었다. 사방이 조용했다. 밴은 숨을 죽인 채 주위를 둘러보았다. 귀를 기울였지만 아무것도 없었다. 밴은 숨을 내쉬었다. 어쩌면 소원이 이루어지지 않을 가능성도 있었다. 작은 레미가 들어주기에는 소원이 너무 컸을 수도 있었다. 어쩌면 구체적으로, 명확하게 빌지 않아서 그럴 수도 있고…… 아니면 이 모든, 마법 같은 일들이 현실에서 실현 불가능한 일일 수 있었다. 밴은 점점 희망을 잃어 갔다. 그때 갑자기 침대 밑에서 뭔가가 튀어나왔다. 밴이 돌아보자 이미 이쪽 방향으로 날아오고 있었다. 밴의 머리가 물결치듯 흔들렸다. 여전히 육안으로는 보이지 않았지만 밴의 왼쪽 귀 근처에서 외치는 작은 목소리가 들렸다.

"호, 호, 호!"

밴이 휙 돌아봤다. 일 미터쯤 떨어진 곳에서 스탠드 불빛을 배경으로 모형 썰매가 날아다녔다. 모형 사슴의 고삐를 쥐고 있는 작은 산타가 싱긋 미소를 지었다. 놀란 밴의 입에서 헉하는 소리가 튀어나왔다. 숨을 들이마실 때와 웃을 때의 중간 소리였다. 밴이 아래를 내려다보자 밴의 다리에 기대고 있는 레미가 졸린 미소를 지었다.

썰매는 눈에 보이지 않는 언덕 위를 달리는 것처럼 날아다녔다. 점점 높이 올라갔고 방 안을 가로질러 커튼을 처둔 창문으로 돌진했다. 밴이 미처 움직이기도 전에 닫힌 유리창에 탁하고 부딪쳤다.

"조심해!"

밴이 속삭였다. 작은 플라스틱 산타에게 하는 말인지 작은 사슴에게 하는 말인지 분간이 안 갔지만, 두 가지 모두 현실에서는 거의 일어나지 않을 법한 일이라는 사실을 깨달았다.

"엄마한테 들릴 거야!"

사슴이 다시 창문에 부딪쳤고, 밴은 자리에서 벌떡 일어났다. 레미를 상자에 도로 넣은 뒤였다.

"쉿!"

커튼을 친 창문에 썰매가 더 세게 부딪치자 밴이 낮고 빠르게 말했다.

"조용해야 해!"

탁, 탁, 탁. 탈출하기 위해 애쓰는 파리처럼 창문에 계속 부딪쳤다.

"제발!"

밴이 사정했다.

탁, 탁, 탁. 밴은 창문 쪽으로 일 미터쯤 껑충거리며 뛰어갔다. 커튼을 젖히고 창문을 밀어 올리자 찬 공기가 세차게 들어왔다. 산타와 썰매는 창밖 밤하늘로 서둘러 날아갔다. 탈출한 장난감이 멀리 사라지는 모습을 기대했지만 썰매는 사라지지 않았고 도리어 커지기만 했다. 창밖에서 안개처럼 하얀 진주색으로 반짝거리던 썰매는 점점 크기가 불어나면서 길어졌다. 진짜 썰매만큼 커졌고, 플라스틱 사슴은 진짜 사슴만 해졌다. 유쾌한 미소를 보내고 있는 플라스틱 산타도 딱 늙은 엘프였다.

"호, 호, 호!"

산타가 빨간색 플라스틱 좌석 옆자리를 두들겼다. 밴은 참지 못하고 웃음을 터뜨렸다. 슈퍼 밴처럼 날아다니는 상상은 수백 번 했어도 산타클로스처럼 날아다니는 상상은 한 번도 한 적이 없었다.

'7월 중순에 그것도 4층 창밖으로 기어나가 공중에 떠 있는 플라스틱 썰매를 타라고?'

하늘에 떠 있는 사슴과 산타가 얼른 타라며 다시 한 번 의자를 두들겼다. 밴은 썰매를 죽 훑어봤다.

'그래, 정말로 탈거야.'

'당연히 타야지.'

밴은 창턱 위로 올라갔다. 썰매와는 불과 한두 뼘 거리였다. 밴은 심호흡을 하고 그대로 뛰어내렸다. 썰매가 회전관람차처럼 흔들 거렸다. 밴이 자리를 채 잡기도 전에 산타는 플라스틱 고삐를 쥐었 고, 사슴은 앞을 향해 돌진했다. 휙.

그들은 다 함께 시내로 날아갔다. 밴은 두 손으로 썰매의 난간 을 꽉 붙잡았다. 밴이 탄 썰매는 부드러운 회색 얼룩이 녹아내릴 듯 한 고층 건물 사이를 헤집고 날아갔다. 건물 옥상을 건너가고 모퉁 이를 휙 도는 순간 사슴이 위를 향해 달렸다. 밴의 눈앞에 흐릿한 보라색 하늘이 펼쳐지는가 싶더니 사슴이 아래로 달리면서 썰매가 하강하자 반짝이는 검은 거리가 보였다.

"호, 호, 호!"

플라스틱 산타가 말했다. 밴은 웃고 있었다. 무서울 법했지만 밴 은 겁먹지 않았다. 짜릿한 기분이었다. 현실에서는 불가능하지만 마법처럼 이상한 일의 일부가 된 듯했다. 무중력 상태에서 빠른 속 도로 어둠 속을 뚫고 날아갔다.

비행은 밴의 생각보다 훨씬 짧았다. 썰매는 부드럽게 멈췄고 밴 은 주변을 둘러보았다. 썰매는 조용한 도로 위에 떠 있었다. 길은 텅 비어 있었고, 근처 건물들은 모두 잠들어 있었다. 유일한 가로등 이 멀리서 흐릿하게 빛나고 있었다. 바로 앞 모퉁이 너머로 익숙한 네온사인이 보였다. 희귀한 반려동물을 파는 가게였다.

썰매는 아무도 없는 인도에 내려앉았다. 밴이 내리자마자 썰매 의 크기가 줄어들었다. 밴이 "고맙습니다!"라고 하거나 감사의 의 미로 사슴을 쓰다듬기도 전에 바닥으로 떨어지면서 달그락 소리가 났다. 밴은 썰매를 주워 주머니에 넣었다. 잠시 동안 미소를 지으며 무중력 상태의 짜릿한 기분이 사라지기를 기다렸다. 밴은 할 일이 있었다. 심각하고 위험한 일이었다. 마지막으로 한 번 휙 둘러본 뒤 모퉁이를 돌아서 도시 수집 대행사로 곧장 뛰어갔다.

16
아래의 어둠으로

오후 중반까지만 해도 어둑어둑했던 사무실은 시커멓게 변해 있었다. 한밤중인 지금은 마치 타르를 한가득 들이부은 상자 같았다. 밴은 양손을 앞으로 쭉 뻗은 채 텅 빈 방 안을 조용히 가로질렀다.

숨겨진 문을 열자 매캐한 연기 냄새, 먼지와 함께 희미한 녹색 불빛이 새 나왔다. 밴은 등 뒤에서 인기척을 느끼고 재빨리 뒤돌아봤지만 아무도 없었다. 아니, 사람은 없었지만 카펫 위를 걸어오는 뭔가가 있었다. 밴의 발치까지 다가온 것은 통통한 너구리였다. 걸음걸이가 아주 불안정했다. 한쪽 앞발에 뭔가를 쥐고 있는데 작고 밝은색이었다. 너구리가 물고 있는 것은 감자튀김 한 봉이었다. 입에 문 봉지가 달랑거렸다.

"으아."

너구리가 거친 목소리로 말했다.

"그 문 좀 잡아 줄래요?"

밴이 친절하게 문을 잡아 주자 너구리가 뒤뚱뒤뚱 지나가면서 "정말 감사합니다."라고 했다. 밴도 너구리의 뒤를 따라 계단을 내려갔다. 딱 두 계단을 내려갔을 때 너구리가 다시 말했다.

"내가 정말 무례했군요. 감자튀김 좀 드실래요? 맛있고 차가워요."

"음…… 아뇨, 괜찮아요."

밴이 속삭였다.

"정말요? 피트네 바비큐 뒤 쓰레기통에서 방금 가져온 거예요."

너구리는 계속 수다를 떨었다.

"위시본과 차가운 감자튀김을 찾기 좋은 곳이죠. 맛이 간 막대기 모양의 빵을 더 좋아한다면 라마마의 쓰레기통이 완벽하고요. 위시본에 국수를 곁들이는 걸 좋아한다면 이지카야 이토의 쓰레기통에 가봐야 해요. 이 도시에서 최고죠. 정말 최고예요. 다른 너구리들이 젠-젠이라는 곳에 대해 하는 말은 그냥 흘려들으세요. 거기 쓰레기통은 기어오를 가치도 없으니까요."

너구리는 말을 멈추고 봉지에서 감자튀김을 하나 꺼냈다.

"음. 으으음."

너구리는 튀김을 먹으며 말했다.

"정말 하나도 안 드실래요?"

"괜찮아요."

밴이 말했다.

"정말 안 드신다면 나한테는 좋은 일이죠."

너구리는 감자튀김을 또 하나 먹었다.

"으음. 그럼, 좋은 밤 보내시길 바랄게요!"

너구리는 종종걸음으로 사라졌다.

다시 혼자가 된 밴은 살금살금 계단을 내려갔다. 찬 기운이 점점 강해졌다. 먼지와 연기 냄새도 점차 짙어지면서 노르스름한 녹색 불빛이 밴의 발등, 다리, 그리고 마침내 몸 전체를 뒤덮었다. 마지막 계단을 내려가는데 작고 복슬복슬한 뭔가가 밴의 어깨 위로 뛰어올라 왔다. 감자튀김 냄새는 나지 않았다.

"어이!"

찍찍거리는 소리가 익숙했다.

"나, 너 알아!"

바나벨트의 촉촉한 코가 밴의 뺨을 찔러댔다.

"이것 봐! 페블! 밴더빌트 막시밀리언이야!"

페블은 이미 두 손으로 밴의 팔을 움켜쥐고 있었다. 너무 순식간이었다. 밴은 혹시 계단 아래서 이 둘이 자신을 기다리고 있던 건 아닐까 의심했다.

"네가 돌아올 줄 알았어!"

페블은 깡충거리며 뛰다시피 했다. 얼굴에는 미소가 활짝 피어났고 이끼색의 눈은 밝게 빛났다.

"결정한 거지? 우릴 도울 거지? 우리 편이지?"

페블의 환한 미소는 밴이 이제껏 한 번도 본 적 없는 것이었다. 한 줄기 햇살이 어두운 방 안을 환하게 비출 때처럼 얼굴 전체가 달라 보였다. 잠시나마 이곳에 온 이유를 잊고 밴 또한 미소 짓지 않을 수가 없었다. 소원을 먹는 자들에 대해 알아내고 그들을 돕기 위해 스파이로 오긴 했지만, 페블이 이 모든 것을 다 알 필요는 없다고 생각했다. 물론 알 리도 없겠지만.

175

밴은 페블처럼 한껏 열정적인 표정을 지어 보이며 말했다.

"맞아. 난 네 편이야."

페블의 미소가 더욱 밝아졌다.

"이리 와!"

페블이 휙 돌아서며 말했다.

"네일에게 데려다줄게. 다들 정말 기뻐할 거야!"

페블과 밴은 거대한 입구 방 끝까지 질주했다. 밴은 페블의 뒤를 바짝 따라갔다. 녹색 석벽 위로 두 개의 그림자가 길게 드리워졌다. 막다른 곳에 다다른 페블은 좁은 복도를 따라 내려가서 또 다른 복도를 따라 걷다가 다시 커다란 책상과 벽난로가 있는 작고 친숙한 방으로 들어갔다.

네일은 벽난로 앞에서 매끈한 머릿결을 가진 여성과 대화를 나누고 있었다. 세사미였다. 지난밤 봤던 덩치 큰 남자 가운데 하나- 밴은 남자의 이름이 밴틀이라고 생각했다-가 문 근처에서 경비 중이었다. 페블과 밴이 뛰어 들어오자 모두의 시선이 모아졌다. 세사미의 팔에 앉아 있던 비둘기와 네일의 어깨 위 쥐들 또한 자세를 가다듬고 새까만 눈으로 재빨리 밴을 훑어봤다. 밴은 등골이 오싹했지만 완수해야 할 임무를 떠올리며 겨우 참았다. 시작도 하기 전에 실패할 수는 없었다.

"왔어요!"

페블이 외쳤다.

"나, 왔어요!"

바나벨트가 밴의 어깨 위에서 맞장구를 쳤다.

"나, 여기 있어요! 바로 여기!"

"밴 마크슨."

네일이 빠른 걸음으로 다가왔다. 밴은 본능적으로 움찔했지만, 네일의 눈은 페블의 눈처럼 따뜻했다.

"돌아온 걸 환영한다."

네일은 손을 뻗어 밴과 악수를 했다.

"네가 이런 선택을 했다니 우린 아주 기뻐."

"저도요."

밴은 할 수 있는 한 최대한 밝게 말했다.

"그럼 부탁한다."

네일이 두 손을 펴며 말했다.

"이제까지 네가 알게 된 걸 말해 주렴."

모두가 기다리고 있었다.

"음…… 그게 말이죠. 제가 알게 된 게 여러분이 궁금해한 것인지는 잘 모르겠어요."

밴이 아주 천천히 말했다. 따뜻한 분위기가 살짝 사라진 느낌이었다. 네일의 한쪽 눈썹이 올라갔다. 세사미의 비둘기는 고개를 갸우뚱했다. 아무도 말이 없자 밴은 말을 이어 갔다.

"그러니까, 제 말은…… 당신이 말한 걸 못 봤어요. 정말이에요. 찾아봤는데 이상한 게 없었어요."

페블이 숨을 훅 들이쉬었다. 네일의 어깨에 있던 쥐 한 마리가 검은 코트를 타고 내려오더니 불빛이 어른거리는 돌바닥을 가로질러 곧장 밴의 발치로 향했다.

네일이 팔짱을 끼며 말했다.

"지금, 다른 수집가들을 못 봤다고 말하는 거니?"

"못 봤어요."

밴이 말했다. 밴의 신발 앞부분에 쥐가 앞발을 얹었다.

"그러니까, 여러분 같은 사람들은 없었어요."

"물론 우리 같은 사람들은 못 봤겠지."

세사미가 말했다.

"이보르 팔보그라는 사람을 만나지 않았어? 그 사람이 널 자기 집으로 초대하지 않았다고? 그것도 두 번이나?"

네일의 목소리는 빠르고 단호했다. 밴의 가슴팍으로 서늘한 기운이 파고들었다. 밴의 바지 위로 쥐가 기어오르고 있었다. 밴은 최대한 가벼운 어투로 말하며 최대한 움직이지 않기 위해 애를 썼다.

"아…… 팔보그 씨요? 우리 이웃이요? 그런 종류의 수집가요? 네, 그 집 물건들을 보긴 했지만 여기 수집품하곤 달라요. 하지만 혹시 몰라서 시킨 대로 물건을 가져오긴 했어요."

밴은 주머니에서 문진을 꺼내 손바닥에 올려놓았다. 벽난로 불빛이 유리구슬을 비추자 안에 그 안에 든 꽃들이 붉게 빛났다.

네일의 시선이 페블에게 향했다. 페블은 고개를 살짝 끄덕였다.

"다른 것은 보여 주지 않았니? 더 특이한 건?"

네일이 다시 밴에게 물었다. 네일이 뭔가 의심하고 있는 게 분명했지만 밴은 말할 수 없었다. 숨겨진 방은 물론이고, 약간의 먹을 것과 친구가 있는 상자 밖으로 나가기를 기다리고 있는 작고 연약한 생명체에 대해 말할 수 없었다. 밴은 힘겹게 침을 삼켰다. 목에 가느다란 수염이 와 닿는 게 느껴졌다. 쥐가 어깨까지 올라온 것이었다.

"아뇨. 머리카락 공예품을 말하는 게 아니면요. 정말 이상했거든요."

밴의 턱 근처에서 쥐가 목을 쭉 빼고 냄새를 맡았다.

"겁먹은 냄새가 나네."

밴은 그 소리를 알아들었다. 작고 부드럽게 말하는 목소리는 비올레타였다. 방 안에 있는 사람들 전부가 비올레타의 말을 알아들을 수 있는지, 아니면 자신에게만 들리는 것인지 알 수 없었다. 하지만 아무도 말이 없었다. 이제부터 밴도 굳이 못 들은 척할 이유가 없었다.

"그래, 겁먹었어. 한밤중에 몰래 빠져 나와서 나 혼자 시내까지 왔으니까."

밴이 대답했다.

"겁먹은 냄새는 안 나는데."

바나벨트가 말하면서 코로 밴의 뺨을 밀었다.

"스파게티 냄새가 나."

"저녁으로 스파게티랑 마늘빵을 먹었거든."

바나벨트의 눈이 반짝였다.

"마늘빵. 버터를 곁들여서. 맛있는 바삭한 껍질. 그리고……."

바나벨트가 속삭였다.

세사미가 또렷하고 차분한 눈으로 밴을 내려다보며 말했다.

"이봐, 수집가로 태어나지 않은 사람이 다른 생명체의 말을 알아듣는 건 아주 드문 일이야."

밴은 세사미를 올려다봤다.

"넌 네 스스로 평범한 아이라고 했어. 심지어 귀도 잘 안 들린다고 했지. 하지만 넌 저 녀석들 말을 들을 수 있잖아."

세사미의 눈이 조금 가늘어졌다.

"넌 왜 그렇다고 생각하니?"

"모르겠어요. 제 생각에는…… 귀는 잘 안 들리지만, 잘 듣는 것 같아요."

밴은 솔직하게 말했다. 세사미는 고개를 갸우뚱하면서 한참이나 밴을 쳐다본 뒤 말했다.

"좋은 대답이군."

"좋은 대답!"

바나벨트가 환호했다. 페블은 밴에게 기분 좋은 미소를 보냈다. 밴의 가슴에서 따뜻하고 기분 좋은 안도감이 솟아났다. 침묵을 지키던 네일이 방 안을 둘러봤다. 네일의 눈길은 침착한 표정의 세사미, 미소 짓고 있는 페블, 싸늘한 시선을 보내고 있는 비틀을 차례로 훑은 다음 다시 밴에게로 향했다.

"한 번 더 기회를 얻은 것 같구나, 밴 마크슨."

마침내 네일이 입을 열었다.

"팔보그 씨를 유심히, 더욱 유심히 관찰해야 한다."

"그럴게요."

밴은 재빨리 대답하고 다시 주머니에 문진을 넣었다.

"하지만…… 그 이유를 물어봐도 될까요?"

"왜냐하면 우리에게 심각한 위협이 되기 때문이지. 우리 일, 우리 존재에."

밴은 팔보그 씨의 손에 죽은 거미가 생각났다. 다정한 팔보그 씨가 누군가에게 위협적인 존재라니 상상할 수 없었다.

"팔보그 씨가요? 정말이에요?"

"확실해. 우린 그를 잘 알고 있어."

페블에게 향했던 네일의 시선이 다시 밴에게로 향했다. 아까보다 부드러운 눈빛이었다.

"외부인으로서 혼란스럽겠지만 우리 안으로 들어오고 나면 우리를 좀 더 이해하게 될 거다."

네일은 밴에게 다가섰다.

"우리가 보여 주고 들려주는 것, 가르쳐 주는 것들은 모두 전적으로 비밀이어야 한다. 굳이 말할 필요도 없겠지만 그래도 말해 두마."

네일이 밴 쪽으로 몸을 굽히자 네일의 어깨 위에 있던 쥐들이 킁킁거렸다. 두 마리가 똑 닮은 수염 달린 코를 들이댔다.

"조금 이따가 보게 될 걸 아무에게도 말하면 안 돼."

"안 할게요."

밴은 재빨리 대답했다. 제발 쥐들이 거짓말 냄새를 맡지 못하기를 바랐다.

"페블이 안내할 거야."

네일이 다시 몸을 곧추세우며 말했다.

"커널이 수집품 보관소에서 널 기다리고 있다."

"군대에 있는 사람 말이야?"

밴이 페블에게 소곤거렸다.

"아니, 대령 커널 말고 옥수수 같은 알갱이 커널 말이야."

페블이 소곤소곤 대답했다.

"팝콘?"

바나벨트가 관심을 보이며 말했다.

181

네일은 책상 반대편으로 걸어갔다.

"이제 가 봐."

기다란 손가락으로 문을 가리켰다. 그리고 느릿느릿 또렷하게 덧붙였다.

"정직하게 말해 줘서 고맙다. 밴 마크슨."

페블이 다시 따뜻한 미소를 지었다.

"가자!"

페블이 먼저 문 쪽으로 달려갔고, 밴은 어깨에 바나벨트를 태운 채 그 뒤를 따랐다. 경비 중이던 비틀을 획 지나쳐 갔지만 비틀은 꿈쩍도 하지 않았다. 대신 그들이 차가운 어둠을 뚫고 복도 끝으로 사라져 보이지 않을 때까지 계속 지켜보는 것을 멈추지 않았다.

"이젠 너한테 다 말해 줄 수 있어!"

페블은 동굴처럼 생긴 입구의 방을 달려가며 외쳤다. 어스레한 다른 복도 쪽을 가리키며 말했다.

"저기로 가면…… 계단을 지나면…… 관측소가…….."

"관측소? 그러니까…… 별을 관측하는 곳을 말하는 거야?"

밴이 따라잡으려고 애쓰며 물었다.

"별똥별이야. 우리는 유성우가 언제 찾아오는지 정확히 알아야 하거든."

밴보다 앞서 가던 페블은 거대한 계단을 쏜살같이 내려갔다

"너, 이미 지도는 봤지."

첫 번째 아치문에 다가가며 페블이 아주 빠르고 엄청나게 큰 소리로 말했다.

"세사미가 담당이야. 소원을 비는 장소들을 추적하는 곳이야. 우

물, 분수, 연못. 사람들이 동전을 던지는 장소들."

페블이 비둘기 떼를 뚫고 달리며 말했다. 비둘기들이 날개를 퍼덕거리면서 길을 내주었다.

"물론 어디서든 생일 케이크 촛불을 끄거나 위시본을 부러뜨릴 수 있으니까, 아파트나 집들도 계속 파악해야 해."

구덩이에서 비둘기 한 마리가 날아오르며 끝을 알 수 없는 어둠 위로 솟아올랐다. 밴은 그 광경을 지켜보며 생각했다.

'이렇게 넓은데, 저들이 소원을 먹는 자처럼 작고 조용한 존재를 숨기기란 정말 쉬울 거야. 어떻게 찾아낸담?'

"네가 무슨 생각하는지 다 알아."

페블이 계단참에서 갑자기 걸음을 멈추고 휙 돌아섰다. 정면으로 밴을 쳐다보며 말했다.

"그래?"

밴이 놀라서 외쳤다.

"오, 좋아. 난 내가 무슨 생각을 하고 있는지 기억이 안 났거든."

밴의 어깨 위에서 바나벨트가 말했다.

"넌 우리가 어떻게 사람들 눈에 띄지 않고 식당이나 집 안, 아파트 안으로 들어가는지 궁금하지?"

페블은 다 알고 있다는 듯 미소를 지었다.

"그때 이 녀석들이 활약하는 거야."

"그때 우리가 활약해!"

바나벨트가 환호성을 질렀다.

"수천 마리가 있어. 보통 사람들은 잘 모르는 존재들이지. 비둘기, 너구리, 쥐……"

페블이 계속 재잘거렸다.

"그리고 다람쥐."

바나벨트가 끼어들었다.

"거미, 갈까마귀, 박쥐, 생쥐……."

"그리고 다람쥐!"

바나벨트가 덧붙였다.

"그리고 다람쥐들."

페블이 끝을 맺었다.

"도시에 사는 작은 동물들이지. 특히 야행성이고, 특히 작고 반짝이는 물건을 모으길 좋아하는 모든 동물."

밴은 작고 반짝이는 물건들로 가득한 상자가 떠올랐다.

'나도 수집가들이 이용하는 또 하나의 존재에 불과한 걸까?

페블의 표정이 흔들렸다. 늘 봐오던 찡그린 표정이 슬슬 나올 것 같았다.

"내 말이 너무 빠르지?"

"음……."

밴이 말했다.

"맞아. 미안. 난 그냥…… 지금까지 누구한테든 이런 말을 한 적이 이제까지 없었거든."

페블의 미소가 돌아왔다. 약간 조심스러운 미소였지만 찡그린 표정을 조금씩 밀어냈다.

"계속 갈 준비됐어?"

"준비됐어."

밴이 말했다.

그들은 서둘러 움직였다. '지도' 글자가 새겨진 아치문 아래를 지나면서 밴은 지도와 표로 가득한 방을 힐끗 쳐다봤다. 긴 테이블 사이를 오가는 수집가들이 보였고 그들을 따르는 동물들이 무리를 지어 함께 움직이고 있었다. 밴이 다음 계단에 발을 내딛자 금세 시야에서 사라졌다.

"너…… 달력 방도……."

앞장선 페블이 계단을 뛰어 내려가며 하는 말 절반이 다른 소리에 묻혀 사라졌다.

달력 방의 아치문 아래로 푸드덕거리는 새들과 달리는 설치류를 거느린 채 정신없이 오가던 수집가들이 밴을 쳐다봤다. 서둘러 움직이다 밀친 밴을 신기한 듯 잠깐씩 쳐다보던 몇 명은 슬쩍 미소를 지어 보였다.

"그로멧…… 달력 방의 책임자야."

페블이 외쳤다.

"…… 핀과 캐러웨이…… 이름과 생일. 오늘이 정말 인기가 많은 날이야!"

페블의 말은 너무 빠른 나머지 수도꼭지에서 쏟아지는 물줄기 같았다. 새로운 말이 나오는 즉시 바로 앞의 말이 지워졌다. 페블의 목소리, 발걸음, 여기저기 가리키는 손이 동시에 움직였다. 밴은 따라가려고 애썼지만, 주변의 시끄러운 소리 때문에 쉽지 않았다. 밴이 꼭 알아야 하는 것도 말해 주지 않았다. 밴은 주위를 둘러보았다. 아치문 안쪽으로 달력 방의 기다란 검은 책장이 보였다. 소원을 먹는 자는 보이지 않았다. 아래층 수집품 방의 반짝이는 병들 사이에도 없을 게 확실했다. 밴은 알고 있었다.

185

'소원을 먹는 자들은 다른 곳에 있을 거야. 더 깊은 곳에.'

"얼른 와!"

페블이 밴을 불렀다.

"커널이……."

다음 계단을 내려가는 동안 페블의 목소리가 희미해졌다. 뒤처진 밴은 그 소리가 사라지기를 기다렸다. 페블의 예민한 귀로도 알아들을 수 없을 만큼 멀어질 때까지 천천히, 더 천천히 움직였다. 그리고 어깨 위의 다람쥐를 힐끔 쳐다봤다.

"바나벨트?"

밴이 속삭였다.

"소원을 먹는 자들은 어디에 둬?"

바나벨트는 반짝이는 눈을 깜빡였다.

"먹는 자들?"

작은 목소리로 말했다.

"우린 그 얘기를 하면 안 돼."

"그래도 걔네가 뭔지는 알지 않아?"

"어쩌면. 아니. 응."

다람쥐는 다시 눈을 깜빡였다.

"그러니까…… 소원을 먹는 자가 뭔데?"

"저 아래, 저장소에 있어? 저장소는 그걸 위해 있는 곳이야?"

"걔들을 저장하려고 있는 데지."

바나벨트가 무심코 말했다.

"잠깐. 질문이 뭐였지?"

"걔들한테 무슨 일을 하는 거야?"

밴이 서둘러 물었다. 페블은 이미 계단을 다 내려간 상태였다.

"가둬 두고 있어? 그리고 그 끔찍한 소리는 뭐야? 걔들을 해치는 게 있어?"

"나는……."

"아무 말도 안……."

바나벨트가 밴을 쳐다보며 속삭였다.

"빨리 와!"

페블이 계단참에 서서 조바심에 찬 눈으로 밴을 보며 말했다. 바로 뒤 거대한 아치문 안쪽 수집품 방의 양쪽 문이 보였다. 밴은 계단을 서둘러 내려갔다. 페블은 밴이 내려올 때까지 기다려 주었다.

"커널…… 알려 주…… 그건……."

페블이 문 쪽으로 돌아서며 말했다.

밴은 이번에는 페블을 따라가지 않았다. 밴에게는 지금이 기회였다. 계단 아래로 질주하는 밴의 발에 차가운 돌멩이가 차였다. 바나벨트는 발톱으로 밴의 어깨를 꽉 움켜쥐었다.

"어디 가는 거야?"

다람쥐가 소리쳤다.

"우리 어디 가는 거야?"

밴은 대답하지 않았다. 그리고 계속 달렸다. 다음 계단참에 내려가자 어둠은 더욱 짙어졌다. 계단 끝은 물론이고 바로 옆에서 반짝이는 다람쥐의 눈마저 알아보기 힘들었다. 밴의 얼굴에 차갑고 축축해진 공기가 젖은 낙엽처럼 달라붙었다. 촉각에만 의존해야 했다. 그래 봤자 냉기, 딱딱함, 습기뿐이었지만. 밴은 심장이 덜컹거렸다. 멀리 등 뒤로 페블이 부르는 소리가 들리는 듯했지만 밴은 걸음을 멈추지 않았다. 멈출 수가 없었다.

'지금은 안 돼. 이 밑에 레미처럼 작고 겁에 질린 굶주린 생명들이 있어.'

이런 생각이 점점 밴을 앞으로 밀어붙였다.

'더 빨리. 더 빨리. 아래로, 아래로, 아래로.'

얼마 지나지 않아 빛이 완전히 사라진 어둠 속에서는 계단을 올라오는 형태조차 감지하기 어려웠다. 빠르고 육중한 발소리 또한 들을 수 없었다. 갑자기 타오른 등불에 모습을 드러낸 것은 비정할 만큼 날카로워 보이는 은빛 갈고리 모양의 칼날이었다. 번쩍이는 칼날이 자신을 향해 곧장 다가올 때까지 밴은 아무것도 볼 수 없었다.

17
레이저

　길고 굵은 봉에 달린 칼날이 밴의 얼굴 바로 앞 한 뼘 거리에서 멈췄다. 봉을 움켜쥐고 있는 사람은 밴이 이제까지 본 사람 가운데 가장 무시무시했다. 키가 어찌나 큰지, 두 계단이나 위에 있는 밴의 머리가 그 남자의 가슴에 미칠 듯 말 듯했다. 귀 뒤로 넘긴 짙은 색 긴 머리를 가죽 끈으로 묶은 남자는 검은 가죽 롱 코트를 입고 있었다. 가슴과 등 쪽에는 여러 개의 끈으로 연결한 봉에 매단 금속 갈고리가 번쩍였다. 그 뒤에는 다른 짙은 색 코트를 입은 사람들이 칼이나 유리 손전등을 들고 서 있었다.

　고르지 않은 불빛 속에서 밴은 덩치 큰 남자와 눈이 마주쳤다. 어깨에 커다란 은색 그물을 메고 있는 남자의 얼굴은……. 밴의 가슴속 깊은 곳에서 서리꽃이 피어났다. 남자의 눈은 암흑 그 자체였다. 한쪽 입가의 작은 흉터도 놀라웠지만, 눈꺼풀 아래에서부터 시작된 커다란 흉터가 턱까지 길게 이어졌는데, 마치 식빵 덩어리에

칼집을 내놓은 듯했다.

밴은 비명을 질렀다. 비틀거리면서 뒷걸음질을 치다가 페블에게
부딪쳤다.

"레이저!"

페블이 소리쳤다. 그러면서 번쩍이는 칼날이 닿지 않는 자신의
몸 뒤로 밴을 끌어당겼다.

"정말 미안해요. 나랑 있다가 도망쳤어요."

페블은 밴에게 절박하면서 위엄 있는 눈길을 보냈다.

"밴, 계단참에 올라가서 날 기다려."

페블의 목소리 때문이었거나 칼 때문이었을 수도 있고, 남자의
그늘진 얼굴에 나 있는 흉터 때문이었을 수도 있지만 밴은 조금도
망설이지 않았다. 움직일 수 있는 한 가장 빠른 속도로 허겁지겁
올라갔다. 계단 아래에서 말소리가 약하게 들렸다. 페블이 말하는
소리나 누군가 대답하는 소리를 듣긴 했지만 막상 밴이 알아들을
수 있는 단어는 하나도 없었다.

"저게 누구였어?"

밴은 아직까지 어깨에 단단히 매달려 있는 바나벨트에게 속삭
였다.

"페블이었지."

바나벨트는 밴을 보며 눈을 깜빡였다.

"둘이 아는 사이 아니었어?"

"아니, 저 남자. 갈고리랑 그물을 메고 있는 덩치 큰 사람."

"아."

다람쥐가 다시 눈을 깜빡였다.

"레이저. 저장소의 주인이야."

밴은 가뜩이나 싸늘해진 배가 단단히 얼어붙는 느낌이었다.

"저 사람이…… 온갖 무기를 지닌 저런 사람이 갇혀 있는 소원을 먹는 자들을 담당한다고?"

"맞아. 아니, 왼쪽. 그러니까…… 소원을 먹는 자가 뭔데?"

다람쥐가 꼬리를 흔들며 말하는데, 계단을 천천히 뛰어 올라오는 형체 하나가 있었다. 잠시 후 밴의 소매를 붙잡은 사람은 페블이었다. 모처럼 얼굴에 활짝 피어난 밝은 미소가 완전히 사라져 버린 상태였다. 그때가 언제였는지 밴은 떠올리기조차 힘들었다.

"대체 뭐야? 뭐하던 거였어?"

페블이 밴의 귀에 대고 거칠게 말했다.

"난 그냥…… 길을 잘못 들었나 봐."

밴이 어설프게 둘러댔다.

"내가 있어서 넌 정말 운이 좋았던 거야. 따라와."

으르렁대며 말한 페블은 밴의 소매를 붙잡고 계단을 올랐다.

밴은 어깨 너머 어둠 속을 흘끗 돌아보았다. 레이저와 등불에서 나오는 불빛은 이미 사라지고 없었다. 저장소로 내려가는 길은 쉽지 않아 보였지만, 조금 전 마주친 은색 칼날을 생각하면 자신은 엄청나게 운이 좋다는 생각이 들었다.

페블은 수집품 방의 양쪽 문 사이로 밴을 끌고 들어갔다. 부드럽게 반짝이는 이 거대한 방을 전에도 한 번 봤지만, 밴은 몇 초 동안 온몸이 마비된 사람처럼 문간에 서 있었다. 그럴 수밖에 없었다. 수없이 늘어서 있는 선반들, 거미줄처럼 얽힌 계단들, 은빛 유리 천장, 신비로운 소원을 품고 있는 수천 개의 병들까지. 밴이 이 모든 것을 한꺼번에 받아들이는 것은 무리였다. 밴이 한눈에 파악하기에는 너무 웅장하고 아름다운, 경이로운 풍경이었다.

"아!"

누군가 말했다. 키가 작고 통통한 남자가 뒤뚱뒤뚱 서둘러 걸어 왔다. 밴이 처음 왔을 때 수집품 중앙의 단 뒤에 서 있던 펭귄 같은 몸매의 남자였다. 은빛 둥근 안경테가 반짝였다.

"왔구나!"

그는 두 손을 내밀어 밴의 손을 잡고 얼른 악수를 청했다.

"수집품 책임자 커널이야. 네가 우리 일에 협조해 줘서 정말 기쁘다."

"저도요."

밴이 답했다.

"다른 사람의 길을 막지 말자."

커널은 방 한쪽 구석을 향해 손짓했다. 뒤틀린 계단 틈 구석진 곳이었다.

"수집품이 여기 자리 잡은 것은…… 백 년이…… 넘었……"

앞장서 걸어가던 커널이 이야기를 시작했지만 밴에게는 드문드문 들렸다.

"수집품…… 전 세계…… 소원이 가장 많이 있는 곳 어디에 나…… 여러 세기 동안. 우리는 보호…… 비밀리에. 잘."

커널은 구석에 도착하자 돌아서서 다시 밴을 보았다. 커널은 양 손을 맞잡은 채였다. 밴은 그 모습에서 물개를 떠올리지 않을 수가 없었다.

"우리와 함께 일하려면 우선 이 일이 얼마나 중요한지 이해해야 해. 궁금한 게 뭐니?"

밴의 입에서 그동안 쌓인 질문들이 바로 튀어나올 뻔했다.

'소원을 먹는 자들은 어디 있죠?'

'당신들은 걔들한테 무슨 일을 하나요? 왜 걔들을 다치게 하죠?'

하지만 밴은 이런 말을 내뱉지 않도록 볼 안쪽을 꽉 깨물었다.

"그러니까…… 누가 소원을 빌면, 그걸 수집하는 게 당신들의 일인가요?"

빛나는 파란색 병을 든 수집가가 그들 머리 위의 계단을 올라가는 가운데 밴이 조심스럽게 말했다

"아무 소원이나 다 모으는 건 아니야. 실행 가능한 소원이어야 해. 살아 있는 소원. 진심이 담긴 소원. 수천 년의 마법에 뿌리를 내린 소원."

"어떤 소원은 그냥 말뿐이야. 실제로는 특정한 종류의 소원만 존재하지."

페블이 말했다.

"아, 마치 위시본이나 생일 케이크 촛불에 비는 소원……."

밴은 '팔보그 씨의 말처럼'이란 말을 내뱉을 뻔했지만 간신히 참았다.

"생일 케이크?"

바나벨트가 부푼 목소리로 물었다.

"맞아."

커널이 말했다.

"부러진 위시본, 생일 촛불, 별똥별, 분수나 우물에 던져 넣은 동전은 실행 가능한 소원을 주지. 지하수 수원이 가까운 거리에 있다

면 말이야."

"그럼 빠진 눈썹에 비는 소원은 진짜 소원이 아니에요?" (밴의 여러 질문들은 모두 서구권에서 흔한 미신들이다.)

"눈썹. 흠."

커널은 고개를 가로저었다.

"허울만 그럴듯한 소원이 어디에서부터 시작됐는지 모르겠다. 아니, 그건 실행 가능한 소원이 아니야."

"시계가 11시 11분이 됐을 때 소원을 비는 건요?"

밴이 물었다.

"솔직히 문자 그대로 시간 낭비야."

"무당벌레가 몸에 앉았을 때는요?"

"진딧물을 먹는 벌레가 네 몸을 착륙장으로 쓰게 해달라는 소원을 빈 게 아니라면 아무짝에도 쓸모없어."

밴은 수백만 개의 녹색, 파란색 병들이 저 멀리까지 늘어서 있는 실내를 둘러보았다.

"일단 수집하고 나면 소원들은 영원히 보관되나요?"

"소원을 보존하는 수집가들이 있는 한. 그 말은 곧, 그렇다는 뜻이지."

커널이 말했다.

"그런데 백 년 넘게 소원들을 수집해 왔다면, 소원을 빌었던 사람들 중에 이미 죽은 사람도 있겠네요. 그런 소원들도 이루어져요?"

밴의 물음에 커널은 풍성한 눈썹을 씰룩거렸다.

"아주 좋은 질문이다. 그 질문에 대한 대답은 아니야. 죽은 사람들의 소원들은 이루어질 수 없어. 절대로.”

커널의 표정에서 무언가가 밴의 목덜미를 오싹하게 만들었다.

“그럼 왜 보관해요?”

옆에 있던 페블의 몸이 갑자기 뻣뻣하게 굳었다.

“왜냐하면 죽은 소원들이 가장 위험하거든.”

커널이 말했다.

“위험하다고요?”

밴이 되물었다.

“왜요?”

“소원이 어떻게 작동하는지 설명해 줄게.”

커널은 양손을 맞잡았다.

“소원을 빈 사람은 무슨 일이 일어날지를 정하지만, 어떻게 이루어질지 정하지는 않아. 예를 들어 네가 학교에 가지 않게 해달라고 빈다면 말이지.”

이런 소원을 상상하는 일은 전혀 어렵지 않았다. 밴은 고개를 끄덕였다.

“동전이나 유성을 써서 실행 가능한 소원을 빌었다고 해보자. 우리가 그 소원을 수집하지 않았고, 소원이 이루어진다고 생각해 봐. 그럼.”

커널은 양손을 다시 착 맞잡았다.

“네가 가벼운 유행성 결막염에 걸려서 결석하게 될 수도 있지. 아주 큰 병에 걸릴 수도 있어. 네가 사는 도시에 폭설이 쏟아져서 모든 게 멈추거나 생선 우박이 내려서 너희 학교가 무너질 수도 있겠지.”

"생선이요?"

밴이 되물었다.

"가능한 일이야. 뭐든 가능해."

커널의 음성은 낮아졌지만, 말투는 아까보다 느리고 또렷했다.

"소원은 통제하기가 대단히 어려워. 죽은 소원이 되면 제한이 없어지고, 오직 마법적 에너지로만 변하게 되면…… 엄청나게 강력해져서 순수한 혼돈 상태가 되지."

밴은 방 안을 다시 둘러봤다. 병에서 나오는 희미한 빛이 왠지 모르게 달라 보였다. 더 위압적으로 느껴졌다. 연료를 부어 주기만 기다리는 불꽃에 가까워 보였다.

"소원 그 자체가 그렇게 강력하다면, 누군가 여기 와서 가져가려고 하지는 않을까요?"

밴이 천천히 말했다.

"오. 시도는 할 수 있겠지."

커널은 메마른 미소를 지었다.

"다행히도 수집품은 잘 보호되고 있어. 마법의 수단과 또……."

밴은 더 이상 듣고 있지 않았다. 발아래 바닥이 아주 조금씩 흔들리기 시작하더니 가장 가까운 선반의 병들까지 떨리고 있었다. 양옆의 빛줄기들이 번쩍이면서 흔들리기 시작했다. 밴은 커널을 돌아보았다. 그러나 자그마한 커널은 무슨 일인지 밴이 물어보기도 전에 밴 앞을 지나쳐 달려가고 있었다.

"위치로! 모두 위치로!"

커널이 달려가며 고함치는 소리에 방 안은 순식간에 분주해졌다. 수집가들은 선반으로 달려갔고, 그 위로 올빼미와 비둘기, 갈까마귀들이 소리를 지르며 날아다녔으며 털북숭이들은 수집가들의 발을 피해 사방으로 뛰어다녔다. 바닥은 더욱 심하게 흔들렸다. 수많은 병들끼리 부딪치는 소리가 밴의 귀에까지 들릴 정도였다. 비명처럼 높고 거슬리는 소리였는데, 그 소리를 뚫고 포효 소리가 들려왔다. 밴이 이제까지 들은 것 중 가장 크고 강력한 소리였다. 그 순간 누군가 밴의 소매를 잡고 흔들리는 병들이 놓인 선반 쪽으로 밀어붙였다.

"거기 있어!"

밴의 얼굴에 대고 외친 사람은 페블이었다. 밴은 고개를 끄덕였다. 페블은 밴의 옆 선반으로 몸을 날려 소원이 든 병들이 떨어지는 것을 막기 위해 두 팔을 힘껏 벌렸다. 밴의 어깨에서 뛰어내린 바나벨트도 작은 앞발로 병 두 개를 붙잡았다. 밴은 심장이 벌렁거렸고 방은 여전히 흔들렸다. 밴은 어깨를 귀 쪽으로 붙이고 이를 악물었다. 너무 세게 물어 턱에서 맥박이 느껴질 정도였다. 밴의 눈앞에서 선반들이 갈라지고 떨어졌다. 수백만 개의 병들이 딱딱한 바닥으로 곤두박질치면서 유리병들은 산산조각이 났는데……. 큰 소리로 씩씩거리는 소리를 마지막으로 포효 소리가 사라졌고, 바닥은 다시 잠잠해졌다. 세차게 달그락거리던 병들도 순식간에 조용해졌다. 마치 티브이 채널을 돌릴 때 생기는 아주 잠깐의 고요함 같았다. 수집가들과 털북숭이들은 언제 그랬냐는 듯이 하나같이 태연하게 다시 일터로 돌아갔다.

바나벨트가 페블의 어깨로 뛰어올랐다.

"우리가 무슨 얘길 하고 있었지? 생일 케이크?"

하지만 주의를 다른 곳으로 돌릴 생각이 없던 밴은 페블의 팔을 붙잡고 물었다.

"대체 뭐가 저러는 거야? 이번에도 못 들었다고 할 수는 없겠지! 저 밑에서 무슨 일이 일어나고 있지?"

밴이 따져 물었지만 페블은 대답하지 않았다. 밴은 페블의 시선을 쫓았다. 커널이 방 안을 가로질러 서둘러 출입구 쪽으로 뒤뚱뒤뚱 걸어가고 있었다. 커널이 다다르기 전에 양쪽 문이 확 열렸고, 검은 가죽 롱 코트를 입은 남자가 문간에 서 있었다. 레이저였다. 어찌된 일인지 밝은 곳에 서 있는데도 불구하고 등불 아래 계단에서 봤을 때보다 훨씬 더 무섭게 보였다. 상체를 가로지르는 띠에는 조금 전 봤을 때보다 더 많은 무기들이 달려 있었다. 부드러운 기색이라고는 전혀 없는 흉터투성이 얼굴 때문인지 흡사 돌로 빚은 석상 같았다.

커널이 말하는 동안 레이저의 눈은 방 안 전체를 훑었다. 눈을 깜빡거리지도 않고, 멈추지도 않던 눈길이 밴에게 멈췄다. 그리고 그대로 머물렀다. 밴은 가뜩이나 작은 키가 한 뼘은 줄어든 기분이었다. 레이저는 고개를 숙이고 잠시 커널과 이야기를 나누었다. 커널이 고개를 끄덕이자 레이저는 돌아서서 다시 밖으로 나갔다. 커다란 등에 매달린 갈고리가 무섭게 번쩍였고 쾅 소리와 함께 문이 닫혔다. 커널은 밴과 페블이 서 있는 곳으로 서둘러 돌아왔다.

"미안하다."

커널이 숨을 헐떡이며 말했다.

"내가 말했던 것처럼……."

하지만 밴은 커널의 말을 듣고 있지 않았다. 몇 년 전 밴은 엄마와 독일에서 중세 성을 관람한 적이 있는데, 그 뒤로 몇 달이나 악

198

몽에 시달렸던 기억이 났다. 지하실에 전시된 고문 도구와 쇠사슬, 죄수들이 갇혀 있던 깊고 좁은 구덩이가 등장하는 꿈이었다. 레이저의 갈고리와 그물은 그때의 악몽을 다시 끄집어냈다. 만약 저장소가 정말로 그런 곳이라면 밴은 알아야 했다. 그것도 지금 당장.

"저 밑에서 뭘 하는 거죠? 저장소에서요. 갈고리와 그물로, 칼을 가지고 뭘 하나요? 그들을 해치고 있나요? 그들을 죽이고 있어요?"

반짝이는 안경 뒤 커널의 두 눈이 싸늘해졌다.

"내가 내줄 수 있는 시간은 여기까지야."

커널이 불쑥 말했다.

"페블이 나가는 길을 알려 줄 거야. 좋은 밤 보내게, 밴 마크슨."

밴은 페블에게 소매를 잡힌 채 문 밖으로 끌려 나가 어둑어둑한 복도를 지났다. 페블의 어깨에 앉은 바나벨트의 목소리가 들렸다.

"난 개인적으로 당근 생일 케이크가 좋아. 아, 안녕 페블! 내내 어디에 있었어! 호두가 든 당근 케이크가 좋아. 계피도. 그리고 크림치즈를 얹어서. 그리고 호두……."

페블은 계단을 오르기 시작했고 밴은 비틀거리면서 그 뒤를 따라갔다.

"잠깐!"

밴은 페블에게 붙잡힌 소매를 빼내려 애쓰며 말했다.

"우린 왜 저장소에는 못 내려가? 거기서 무슨 일이 일어나는지 왜 아무 말도 안 해주는 거야?"

페블이 밴의 소매를 꽉 쥐었다. 손목뼈가 아플 정도였다.

"저장소에는 아무도 못 가."

"왜? 뭔가 끔찍한 일을 하고 있어서?"

페블은 말없이 밴을 끌고 갔지만, 저 아래와 멀어질수록 밴의 마음속 레미의 작은 얼굴은 더욱 또렷해졌다. 밴 안에 자리 잡은 공포심 또한 점점 더 심해졌다.

"제발 말해 줘. 꼭 알아야 해. 어서 말해 줘!"

밴이 애원했지만 페블은 아무 말이 없었다.

페블은 앞만 보며 한동안 밴을 끌고 갔다. 길고 구불구불한 계단을 오르는 걸음은 점점 빨라졌고, 마지막에는 거의 뛰다시피 했다. 페블이 어찌나 빨리 뛰는지 밴의 눈에 복도 양쪽 벽이 기다란 회색 얼룩으로 보일 정도였다. 사무실을 지나 문을 열고 밖으로 나간 둘은 달빛이 쏟아지는 거리를 내달렸다. 빠른 속도로 모퉁이를 돌아 우중충한 회색 덩어리 같은 도시 수집 대행사가 보이지 않을 때까지 달렸다. 그런데 갑자기 페블이 휙 뒤돌아섰고, 그 바람에 밴은 뒤로 껑충 물러나야 했다.

"어! 밴이잖아! 그동안 어디 있었어?"

페블의 어깨에 있던 바나벨트가 소리 질렀다. 페블은 밴의 얼굴을 똑바로 노려보며 말했다.

"그 사람이 소원을 먹는 자들을 보여 줬지. 아니야?"

밴은 머릿속이 빙빙 돌았다. 안에서 뭔가가 자꾸 심장을 두드리는 느낌이었다.

'페블이 이미 알고 있는 게 뭘까?'

'페블한테 진실을 어디까지 말할 수 있을까?'

'사실대로 말하든 않든 번쩍이는 금속 갈고리를 든 레이저가 날 찾으러 오면……'

"보여 줬구나. 말하지 않아도 돼. 난 알 수 있어."

페블이 말했다. 밴은 침을 꿀꺽 삼켰다.

"숨겨진 방에 있는 작은 상자들을 다 보여 줬겠지. 그리고 넌, 소원을 먹는 자들이 아주 작고 귀여운 존재라고 생각했겠지. 솜털이 보송보송한……."

"아, 고마워."

바나벨트가 자기 수염을 살짝 만졌다.

"내가 생각해도 난 꽤 보송보송한 것 같아."

"그리고 넌 걔들이 작고 다정하고 힘없는 존재라고 생각하겠지."

페블이 밴에게 다가섰다.

"너, 로커스트가 뭔지 알아?"

로커스트는 나무이기도 하고 메뚜기과의 곤충이기도 했다. 밴도 잘 알고 있었다. 밴의 머릿속에 다리 달린 잎사귀가 떠올랐다.

"대충."

"알았어. 그럼 흰개미는 알아?"

페블이 말했다.

"음, 직접 본 적은 없는데……."

"하지만 흰개미가 무슨 짓을 하는지는 알겠지. 아주 작고 힘없고 배고픈 것들이 모인 무리라는 사실과 그것들이 집 한 채를 파괴할 수 있다는 것도."

페블의 눈이 어두워졌다.

"나쁜 사람은 아니야. 하지만 이보르 삼촌은 흰개미 무리를 반려동물로 키울 사람이야."

페블이 단호한 어조로 말했다. 그 순간 밴은 바깥공기가 얼마나 차가운지 잊고 있었다는 사실을 깨달았다. 부르르 온몸이 떨렸다.

복도 끝 자신의 방, 엄마가 있는 집에서 안전하게 자신의 담요를 덮고 있으면 좋겠다고 생각했다. 큼직한 코트를 걸친 페블은 추워 보이지 않았다.

'수집품 지하실은 이보다 훨씬 더 추운데 그렇게 춥고 습하고 어두운 곳에서 페블이 대체 어떻게 잘까 궁금했다. 페블은 그 끔찍한 포효 때문에 자다 깬 적도 있을까? 어딘가에 침실이 있긴 하겠지? 침대는 있을까?'

"넌 팔보그 씨가 보고 싶지 않니? 그분은 널 그리워해."

페블은 깜짝 놀란 표정을 지었다. 몸을 뒤로 젖히며 이끼색 눈을 깜빡였다. 대답하는 데 몇 초가 걸렸다. 한번쯤 골똘히 생각해 보거나 그동안 회피해 온 대답을 해야 할지 고민하는 것 같았다.

"가끔."

마침내 입을 연 페블은 묘한 표정을 지었다.

"하지만 일단 어느 편인지 정하고 나면 돌이킬 수 없어."

밴은 고개를 떨구었다. 페블의 눈을 더 오랫동안 응시하면 마음까지 전부 읽힐 것 같았다. 물결치는 분수대 밑에 쌓인 동전 더미처럼 밴의 비밀들이 기다리는 곳을 들킬 것 같았다. 페블은 돌아서서 아무도 없는 길을 걸어갔다. 밴이 뒤를 따랐다. 거리의 가로등 밑을 지나면서 밴은 작고 반짝이는 것을 손에 잡고 굴리는 페블을 보았다. 눈을 가늘게 뜨고 지켜봐야 했지만, 처음 만났을 때 공원 분수대 옆에서 밴이 준 구슬이 분명해 보였다.

"양쪽 편에 다 있을 수는 없어?"

작고 반짝이는 구슬을 굴리는 페블을 보면서 밴이 물었다.

"수집가들이 이해해 줄 수도 있잖아. 팔보그 씨는 네 가족이니까."

페블은 도시 수집 대행사 쪽을 가리켰다.

"저들이 내 가족이야."

"네 진짜 가족 말이야."

밴은 페블의 옆모습을 살폈다.

"다른 가족이 있을 거 아니니. 부모님은? 어떻게 되셨어?"

페블은 못마땅한 얼굴로 아주 빠르게 눈을 흘겼다.

"없어. 부모님이 있었던 적이 없어."

"누구나 부모님은 있잖아. 네가 모른다 해도 말이야. 떠났다 해도. 부모님이 있어야 태어날 수 있으니까."

"난 태어나지 않았어."

페블이 갑자기 걸음을 멈추는 바람에 혼자 몇 발짝 앞서 나갔던 밴은 뒤돌아 뛰어갔다. 페블이 넓은 돌계단에 주저앉아 있었다. 유리문에서 나오는 희미한 불빛이 페블의 코트 주위에서 금색 실처럼 빛났다.

"이보르 삼촌이 소원으로 나를 만들었어."

밴은 자신이 잘못 들은 게 분명하다고 생각했다.

"뭐라고?"

"수집가들은 그렇게 만들어져. 그래서 우리가…… 이런 거야. 우린 보통 사람하고 달라. 사람들이 보지 못하고 듣지 못하는 걸 보고 들어. 게다가 훨씬 오래 살지. 아무튼 우린 태어나는 게 아니라 소원으로 만들어지는 거야."

무시무시한 이야기였다. 몇 초간 심장이 요동쳤다. 밴은 기억 전체를 되짚었다. 자신은 다른 사람이 보지 못하는 것을 보고, 다른 생명체의 말을 알아들었지만 부모님이 있었다. 밴은 자신이 부모님을 통해 세상에 태어났다고 확신할 수 있었다. 병원에서 찍은 사진도 봤다.

"오, 그럼 다른 수집가들도 전부……."

밴이 속삭였다.

"소원으로 만들어졌지."

밴이 하려던 말을 페블이 끝냈다.

"사람을 만들려면 큰 소원이 필요해. 여러 가지로 잘못될 수 있거든. 정말 위험한 일이야. 그래서 수집가들은 반드시 필요할 때만 사람을 만드는 거야. 나이 어린 수집가가 나밖에 없는 것도 그런 이유 때문이야."

밴은 어른들만 가득한 세상에서 유일한 아이로 살아가는 게 어떤 기분인지 잘 알고 있었다. 오페라 극장에 아이들이 아예 없진 않지만 만약 단 한 명의 아이도 보지 못하고, 진짜 가족이 한 명도 없다고 하면…….

"외로울 것 같네."

밴이 말했다. 페블은 헐렁한 코트를 걸친 어깨를 으쓱했다.

"그래서 이보르 삼촌이 소원으로 날 만든 거지."

페블은 손가락으로 구슬을 이리저리 돌렸다.

"같이 있을 사람을 원했던 거야. 그저 자기 밑에서 일할 사람이 아니라. 자기와 비슷한 사람."

"아니."

밴이 말했다.

"내 말은…… 네가 외롭겠다고."

페블은 다시 한 번 어깨를 으쓱했다. 조금 더 작고 느린 몸짓이었다.

"가끔은. 하지만 다르다는 건 원래 그럴 수밖에 없으니까. 가끔은."

페블의 어깨에 있던 바나벨트는 평소답지 않게 조용했다. 밴은 다람쥐가 페블의 뺨에 몸을 꼭 붙이고 있다는 것을 눈치챘다.

"나랑 너랑 비슷한 점이 많지 않다는 건 알지만 그렇다고 비슷한 점이 아예 없는 것도 아니잖아. 혹시 친구가 있는 게 낫겠다는 마음이 생기면……."

밴이 말했다.

"음, 딱히 필요한 건 아니야."

페블은 여전히 밴을 외면한 채 말했다. 그러면서 구슬을 다른 손에 옮겨 쥐었다.

"하지만 하나 정도는 있어도 나쁘지 않겠지."

"맞아. 나쁘지 않을 거야."

밴이 말했다. 페블은 구슬을 움켜쥐었다.

"그럼, 그런 거야?"

"우리가 친구냐고?"

"맞아?"

"응, 우린 친구야."

밴이 말했다. 페블은 답이 없었지만 밴은 놓치지 않았다. 주머니에 다시 구슬을 집어넣을 때 페블의 얼굴에 살짝 떠오른 미소를.

밴의 집까지는 아직 거리가 좀 남아 있었다. 두 사람은 서둘러 걸음을 옮겼다. 페블은 우람하고 까만 나무가 바스락거리는 길모퉁이에서 걸음을 멈췄다.

"우리가 곧 다시 찾아갈게. 그때까지 바보 같은 짓만 하지 마."

페블은 마지막으로 밴을 향해 살짝 미소를 보냈다. 그리고 뒤를
돌아 어둠 속으로 쏜살같이 달려갔다.

"잘 자, 미니 밴!"

페블과 바나벨트는 시야에서 금세 사라졌지만, 바나벨트가 외치
는 소리는 끝까지 들렸다.

살금살금 건물 안으로 들어간 밴은 잠든 복도를 지나 현관문을
열고 들어갔다. 엄마의 침실 문은 닫혀 있었다. 엄마의 숨소리가 문
밖까지 들리지는 않았지만, 밴은 따뜻한 온기와 향수 냄새만으로
엄마를 느낄 수 있었다.

방으로 들어간 밴은 커튼을 친 뒤 방 구석구석을 다시 한 번 확
인했다. 침대 밑에서 꺼낸 상자에서 소원을 먹는 자는 깊이 잠들어
있었다. 아주 작게 몸을 웅크리고 있어 보푸라기로 만든 테니스공
같았다. 침대 옆 스탠드 불빛이 비치자 레미가 몸을 뒤척이며 눈을
깜빡였다. 밴을 올려다보는 작은 얼굴에 놀라움과 불안함이 가득
했지만 이내 눈을 크게 뜨고 쳐다봤다. 밴을 알아보는 것 같았다.
레미의 얼굴에서 긴장감이 사라졌다.

"안녕, 레미."

밴이 속삭였다. 레미는 살짝 미소를 지어 보이더니 몸을 떨며 다
시 공처럼 웅크렸다.

"너, 추워서 그러니? 추울 것 같아."

밴은 옷장을 뒤져 가장 부드러운 스웨터를 찾아냈다. 엄마가 이
탈리아에서 사준 은색 양모 스웨터였다. 밴은 스웨터를 상자 바닥

에 깔았다. 소원을 먹는 자는 조심스럽게 스웨터 위로 올라가 잠시 스웨터를 쓰다듬고 냄새를 맡더니 이내 눈을 감았다. 밴은 레이저와 갈고리, 저장소의 깊은 어둠 그리고 끔찍하다 못해 돌을 뒤흔들 정도로 울부짖는 소리를 떠올렸다. 뒤이어 페블과 팔보그 씨, 자신의 무릎 위 상자 속 작은 생명체에 대해 생각했다.

밴은 자신이 어떻게든 그들을 도울 수 있을 거라고 생각했다. 일단 진실에만 접근하면 소원을 먹는 자들을 자유롭게 해줄 수 있을 뿐 아니라 수집가들이 얼마나 불공정한지 페블에게 보여 주고, 그토록 페블을 그리워하는 누군가에게 페블을 안전하게 데려다주기 위해 그 사실을 이용할 수도 있다고 생각했다. 밴은 생각만 해도 몸속에 짜릿한 온기가 가득 차오르는 기분이었다. 적어도 시도는 해볼 수 있었다. 밴은 레미가 있는 상자의 뚜껑을 부드럽게 닫은 다음 상자를 다시 침대 밑으로 밀어 넣었다. 그리고 보청기를 빼내 침대 옆 테이블에 올려놓았다. 팔보그 씨의 문진도 그 옆에 꺼내 두었다. 잠옷으로 갈아입은 밴은 침대 옆 스탠드를 끄고 베개들 사이에 편안한 자세로 누웠다. 어느새 부드러움과 고요함이 내려앉았다. 하지만 밴의 마음은 아직 준비가 안 된 상태였다.

밴은 그날 밤의 일들을 다시 떠올렸다. 창문 밖을 날아다니는 썰매에 올라타고 어둠 속으로 미끄러지듯 날아간 순간으로 돌아갔다. 밴은 담요 밑에서 발가락을 꼼지락거리다 말고 미소를 지었다. 커널은 소원들과 그 힘에 대해 엄중히 경고했지만, 소원이 얼마나 멋질 수 있는지에 대해서는 결코 말해 주지 않았다. 그에 관해 아무도 모르길 바라는 수집가들이 숨겨 놓은 또 하나의 아름다운 비밀일 수도 있기 때문이었다. 하지만 이제는 밴이 알고 있었다.

밴은 베개 틈에 더욱 깊숙이 머리를 묻고 눈을 감았다. 꿈속에서 은빛 생명체들과 함께 울창한 숲을 뚫고 하늘 위로 올라갔다. 밴의 등 뒤로 기다란 검은 망토가 펄럭였다. 밴은 언덕과 강 위를 날아 자신이 바라는 모든 것이 이루어지는 세상으로 날아갔다.

18
모든 토핑이 다 들어간
핫도그 피자

엄마를 따라나선 밴은 오페라 극장까지 걸어갔다. 맑고 화창한 날씨였다. 도로에는 차가 많았고 인도는 사람들로 붐볐다. 하지만 여전히 어젯밤의 기억에 사로잡혀 있는 밴의 눈에 다른 것들은 전혀 들어오지 않았다. 네 시간 밖에 자지 못했다는 사실도 별 도움이 되지 않았다. 오페라 극장의 후문 출입구에 떨어진 정이십면체 주사위도, 심지어 복도 카펫 위에 끊어진 보라색 유리구슬 팔찌가 반짝거리는 것도 알아차리지 못할 정도였다. 엄마가 왼쪽이 아닌 오른쪽으로 돈 것과 리허설 방 반대 방향으로 점점 더 큰 사무실 방을 지나고 있는 것조차 모르고 있었다. 갑자기 엄마가 낭랑한 목소리로 "안녕, 피터! 잘 있었니?"라고 말해 겨우 알아차렸을 때는 그레이 씨의 사무실 문간 앞이었다. 안에 있는 멋진 가죽 소파에 앉아 다리를 쭉 뻗고 게임을 하면서 얼굴을 찌푸리고 있는 사람은 피터 그레이였다.

피터는 수영장 물처럼 차가운 파란색 눈으로 두 사람을 올려다봤다. 피터가 뭐라고 웅얼거렸지만 밴은 잘 알아들을 수 없었다. "귀찮아요." 같이 들렸지만 아마 그냥 "괜찮아요."라고 했을 것이다.

엄마는 거침없이 밴을 방 안으로 밀어 넣었다.

"재밌게 놀아!"

엄마는 얼른 사무실을 빠져나갔다. 피터는 가만히 있었다. 밴은 값비싸 보이는 러그 위에 배낭을 쿵 내려놓았다.

"만화책을 가져왔어."

밴이 이야기를 시작했다.

"그러니까 네가 게임을 계속하고 싶다면, 난 그냥……."

자리에서 일어난 피터가 갑자기 방을 가로질러 다가왔다. 밴은 움찔하며 한 걸음 뒤로 물러났다.

"따라와."

피터는 중얼거리듯 말하고 곧장 밖으로 나갔다. 그 뒤를 따라가던 밴은 항상 자신이 누군가의 뒤를 따라다니면서 시간을 보내고 있는 듯한 기분이 들었다. 엄마, 페블과 바나벨트, 그리고 피터까지. 하지만 피터에게 어디로 가냐고 물을 수도 없었다. 일단 피터의 얼굴을 볼 수 없는 데다가 피터가 늘 이를 악물고 웅얼거리듯 말해서 얼굴을 마주 보고 있을 때조차 말을 알아듣기 힘들었다. 그래서 이번에는 피터의 등만 보고 따라갔다. 밴은 아무도 산책시키고 싶어 하지 않는 강아지가 된 기분이었고, 그런 기분은 점점 심해졌다.

앞서 가던 피터는 계단참 두 개를 지나 아래로 내려가 뒤쪽 복도를 지나 밖으로 나갔다. 금속 문을 열고 인도로 나가자 소음이 확 밀려왔다. 굉음을 내며 요란하게 지나가는 쓰레기차 소음이며 세차게 돌아가는 모터 소리며 아무튼 여기저기서 울려대는 경적 소리로 한바탕 거리가 시끄러웠다.

"잠깐."

마침내 밴이 목소리를 높였다.

"이러면 안 돼……."

윽. 피터에게는 어린아이 말처럼 들렸을 것이다. 막중한 임무를 수행하는 이중간첩처럼 보이지 않았다. 전혀 슈퍼 밴답지 않았다.

피터는 한쪽 어깨를 으쓱하고 계속 걸었다.

"급히…… 돌아……."

"뭐라고?"

밴이 외쳤다. 피터가 마침내 멈춰서서 밴을 돌아보았다.

"그냥 모퉁이만 돌아가는 거라고."

아주 큰 목소리로 천천히 말해서 밴에게는 단어 하나하나가 욕처럼 들렸다. 피터는 다시 뒤를 돌았고, 밴이 따라잡을 수 없을 정도로 빠른 속도로 성큼성큼 걸어갔다. 모퉁이를 돌자 줄지어 늘어선 분수들이 마치 창을 쏘아 올리듯 물줄기를 내뿜고 있었다. 광장에는 종이컵을 들고 홀짝이는 사람, 전화기를 들고 떠드는 사람, 사진 찍는 사람들이 잔뜩 돌아다녔다. 밴은 광장 분수에 동전을 던지는 사람은 없는지, 검은색 코트를 입고 지켜보는 사람은 없는지 살펴보려고 했지만 불가능했다. 벌써 피터는 간판에 '파바로티 피자-모든 조각이 대성공!'이라고 쓰인 가게 안으로 들어가고 있었다.

밴은 피터를 따라 자동 유리문 안으로 들어갔다. 가게 안은 넓고 길쭉했다. 피자와 뜨거운 금색 불빛으로 가득한 유리 진열장이 끝에서 끝까지 쭉 이어졌다. 미술관의 그림처럼 피자마다 작은 꼬리표가 붙어 있었다. 밴은 몸을 굽혀 살펴보았다. 모든 토핑이 들어간 핫도그 피자가 있었다. 엄마가 집에서 만든 라자냐 피자. 스파이시 치킨 커리 피자. 마시멜로 소스를 곁들인 피넛 버터와 젤리 피자. 더 가까이 들여다보니 묘하고 멋진 냄새가 났다. 코로 들어온 냄새가 위장 깊은 곳까지 밀려들었다.

"내가 제일 좋아하는 건 마카로니 치즈 피자야."

피터는 여전히 느리고 낮은 목소리로 말했다.

"하지만 다 제법 괜찮아. 스카치 에그만 빼고."

"알려 줘서 고마워."

밴이 말했다.

"넌 뭐 먹고 싶어?"

"아."

밴은 주머니를 뒤졌다.

"난 돈이 없어."

"나한테 있어. 그냥 골라."

피터는 진열장을 보면서 고개를 까닥였다.

"난…… 마카로니 치즈 괜찮을 것 같아."

피터는 피자 두 조각을 주문했다. 카운터 뒤 남자는 피자를 얹은 종이 접시 두 개를 건넸고, 피터는 구석 작은 테이블 쪽으로 앞장섰다.

둘 다 피자를 한 입씩 베어 물었다. 피터가 "알겠어어?"라고 하면서 말을 길게 끌었다.

"맛있다니까아아."

밴은 피자를 먹으며 고개를 끄덕였다. 그리고 숨을 깊게 들이쉬었다. 슈퍼 밴이 말할 차례였다. 차분하고 용감하게.

"그렇게까지 할 필요 없어."

피터가 얼굴을 찡그렸다.

"어떻게?"

"그렇게 크고 느리게. 네가 뭐라고 하는지 알 수 있거든."

"오."

피터는 정말로 당황한 것처럼 보였다. 한 손으로 머리를 쓸어 올리며 말했다.

"내 생각엔 그저…… 네가…….."

"시끄러운 곳이나 밖에서 더 힘들긴 하지. 하지만 가까이 있거나 마주 보고 있으면 괜찮아, 다른 소음이 많지만 않으면."

"아."

피터가 다시 말했다.

"미안해."

잠시 침묵이 흐른 뒤 밴이 말했다.

"네 말이 맞네. 마카로니 치즈 정말 맛있다."

한동안 둘은 묵묵히 먹기만 했다.

피터가 피자를 내려놓고 평범한 목소리로 말했다.

"우리 아빠랑 너희 엄마가 지난주에 단둘이서 점심을 세 번이나 먹었어."

"뭐라고?"

밴이 말했다.

"우리 아빠랑 너희…….."

"그건 들었어. 무슨 뜻이야?"

213

"점심을 먹었다고. 레스토랑에서 세 번. 둘이서만."

피터가 조바심 난 얼굴로 밴의 얼굴을 쳐다봤다.

"데이트하는 사람들처럼."

엄마와 그레이 씨가 외롭고 조용한 학교 카페테리아에 앉아 있는 모습을 상상해 왔던 밴의 머릿속에 갑자기 바뀐 그림이 떠올랐다. 테이블보가 깔린 식탁 위에 촛불과 작은 꽃병이 놓여 있고 서로에게 다가서는 엄마와 그레이 씨. 서로를 향해 웃으면서 여러 번 건배하는 두 사람. 밴이 상상하는 데이트하는 사람들의 모습이었다.

"어떻게 알았어?"

밴이 물었다.

"아빠 달력을 봤어."

"하지만…… 언제? 난 언제나 함께……."

"한번은 토요일에."

피터가 말을 끊었다.

"네가 없을 때. 그 전에는 주중에 두 번, 네가 의상이나 소품 담당자들과 있을 때. 정말이야. 세 번이나."

피터는 계속 조바심이 나는지 어깨를 으쓱했다.

"너희 엄마가 왜 오늘따라 리허설에 일찍 나왔다고 생각해? 지금 어디 계실 것 같아?"

밴은 한 입 베어 문 피자를 삼켰다. 갑자기 피자에서 스티로폼 맛이 났다.

"일 이야기를 할 수도 있지. 우린 영국으로 돌아갈 수도 있으니까……."

피터가 밴의 말을 다시 끊었다.

"오늘 우리 아빠는 내가 너랑 같이 있는 것에 익숙해져야 한다고 말했어. 두 사람은 우리를 친구로 만들려 하고 있어."

피터의 눈은 더욱 차가워졌다.

"왜 그런지 너도 알지? 둘이 계속 사귀면, 아마 결혼할 거야. 그럼 우리는……."

밴의 입에서 씹다 만 음식 같은 단어가 튀어나왔다.

"의붓형제가 되겠지."

두 소년은 말이 없었다. 피터가 무슨 생각을 하고 있는지 알 수 없었지만, 밴은 머릿속으로 이미 지독한 그림들을 연달아 떠올리고 있었다. 피터와 침실 함께 쓰기. 까칠한 피터와 답답한 그레이 씨와 함께 끼니때마다 같은 테이블에 앉아 있기. 엄마와 함께 새로운 도시를 탐험하고 제일 맛있는 아이스크림 가게를 찾아다니지 못할 뿐만 아니라 엄마와 단둘이 있을 수 없게 되는 것을 의미했다.

"너도 알아야 한다고 생각했을 뿐이야."

피터가 마침내 말했다. 밴은 들고 있던 피자를 내려놓았다.

"너도 그런 일이 일어나길 원하는 건 아니지? 두 사람이 결혼하는 거."

"응."

밴이 말했다.

"그래."

그리고 혹시 몰라서 한 번 더 말했다.

"응."

피터의 얼음장 같던 눈빛이 조금 누그러졌다. 피터가 입을 열었다.

"나도 싫어. 심지어 생일 소원으로……."

뭔가가 밴의 귓속을 찌른 것 같았다.

피터 그레이. 4월 8일. 열두 번째 생일.

하지만 피터는 하던 말을 끝내지 않았다.
"뭘 빌었는데?"
밴이 채근했다.
"아무것도 아냐. 바보 같은 거야."
피터가 말했다.
"뭐였어? 혹시 너희 아빠가 거대한 마카로니 치즈 피자에 깔리게 해달라고 빌었어?"
피터가 코웃음을 쳤다. 아니 어쩌면 진짜로 웃었을 수도 있고.
"아냐."
"나한텐 말해도 돼. 아니면 정말 부끄러운 소원이었어? 네가 인어가 돼서, 우리 모두를 버리고 헤엄쳐 갈 수 있게 해달라고?"
이번에는 피터가 정말로 웃었다.
"아니, 난 그냥……."
피터는 다시 말을 멈췄다.
"남한테 소원을 말하면 이루어지지 않는다고 하잖아."
"나한텐 그런 말은 안 했는데."
밴은 아무 생각 없이 말했다.
"뭐라고?"
"그러니까…… 그런 말은 못 들어 봤다고."
밴은 마지막 한 입을 먹고 태연한 척하려고 애썼다.

"소원을 믿는 사람이 있긴 한가, 뭐."

"좋아."

피터는 큰 소리로 숨을 내쉬었다.

"우리 아빠가 너희 엄마랑 그만 만나면 좋겠다고 빌었어."

"정말? 혹시, 우리 엄마한테 나쁜 일이 일어나길 빌었다거나……."

"아냐."

피터가 얼른 말했다.

"너희 엄마는 괜찮아. 난 그냥 두 사람이 결혼하지 않길 바랄 뿐이야. 그게 전부야."

밴은 고개를 끄덕였다.

"나도 그래."

잠시 침묵이 이어진 뒤 피터가 말했다.

"어쩌면 그런 일은 일어나지 않을지도 몰라. 아까 말했듯이 너도 알고 있어야 한다고 생각한 것뿐이야."

피터는 일어나서 종이 접시를 쓰레기통에 넣었다.

밴은 피터의 뒤를 따라 도시의 소음을 뚫고 오페라 극장으로 돌아갔다. 배 속에서 마카로니 치즈 피자가 부글거린 탓에 속이 메스꺼웠다.

그날 밤 엄마는 아주 기분이 좋았는지 집에 돌아가는 내내 흥얼거렸다. 밴의 귀에는 아무 소리도 들리지 않았다. 엄마 목소리, 차 소리, 바람 소리도 듣지 않았다. 길바닥만 뚫어져라 쳐다보며 걸었다. 껌 종이, 병뚜껑, 떨어진 단추 말고는 좋은 게 없었다. 갑자기 엄마가 밴의 손을 잡아당겼다. 밴이 올려다본 순간 엄마는 무대를 환

217

하게 밝히는 특유의 미소를 짓고 있었다.

"지오바니, 여기서 영원히 사는 건 어떨 것 같니?"

엄마의 말에 밴의 심장이 로켓처럼 솟구쳤다. 입천장에 쾅 부딪친 느낌이었다.

"뭐라고요? 우린 영국으로 갈 거잖아요!"

밴은 숨이 막혔다.

"그건 그저 가능성이었지. 찰스가 그러는데 앞으로도 몇 시즌 동안 날 여기에 묶어 둘 아이디어가 있대. 어쩌면 더 오래일 수도 있고."

엄마의 미소가 더욱 밝아졌다.

"오페라 아이디어요?"

성량 조절에 실패한 목소리가 고함 소리처럼 터져 나왔다.

"응. 대부분. 이제 우리도 한곳에 정착할 때가 되지 않았나 생각해 왔단다. 학생 몇 명을 가르칠 수도 있지. 작은 앙상블과 녹음도 하고, 신예 작곡가들이랑 작업도 하고 말이야. 가능성은 많아."

엄마는 이상하다는 눈으로 밴을 보았다.

"뭐 문제라도 있니, 지오바니? 어젯밤에는 떠나기 싫어하더니, 지금은 우리가 여기 있을 수 있다니까 완전히 비참한 표정이네!"

"난……."

"여기가 좋아지기 시작했다고 했잖아. 사람들을 알아 가고 있다고. 내 말이 틀렸니?"

"아뇨."

밴이 겨우 말했다.

"그럼?"

엄마의 미소가 돌아왔다.

"이건 새로운 가능성일 뿐이야. 새로운 개연성. 지금은 그렇게만 해두자."

두 사람은 말없이 아파트까지 걸어왔다. 엄마는 계속 흥얼거렸고, 밴은 뒤에서 작고 조용한 안개에 휩싸여 떠다니듯 따라갔다.

엄마가 현관문을 잠그자마자 밴은 복도를 뛰어가 침실에 틀어박혔다. 바닥에 털썩 주저앉았다. 지금 떠날 수는 없었다. 소원을 먹는 자들을 꼭 돕고 싶었지만 피터 그레이의 의붓형제가 되어 그 일을 해야 한다면 더는 머무르고 싶지 않았다. 밴은 마치 지퍼 사이에 긴 피부처럼, 고통스러운 것들 사이에 끼어 있었다.

밴은 수집품에 손을 뻗었다.

'어쩌면 폰 소녀와 백색 마법사, 슈퍼 밴이 함께 이 상황을 연기하는 게 도움이 될지도 몰라. 레미도 보면 좋아할 거야.'

작은 신발 상자는 밴이 보물 상자 바로 옆에 놔둔 그 자리에 그대로 있었다. 밴은 상자를 꺼내 무릎 위에 올려놓았다. 뚜껑이 여는데 안개처럼 뽀얀 작은 얼굴이 보이지 않았다. 밴을 올려다보며 깜빡거리던 큰 눈이 없었다. 오싹한 기운이 밴의 온몸을 스쳐 지나갔다. 밴이 서둘러 상자 뚜껑을 옆으로 치우자 한쪽 구석에서 레미가 몸을 웅크리고 있었다. 레미는 떨고 있었다. 몸은 전보다 더 희미해 보였다. 차가운 유리창에 서린 김처럼 힘들이지 않고 한 손으로 지울 수 있을 것 같았다. 밴은 손가락으로 레미의 주름진 귀를 쓸어내렸다. 천천히 눈을 뜨고 밴을 올려다보던 레미는 힘없이 손짓하다 그마저도 힘들다는 듯 다시 축 늘어졌다.

"레미! 무슨 일이야?"

밴은 숨이 턱 막혔다. 레미가 몸을 떨고 다시 손짓을 했다. 마디진 작은 손가락 하나로 입을 가리키는 시늉을 했다.

"너, 배고파? 그런 거야?"

레미가 밴의 손가락을 잡았다. 잡는 힘은 약했고 가련한 눈빛이었다.

"어제 먹을 걸 줬잖아! 그 소원이 널 너무 피곤하게 만들었어?"

밴은 속삭이며 작은 생명체를 더욱 가까이 들여다보았다.

"또 먹어야 해? 그런 거야?"

레미는 대답하지 않았다. 안개 같은 몸이 조금 더 세차게 흔들렸다. 밴의 가슴속에 공포가 일렁이기 시작했다.

'배가 고프다니. 이렇게 금방 다시 배고플 수가 있나? 멍청하게 위시본을 왜 벌써 써버린 거야. 이제 어떻게 해야 하지?'

답을 해줄 만한 사람은 단 한 사람뿐이었다. 밴은 침실에서 뛰어나갔다.

"엄마, 전화기 좀 써도 돼요?"

밴이 헐떡이며 물었다. 테이블에 펼쳐 둔 악보에서 눈을 뗀 엄마가 아치 모양의 눈썹을 치켜세웠다.

"왜 필요한데?"

"음……."

밴은 좋은 대답을 찾았다.

"피터에게 전화 걸려고요."

처음에는 놀란 듯한 엄마의 얼굴이 점차 밝아지며 환희의 표정으로 바뀌었다.

"정말? 당연히 쓸 수 있지!"

엄마는 전화기를 내밀었다.

"엄마 전화기에 피터네 집 전화번호가 저장되어 있어."

밴은 전화기를 들고 얼른 방으로 가서 문을 닫았다. 원래 밴은 전화기를 싫어했다. 밋밋하고 얼굴 없는 목소리는 이해하기 힘들기 때문이었다. 하지만 지금은 선택의 여지가 없었다. 전화기를 한쪽 팔 아래 낀 채 보물 상자를 뒤졌다. 그리고 팔보그 씨의 전화번호가 인쇄된 작고 하얀 명함을 찾아냈다.

"여보세요?"

전화벨이 두 번 울리고 전화를 받은 사람은 게르다였다.

"음…… 여보세요?"

밴이 더듬거리며 말했다.

"음…… 그레다 부인? 밴 마크슨이에요. 팔보그 씨 계신가요?"

"미안…… 경매…… 안 돌아오…… 낼모레…… 비상사태."

"……비상 사태?"

밴이 되물었다.

"낼모레 돌아온다고요?"

"……비상 사태?"

마지막 말은 또렷이 들렸다. 밴은 주저했다.

'분명 비상사태이긴 하지만 게르다를 믿어도 될까? 게르다는 얼마나 많이 알고 있을까? 그동안 수없이 저지른 끔찍한 실수를 어떻게 설명할 수 있을까?'

"음……."

밴은 침을 꿀꺽 삼켰다.

"아뇨. 그냥…… 돌아오시면 이야기 나눌게요."

"……바람이 잘 통하는 길. 안녕, 마크슨 씨."

게르다는 전화를 끊었다. 밴의 가슴속에 차갑게 응어리진 공포심이 아예 얼어붙기 시작했다.

'내가 뭘 할 수 있지? 만약 슈퍼 밴이라면 이럴 때 어떻게 했을까?'

밴은 다시 보물 상자를 뒤졌다. 끈 달린 주머니 속 파란 유리병은 제일 밑바닥에 그대로 있었다. 밴은 병을 들고 불빛에 비춰 봤다. 병 속에서 은빛 줄기가 빙글빙글 돌아갔다. 꿈결에 본 발레리나 같았다.

피터 그레이. 4월 8일. 열두 번째 생일.

피터는 자기 아빠가 밴의 엄마와 그만 만나면 좋겠다는 소원을 빌었다고 했다. 위시본이 하나 더 있었더라면 아마 밴도 똑같은 소원을 빌었을 것이다.

'피터가 진실을 전부 말한 게 아니라면?'

밴은 피터가 생일 케이크 촛불을 끌 때 자신을 바라보던 모습을 기억해 냈다.

'만약 피터가 나랑 엄마가 사라지길 빌었다면? 그보다 더 나쁜 소원이었다면?'

밴은 가슴속 공포가 더욱 얼어붙는 것을 느끼며 잠시 생각을 멈췄다.

'피터의 소원이 절대 이루어져서는 안 될 소원이라면?'

밴은 상자 속 레미를 내려다봤다. 레미는 여전히 구석에 쓰러진 채 파란 유리병에서 나오는 반짝이는 빛을 눈으로 좇고 있었다. 안개처럼 희미하고 힘없는 눈에는 굶주림과 희망이 담겨 있었다. 레미는 기다릴 수 없어 보였다. 팔보그 씨가 돌아올 때까지 기다릴 수 없었다. 밴이 다른 생각을 쥐어짜는 몇 시간조차 레미에게는 기다리기 힘든 시간이었다. 레미에게는 밴이 필요했다. 밴은 위험을 감수해야 했다. 피터가 진실만을 말했으며, 소원이 이루어지는 방식은 가능한 한 덜 끔찍하기를 바랐다. 그레이 씨와 엄마가 싸우게 되거나 그레이 씨에게 다른 여자 친구가 생길 수도 있다. 아니면 엄마가 그레이 씨는 재수 없는 속물이라는 걸 깨닫고, 다시 밴과 둘이서만 재미있게 지내야겠다고 생각하게 될 수도 있다. 그건 전혀 끔찍하지 않았다.

"괜찮아질 거야. 내가 널 돌봐줄게."

밴은 레미에게 속삭인 뒤 비누 거품을 떠올릴 때처럼 조심스럽게 레미를 한 손으로 들었다. 생전 이렇게 가벼운 것은 들어본 적이 없었다. 다른 한 손으로는 코르크 마개를 열었다. 작게 퐁 소리가 났다. 병에서 나온 은빛 연기가 레미의 입안으로 곧장 들어갔다. 겨울철 입김을 거꾸로 들이마시는 것 같았다. 밴은 희미한 빛이 부드럽게 감도는 것을 느꼈다. 손 안에 있던 소원을 먹는 자는 몸을 떨지 않았다. 복슬복슬한 윤곽이 벌써 조금은 단단해진 듯했다. 레미는 두려움과 굶주림이 사라진 얼굴로 고맙다는 듯 살짝 미소 지으며 돌아봤다.

"효과가 있었니?"

밴이 속삭였다. 질문에 화답이라도 하듯 엄마의 전화기가 번쩍이기 시작했다. 밴은 레미를 바닥에 앉혀 두고 벌떡 일어났다.

"엄마!"

밴이 전화기를 들고 복도로 달려가 엄마에게 전했다.

"전화 왔어요!"

"아, 레올라구나."

엄마가 화면을 보며 말했다.

"여기 계약 연장을 의논해야 하거든. 고마워, 내 사랑."

"천만에요!"

밴은 다시 방으로 뛰어 들어가며 말했다. 레미는 모형무대 위에 올라가 있었다. 밴이 놔둔 작은 조각상들이 있었다. 슈퍼 밴, 도자기 다람쥐, 백색의 마법사였다. 레미는 마디진 손가락으로 마법사의 옷을 장난스럽게 만졌다.

"최소한 조금 나아진 것 같긴 하구나."

밴이 말했다. 레미는 마법사 반대편으로 뛰어갔다. 사실이었다. 레미는 불과 일 분 전에 비해 좀 더 단단해 보였고 어쩌면 살짝 커진 듯했다. 레미의 작은 얼굴이 행복해 보였다. 햇살을 받은 이슬처럼 반짝였다.

"너 정말 더 나아졌니?"

레미는 대답하지 않았다.

잠시 후 마법사의 플라스틱 흰색 지팡이가 빛나기 시작했다. 레미와 밴이 지켜보는 가운데 지팡이의 빛은 한층 밝아졌다. 무대 전체가 밝아졌다. 반딧불처럼 생긴 금색 공으로 변한 빛은 몸을 세우고 꼬리를 흔들면서 수염을 다듬고 있는 작은 다람쥐 인형과 두 팔을 들고 공중으로 날아오르는 슈퍼 밴을 비추었다. 밴은 헉 소리를 냈다. 슈퍼 밴은 검은색 작은 망토를 펄럭이면서 날아갔다. 빙글빙글 돌면서 천장을 향해 날아올랐다가 작은 플라스틱 주먹이 회반 죽을 바른 천장에 부딪치기 직전 유턴해서 밴의 얼굴 바로 앞까지 내려왔다. 하지만 밴이 손을 뻗어 만지려고 하자 다시 멀어졌다. 그 모습을 본 밴이 웃음을 터뜨렸고, 슈퍼 밴은 머리를 빙 돌리더니 공중에서 몇 번이나 연달아 완벽한 구르기를 선보였다. 밴은 레미를 흘끗거렸다. 조그마한 레미는 빛나는 무대에 쭈그리고 앉아 마법에 걸린 장난감과 밴의 얼굴을 번갈아 보고 있었다. 밴의 얼굴에 미소가 떠오를 때마다 레미의 얼굴에도 미소가 떠올랐다.

밴에게는 아주 즐거운 순간이었다. 레미는 너무 재미있었다.

'이 작은 생명체가 소원을 들어줄 뿐 아니라 이런 장난스러운 마법을 펼칠 수 있다니. 팔보그 씨는 어떻게 해서 이런 녀석들이 하루 종일 돌아다니면서 마법을 부리지 않게 할 수 있을까?'

물론 팔보그 씨는 이들 모두에게 먹이를 주는 게 복잡하다고 말하긴 했다. 그리고 이제 밴이 줄 수 있는 먹잇감이 완전히 떨어졌다.

"레미, 무리하지 마. 난 꼭 이렇게까지는……."

밴이 말하고 있는데 갑작스럽게 방문이 확 열렸다. 찬 바람이 느껴졌다. 휙 돌아보니 엄마가 방 안으로 들어오고 있었다. 다람쥐는 그대로 동작을 멈췄고 슈퍼 밴은 침대 위로 떨어졌다. 마법사의 지팡이는 바로 어두워졌고 레미는 벨벳 커튼 뒤로 몸을 숨겼다.

"지오바니!"

엄마는 눈부시게 밝은 얼굴로 말했다.

"정말 놀라운 소식이야! 라 스칼라에서 다음 오페라 공연에 엄마를 기용하겠대!"

엄마는 대부분의 사람들이 "디즈니 월드!"를 외칠 때처럼 "라 스칼라"를 외쳤다.

밴은 눈을 깜빡였다.

"뭐라고요?"

"아주 갑작스럽게 받은 통보여서 시간이 촉박하긴 하지."

엄마는 한 손을 내저었다.

"누구는 병에 걸렸고, 또 다른 누군가는 해고됐대. 아직은 비밀이지만. 아무튼…… 라 스칼라! 아주 멋진 오페라 극장이지! 이탈리아에서 맞는 여름! 젤라토!"

"하지만……."

밴은 시간에게 덜미를 잡혀 방금 전 해결한 문제 한가운데로 툭 던져진 기분이었다.

"하지만…… 언제 떠나요?"

"가능한 한 빨리. 찰스는 안 좋아하겠지."

엄마의 표정이 흐려졌다.

"하지만 공식적으로 정한 건 아니었으니까. 이해해 줄 거야."

엄마는 다시 손을 내저었다.

"엄마가 내일 얘기할게. 그런 다음 짐을 싸서 떠나는 거야!"

밴은 두 손으로 양쪽 귀를 틀어막고 비명을 지르고 싶었다. 하지만 입을 떡 벌린 채 엄마를 지켜보는 수밖에 없었다. 밴은 공황 상태에 빠진 것처럼 보이지 않기 위해 애를 썼다.

"여기 잠시 정착한다고 말했던 건요?"

"지오바니……."

무릎을 굽힌 엄마는 밴의 머리를 헝클어뜨렸다.

"이건 거절할 수 없는 기회야. 이걸 계기로 또 어떤 문이 열릴지 모르니까."

엄마가 다시 일어나며 말했다.

"이탈리아! 젤라토!"

엄마는 문 옆에 잠깐 서서 손톱으로 문틀을 톡톡 두드렸다.

"찰스가 정말, 정말 싫어하면…… 며칠만 할 수도 있어."

밴의 가슴속에서 뭔가 차갑고 단단한 것이 쿵 떨어졌다. 엄마는 한 번 더 미소를 지어 보이며 키스를 날렸다.

"너무 늦게까지 깨어 있지는 마, 내 사랑."

쾅 소리와 함께 문이 닫혔다.

'대체 무슨 짓을 한 거지?'

피터의 소원은 이루어졌다. 밴의 엄마와 그레이 씨는 그냥 떨어져 있는 정도가 아니었다. 곧 바다를 사이에 두게 된다. 그리고 자신도 그 바다를 건너가게 된다. 소원을 먹는 자들을 구하고 페블과 팔보그 씨를 도울 기회는 물론이고 수집품 마법에 참여할 기회가 완전히 사라지는 것이었다. 이 소원이 모든 것을 망쳐 놨다. 밴은 출발점으로 돌아왔고, 쓸 수 있는 소원도 없었다. 시간은 더욱 줄어들었다. 레미가 커튼 뒤에서 살짝 훔쳐보고 있었다. 밴은 어깨를 축 늘어뜨렸다.

"왜 우리가 떠나도록 만들었어?"

밴의 목소리는 거의 고함에 가까워지려 했다.

"난 널 못 데려가! 그리고 다른 모든 소원을 먹는 자들도 그대로 갇혀 있을 거고, 나는……."

밴은 생각만 해도 목이 졸리는 것 같았다.

"난 가고 없을 거야."

227

소원을 먹는 자는 벨벳 커튼 끄트머리에서 몸을 웅크린 채 밴을 지켜보았다. 안개 같은 눈에 맺힌 눈물이 반짝거렸다. 어쩌면 그 눈물 때문이었는지, 밴의 분노가 갑자기 잦아들었다. 레미의 잘못이 아니었다. 밴의 잘못이었다. 페블과 커널은 소원이 예상치 못한 방식으로 이루어질 수 있다고 이미 경고했었다. 귀 기울이지 않은 사람은 밴이었다. 아니 들었지만 아랑곳하지 않았던 것이었다. 밴은 몸을 낮추고 레미와의 눈높이를 맞추었다.

"미안해, 레미."

밴이 소곤소곤 말했다.

"네가 상황을 악화시킨 게 아니야. 넌 네 일을 했을 뿐이지."

밴은 두 팔에 얼굴을 묻었다.

"난 이제 어떻게 해야 하지?"

밴은 한참 동안 고개를 숙이고 몸을 웅크린 채 무릎을 끌어안고 있었다. 밤이 깊어 가고 창문 밖은 차츰 조용해졌다. 방 안도 어두워졌다. 어느새 밴은 목을 감싸는 촉촉하고 작은 손을 느꼈다. 레미였다. 밴은 마침내 마음을 정했다.

19
어둠 속의 발소리

침대에 누운 밴은 천장을 바라봤다. 두 시간 전과 다르지 않았다. 여전히 말똥말똥한 상태였다. 이런저런 생각들로 머릿속이 탄산음료처럼 부글거렸다. 밴은 발가락을 씰룩거렸다. 여느 때처럼 보청기를 빼서 테이블에 올려 두었는데, 안달하듯 윙윙거리는 소리가 머릿속에 가득했다. 몸을 돌아눕자 침실 문 아래 틈으로 노란색 불빛이 보였다. 엄마가 아직 잠자리에 들지 않았다는 뜻이었다. 밴은 자기 몸을 들락거리는 호흡수를 셌다. 심장이 두근거렸다. 이불 아래 바로 옆에 둔 상자에 손을 얹었다.

마침내 불빛이 꺼지고 복도가 어둠에 잠기자 밴은 침대를 빠져 나왔다. 한쪽 겨드랑이에 상자를 끼고 로퍼 안으로 발을 밀어 넣었다. 잠옷 주머니에 동전 하나를 집어넣고, 테이블 위 보청기를 그냥 두었다. 오늘밤에는 주의를 분산시키는 뭉개진 소리들을 듣고 싶지 않았다. 눈은 날카롭게, 마음가짐은 또렷하게 해야 했다.

밴은 천천히 방문을 조금씩 열었다. 엄마의 방문은 닫혀 있었다. 살금살금 빠져나온 밴은 복도를 지나 부엌을 가로질렀다. 이젠 깨나 익숙해져서 정말 스파이가 된 기분이었다. 몰래 다닐 수 있고, 자신감이 넘치고 비밀 임무를 완수하기 위해 갈고닦은 감각을 가진 스파이. 밴은 현관문을 빠져나왔다.

"지오바니?"

엄마가 졸린 목소리로 불렀지만 밴의 귀에는 들리지 않았다. 밴은 재빨리 계단을 내려갔다. 로비를 지나 큰 놋쇠 손잡이가 달린 문을 열고 밤거리로 나왔다. 시원하고 축축한 밤공기가 얕은 개울 물처럼 소매 안으로 흘러들었다. 레미가 든 상자를 꼭 안고 밴은 달리기 시작했다. 따사로운 햇살 아래 가게와 노천카페로 붐비던 공원 근처 거리는 밤이 되니 버려진 듯했다. 어두워진 가게 창문과 문마다 셔터가 내려와 있고, 한곳에 쌓아 둔 카페 의자들이 보였다. 시끄럽게 돌아다니며 서로를 밀치는 인파는 보이지 않았다. 격자무늬 잠옷 차림으로 인도를 달리는 소년 하나가 있을 뿐이었다.

밴은 공원을 지나 안으로 들어갔다. 바깥보다 더 습하고 어두웠다. 바람에 실려 온 흙냄새, 물 냄새, 꽃향기가 밴을 감쌌다. 가슴속에서 요동치던 공포가 사라지기 시작했다. 물론 뒤에서 어둠 속을 조용히 걷고 있는 발소리는 듣지 못했다. 밴은 시원한 잔디 위를 서둘러 걸어갔다. 장미 화단을 가로지를 때 가시 줄기에 잠옷이 걸리고 발목을 긁혔지만 밴은 내려다보지 않았다. 수집가들이 지켜보고 있을지 모른 만큼 잭과 부하들에게 잡혀가기 전에 최소한 소원이라도 빌어 두고 싶었다. 캄캄한 어둠 속에서 밴의 어깨 위 잔가지 하나가 부러졌지만 밴의 귀에는 들리지 않았다.

밴이 분수대에 딱 붙어 서자 물방울들이 떨어지면서 손에 튀었다. 밴은 분수대 가장자리에 상자를 내려놓고 뚜껑을 열었다. 어둠 속에서 목을 빼고 바람 냄새를 맡는 형체가 겨우 보였다. 밴은 잠옷 주머니에서 동전을 꺼냈다. 이번 소원은 밴의 뜻대로 이루어져야 했다. 밴은 엄마와 함께 이 도시에 남아야 했고, 더 오래 있을수록 좋지만 오만한 그레이 씨 때문이어서는 안 되며 더 좋은 제의가 들어와도 엄마가 계획을 바꾸지 않아야 했다. 밴이 원하는 이 모든 것이 하나의 소원에 다 담길 수 있을까.

밴은 눈을 감았다. 동전을 너무 꽉 쥐어서 손바닥에 자국이 남을 정도였다.

'나는 엄마랑 여기 오랫동안 있고 싶어.'

밴은 감았던 눈을 뜨고 동전을 던졌다. 동전이 수면 위로 떨어지면서 그 주위가 초록 불빛으로 빛났다. 연어를 잡는 아기 곰처럼 덤빈 레미가 마디진 손가락으로 빛나는 원반을 붙잡았다. 빛을 빼앗긴 동전은 이내 바닥으로 가라앉았다. 소원을 먹는 자는 빛나는 원반을 쥐고 상자 안으로 돌아와 입을 벌렸다.

고요하고 모든 것이 희미하게 빛났다. 밴의 소원이 레미의 입속으로 사라지는 순간 밴은 곁눈질로 덤불이 떨리는 것을 목격했다. 키가 크고 짙은 색 롱 코트를 입은 형체가 비틀거리며 밴에게 다가왔다. 밴의 심장이 솟구쳤다. 레미가 든 상자의 뚜껑을 얼른 닫았다. 밴의 머릿속, 공포가 아직 집어삼키지 못한 아주 작은 부분에서 뚜껑이 제대로 닫히지 않는다는 사실을 깨달았지만 밴은 망설일 틈이 없었다. 상자를 꼭 안고 달아나기 시작했다. 자신을 향해 달려오고 있는 짙은 색 롱 코트로부터 도망쳐야 했다. 밴은 잔디밭

위를 질주했고 그림자 쪽으로 달렸다. 그쪽으로 가면 나무뿌리에 발이 걸려 넘어질 수 있고, 나무에 부딪치거나 날카로운 검은 눈으로 자신을 지켜보는 것들이 있을지도 모르지만 어쩔 수 없었다. 밴은 자신이 어른 수집가보다 빨리 달릴 수는 없지만 작전대로 하면 이길 수도 있다고 생각했다.

밴은 늘어선 관목들을 헤집고 달렸다. 왼쪽 눈에 잔가지가 부딪쳐서 시야가 흐릿했지만, 한 번 움찔하고 눈을 깜빡거렸을 뿐, 밴은 휘청거리면서도 울타리에 닿을 때까지 계속 달렸다.

어느새 공원 끝에 도착했지만 문을 찾을 시간이 없었다. 밴은 상자를 한쪽 겨드랑이에 끼우고 가로대를 기어올랐다. 발이 작고 체중이 얼마 나가지 않은 덕분에 꼭대기의 소용돌이 모양 장식을 발받침으로 사용할 수 있었다. 밴은 울타리에서 인도로 뛰어내렸다. 충격 때문에 발바닥이 아팠다. 상자를 거의 놓칠 뻔 하다 몸을 펴고 똑바로 서자 극심한 통증이 밀려왔다. 다리가 욱신거렸지만 바로 뒤에서 흔들리는 덤불과 그림자를 보고 밴은 마음이 더욱 급해졌다. 수집가가 불과 몇 발짝 뒤에 있다는 의미였다.

밴은 길 건너편으로 돌진했다. 골목 안에 숨어 있을지도 모르는 수집가의 눈을 피하려면 모퉁이를 돌아 어디로 갔는지도 모르게 사라져야 했다. 밴은 반대편 인도로 뛰어올랐다. 아무도 없었다. 텅 빈 거리를 마구 뛰어가는 작은 소년을 알아볼 사람은 없어 보였다. 밴을 도와줄 사람은 어디에도 없었다. 그때 뒤에서 누군가의 외침 소리가 들린 것 같았다. 밴은 금세 깨달았다. 맥박이 천둥처럼 울리는 소리였다. 스스로 만들어 낸 상상에 휘둘리고 있었다. 왼쪽 눈이 타는 듯했다. 통증 때문에 계속 눈을 뜨고 있을 수가 없었다. 한쪽 눈을 감았더니 균형 감각이 떨어지고 멀쩡한 다른 쪽 눈마저 이상했다. 바로 옆 어두운 창문에 비친 모습은 작고 겁에 질린 듯했다. 하지만 밴의 눈에는 보디슈트를 입고 검은 망토를 펄럭이는 슈퍼히어로처럼 보였다. 맹세할 수 있었다. 밴은 용기를 내서 레미가 있는 상자를 잠깐 내려다봤다. 뚜껑 틈으로 머리를 내민 레미가 눈을 크게 뜨고 살짝 미소 짓고 있었다.

밴은 미끄러지듯 교차로 쪽으로 들어섰다. 교차로는 달리는 차들로 붐비고 있었다. 쌩쌩 지나가는 차들의 헤드라이트 불빛이 물기 어린 시야에 들어왔다. 신호를 기다리지 않고 밴은 차도로 뛰어들었다. 반짝이는 차들이 앞뒤로 휙휙 지나가는 것을 느끼면서 비틀거리긴 했지만 밴은 안전하게 인도 위로 올라섰다. 겨우 숨을 내쉬고 있는데 흐릿한 시야와 쿵쾅거림, 어둠을 뚫고 비명 소리가 들려왔다. 또렷하고 강력한 소리였다. 밴이 알고 있는 목소리였다. 돌아보니 인도 가장자리에 엄마가 누워 있었다. 실크 잠옷 위에 짙은 색 롱 코트를 입은 엄마가 구릿빛 머리카락으로 얼굴을 덮은 채 누워 있었다. 자연적으로는 불가능한 각도로 다리가 휘어 있었다. 바로 옆에서 멈춘 택시의 운전석 문이 휙 열렸다. 다른 차들도 속도를 늦추고 사람들이 나타나기 시작했다. 마치 땅에 떨어진 아이스크림에 개미 떼가 꼬이듯 모여들었다. 밴은 조금 더 가까이 다가갔다. 엄마는 계속 비명을 지르고 있었다.

"지오바니!"

밴은 조심스럽게 엄마 옆으로 다가갔다. 엄마의 목소리는 아주 먼 곳에서 들려왔지만 손만 뻗으면 밴의 잠옷 바짓단을 잡을 수 있는 거리였다. 양손에 상자를 들고 있던 밴은 자신과 엄마가 파란색

과 빨간색으로 깜빡이는 불빛으로 뒤덮일 때까지도 사이렌 소리를
듣지 못했다.

20
그들이 오고 있다

"대체 왜 그런 거니? 내가 부르는 소리를 못 들었어?"

잉그리드 마크슨이 소리를 질렀다.

"보청기를 안 끼고 있었어요."

밴은 여전히 보청기를 끼지 않은 상태였지만, 작고 밝은 병실에서 엄마의 말을 이해하는 데 아무 어려움이 없었다.

"애초에 집에서 왜 나간 거야? 왜 한밤중에 집을 나와서 혼자 시내를 뛰어다닌 거야? 이게 말이나 되니?"

엄마의 목소리 때문에 벽이 울릴 정도였다. 밴은 언젠가 오페라 가수들이 소리를 질러서 샴페인 잔을 깰 수 있다는 이야기를 들은 적이 있었다. 엄마는 그런 적이 없었지만, 병실 문 유리창이 분명 흔들린 것 같았다.

"모르겠어요."

"모르겠다고? 그럼 창밖으로 떠돌이 길고양이나 들개를 봤다는

235

이야기조차 안 할 셈이야?"

밴은 창유리를 흘낏 쳐다봤다. 다람쥐나 새들이 블라인드 틈으로 자신의 모든 움직임을 지켜보고 있다 해도 놀랍지 않을 것 같았다.

"내 생각엔, 악몽을 꾼 것 같아요."

"오, 지오바니!"

병실 침대에 누워 있는 엄마는 극적으로 고개를 젖혔다. 한쪽 다리에 깁스를 하고 누워 있는 모습만 아니면 어느 오페라의 비극적인 장면을 연기하는 것처럼 보였다.

"엄마가 널 어떻게 하면 좋겠니?"

"모르겠어요."

밴은 겨우 말을 이어 갔다. 목이 메었다.

"미안해요, 엄마."

밴은 침대에 몸을 던지고 싶었다. 백합 향이 나는 엄마 품속에 꼭 안기고 싶었지만 엄마가 더 아플까 봐, 아니 너무 화난 나머지 자신을 안아 주지 않을까 봐 가만히 있었다.

간호사와 의사가 잰걸음으로 들어왔다. 흐릿하고 고르지 않은 그들의 목소리가 병실 안을 채웠다. 밴은 아픈 눈을 문지르던 중 갑자기 피로감이 밀려들었는지 안락의자에 털썩 주저앉았다. 잠옷 차림에 병원에서 받은 파란색 담요를 두른 채였다. 무릎 위에는 레미가 들어 있는 신발 상자가 놓여 있었다. 다들 엄마를 걱정하느라 상자를 눈치채지 못한 것 같았다. 밴은 담요로 몸을 더 꽁꽁 감쌌다.

끔찍하고 뒤틀린 과정을 거쳤지만, 밴의 소원은 이루어졌다. 엄마는 이제 이탈리아에서 제안받은 일을 할 수 없었지만 이 소원이 이루어진 방식은……. 밴은 몸서리를 쳤다.

'다리가 부러진 것뿐이야. 엄마는 괜찮을 거야. 어쩌면 더 좋지 않은 상황이 일어났을 수도 있었어.'

이보다 얼마나 더 안 좋은 일이었을지 상상하자 밴은 토할 것 같았다. 레미가 있는 상자를 양손으로 꼭 감싸 안았다. 앞으로 아주 오랫동안 다른 소원을 빌지 않으리라 다짐했다. 어쩌면 영영.

담요를 덮은 몸이 따뜻해지기 시작하자 밴은 고개를 떨구었다. 눈이 반쯤 감겼을 때 병실 문이 활짝 열렸다. 병실 안으로 성큼성큼 들어온 사람들은 찰스와 피터 그레이였다. 그레이 씨는 바지 위에 긴 트렌치코트를 입고 있고 피터는 잠옷 차림이었다. 짙은 회색 바지와 같은 색 보온 셔츠를 입고 있었다. 밴이 입은 격자무늬 잠옷과는 차원이 다른 멋진 잠옷이었다. 밴은 잽싸게 다리를 안으로 모아 잠옷이 보이지 않게 했다. 엄마의 얼굴이 밝아졌다. 한 손으로 재빨리 머리를 만졌다. 양쪽 어깨를 똑바로 폈고 말했다.

"오, 찰스."

희미하게 엄마 목소리가 들려왔다.

"…… 정말 다정해요."

"이런, 당신 혼자 있군요."

그레이 씨가 작은 소리로 답하는 게 들렸다. 밴은 방 안을 둘러보던 피터와 눈이 마주쳤다. 피터의 눈은 냉랭하기 그지없었다. 마치 얼음물 든 풍선이 터진 듯했다. 가슴을 쥐어짜는 것 같았다. 이루어지지 않을 줄 알았지만 밴은 마음속으로 작은 소원 하나를 빌었다. 피터가 그런 마음을 알아주기를 바랐다. 밴도 이런 상황을 전혀 원하지 않았음을, 피터가 자신을 보기만 해도 알 수 있기를 바랐다.

피터의 차가운 시선은 다시 다른 곳으로 향했다. 의사들과 간호사, 밴의 엄마, 그레이 씨가 말을 했고, 사람들의 시끄러운 목소리가 안개처럼 병실 방을 가득 메웠다. 몇 분 뒤 엄마는 휠체어에 앉았고, 모두 복도로 걸어 나갔다. 병원 로비 밖에 승합차와 기사가 대기하고 있었다. 직원 몇 명이 그레이 씨를 도와 엄마와 휠체어를 가운데 태웠다. 피터가 뒤쪽으로 올라탔다. 그레이 씨가 조수석에 앉았다.

"들어와, 지오바니."

안에서 밴을 부르는 엄마의 목소리가 들렸다. 벌써 여러 번 말한 느낌이었다. 밴은 차 안으로 비집고 들어가 엄마 옆에 앉았다. 밖에서 누군가 차문을 쾅 닫았고, 새벽을 앞둔 어둠 속으로 다 함께 차를 타고 출발했다. 엄마와 그레이 씨가 이야기를 나누었지만 밴은 들으려는 노력조차 하지 않았다. 그냥 레미가 있는 상자를 꼭 잡고 창문에 머리를 기댄 채 갔다. 윙윙거리는 엔진 소리와 유리창이 떨릴 정도의 진동이 주위 모든 것을 지워 버렸다. 눈이 스르륵 감겼지만 밴은 내버려 두었다. 잠시 후 차가 멈추자 뒤로 기대앉아 있던 밴은 눈을 깜빡였다. 창밖을 내다보니 집이 보이지 않았다. 이 거리가 아니었다. 이곳은 답답한 석조 주택이 대부분인 거리였다. 바로 앞에 보이는 답답한 건물은 피터네 집이었다.

"왜 여기로 왔어요?"

밴이 물었다. 그레이 씨가 돌아보며 얼굴을 찌푸렸다. 이미 한 이야기라는 걸 알 수 있었다.

"엄마…… 파티…… 물을…… 매일……."

그레이 씨가 말했다. 밴은 엄마의 얼굴을 쳐다봤다.

"찰스와 피터가 정말 엄청나게 친절하게도 우리와 잠시 같이 지내겠대."

엄마가 또렷하게 날카로운 목소리로 말했다.

"그렇지만……."

"내가 목발을 써서 다닐 수 있을 때까지만. 정말 친절하지 않니, 지오바니?"

엄마의 눈빛이 밴을 떠미는 듯했다.

"네."

밴이 말했다. 운전기사가 그레이 씨를 도와 차에서 휠체어를 내리고 엄마를 앉힌 다음 계단 위 현관문 앞까지 올려 주었다. 상자를 든 밴과 정면만 노려보던 피터가 그 뒤를 따랐다. 커다란 집 안으로 들어가자 밴의 뿌연 머릿속에서 단어들이 헤엄치기 시작했다.

"엠마, 유모, 아파트에 가서…… 물건들…… 내일……."

그레이 씨가 말하고 있었다.

"목록…… 정확히…… 가져오게."

"찰스, 정말 이건 너무 과한데요."

밴의 엄마가 말했다. 그레이 씨가 몸을 굽혀 엄마의 손을 잡았다.

"이건 아무것도 아니에요."

밴은 피터의 얼굴 표정이 굳는 것을 보았다.

"우선은…… 할 수 있는 한 편안하게. 잉그리드…… 당신 침대는 아래층에…… 거실. 지오바니, 넌…… 빨간 손님방…… 쏘고 아파재를 거기."

말없이 돌아선 피터는 나선계단을 올라 위층에 도착할 때까지 돌아보지 않았다. 그들은 오른쪽 세 번째 문 앞에 멈춰 섰다.

"여기야."

피터가 나직이 말하면서 방문을 열었다. 문이 열리자 빨간 벽이 나타났다. 커다란 창문 하나가 있고 회색 담요로 덮인 침대를 갖춘 손님방이었다. 피터가 먼저 안으로 들어갔다.

"잠깐, 피터. 미안해. 그러니까…… 난 이런 일이 일어나길 바라지 않았어. 정반대의 일이 일어나길 바랐어."

밴이 말했다. 피터는 바닥을 노려봤다. 입술을 움직이며 뭔가 말하는 것 같았지만 밴은 하나도 알아들을 수 없었다.

"난 여기 있고 싶지 않아."

밴은 말을 이어 갔다. 큰 소리로 속삭였지만, 너무 크지 않게 들리기를 바라면서.

"난 우리 엄마가 여기 머무는 걸 원하지 않아. 이건 내가 원하는 게 아니야."

피터가 잠시 동안 밴을 노려보며 아주 또렷하게 말했다.

"하지만 이건 네 잘못이야."

밴은 반박할 수 없었다. 밴이 손님방 문간에 서서 상자를 두 팔로 꼭 안고 있는 동안 피터는 자기 방으로 건너갔고, 곧이어 쾅 하고 문 닫히는 소리가 났다. 심신이 지친 상태에서는 아무리 부드러운 베개와 폭신한 이불이 있는, 아주 좋은 잠자리에 누워 있다고 해도 낯선 침대에서 잠드는 것은 쉽지 않았다. 온갖 분노와 공포가 몸을 자극하는 탓에 밴은 가만히 있기가 힘들었다. 거리에 쓰러진 엄마의 비명 소리. 엄마의 어깨에 얹은 그레이 씨의 손. 피터의 얼음물처럼 차가운 눈. 밴은 레미가 있는 상자를 옆에 두고 이불을 덮었다가 다시 레미가 보고 싶어서 이불을 걷고 뚜껑을 열었다. 레미는 흐릿한 팔로 몸을 감싼 채 곤히 잠들어 있었다. 밴은 기분이 아주 조금은 나아진 것 같았다. 낯선 집에 와 있긴 하지만, 밴이 아끼는 사람들은 괜찮을 것이고, 엄마의 다리도 시간이 지나면 나으리라 생각했다. 소원을 먹는 자는 신발 상자에서 안전히 지내며 밴의 사랑과 보호를 받을 게 분명했다. 적어도 다시 배가 고파지기 전까지는.

밴은 그 문제를 나중에 생각하기로 하고 상자를 다시 이불로 덮었다. 손님방 침대 이불에서는 라벤더 냄새가 났다. 밴의 체중이 파고들자 부드러운 침대 시트는 더욱 따뜻해졌다. 눈을 감았다. 정적이 흐르고 라벤더향의 회색 이불이 밴을 감쌌다. 누군가 손님방 창문을 두드렸지만 밴은 들을 수 없었다. 창문을 두드리는 소리는 점점 세지고 빨라졌다. 소리도 커져 갔다. 밴이 여전히 듣지 못하고 있는데 조용히 창문 열리는 소리가 났다. 정체불명의 발들이 카펫을 밟으며 침대로 걸어왔다. 밴은 가슴팍 위까지 올라온 것들을 겨우 알아차렸다. 뭔가가 안으로 들어왔다. 밴은 벌떡 일어났다. 비명을 지를 뻔했지만 간신히 참았다. 다람쥐가 밴이 입은 잠옷의 옷깃을 잡고 있었다. 바나벨트 뒤에 서 있는 페블의 얼굴이 창백했다. 겁에 질려 있었다.

"그들이 오고 있어."

페블이 속삭였다.

21
꽉 붙들어

밴은 꿈틀거리며 침대 머리맡으로 기어갔다.

"뭐라고?"

헉하는 소리가 튀어나왔다.

"누가 오는데?"

동트기 전 어스레한 불빛에 비친 페블의 얼굴은 회색빛이었다. 밴은 페블이 한 말 중 겨우 한 단어만 알아들었지만, 그걸로 충분했다.

"레이저."

밴의 피부에 소름이 돋았다.

"왜?"

페블은 짜증을 내며 고개를 가로저었다.

"그들은 아니까."

"그들이 뭘 알아?"

"먹는 자에 대해서."

페블은 으르렁거리듯 말했다.

"누가……."

페블의 입술이 더 빨리 움직였지만 밴의 눈이 따라가지 못했다.

"뭐라고 말한 거야?"

밴이 바나벨트에게 물었다.

"페블이 말하길 '누군가 널 봤어, 네가 공공장소인 공원에서 소원을 먹는 자를 바로 옆에 두고 소원을 빌었기 때문이야, 이 멍청아.'라고 했어."

바나벨트는 고개를 기울였다.

"오, 미안."

"그들이 어떻게 하는데?"

밴이 물었다. 페블이 빠르게 힘주어 뭔가를 말했다.

"페블은 '그들은 그걸 있어야 할 곳에 둘 것'이라고 하네. 야, 네 우주선 시트는 어디 갔어?"

바나벨트가 찍찍거렸다.

"그들이 저장소에 넣을까? 다치게 할까?"

밴은 목이 메었다. 페블은 잠시 멈췄다. 밴은 페블이 "아니" 또는 "몰라"라고 말하는 게 들렸다고 생각했다. 밴은 상자를 더 꼭 끌어안으며 레미가 듣지 못했기를 바랐다.

"내가 어떻게 해야 해?"

밴이 속삭였다.

"아무것도 하지 마. 그냥 그들에게 넘겨."

페블이 단호히 말했다. 바나벨트도 고개를 끄덕이며 똑같이 말했다.

"그냥 그들한테 넘겨. 그게 모두를 위해 최선일 거야. 음, 거의 모든 사람들에게."

밴은 흉터 난 얼굴로 번쩍이는 갈고리를 차고 다니는 레이저에게 레미를 넘기는 모습을 상상했지만, 이내 플러그 뽑힌 텔레비전 화면처럼 사라졌다. 그럴 수는 없었다. 그런 일은 상상하기조차 힘들었다. 자신을 믿고 의지하는 작은 레미를 수집가들 손에 넘기다니, 결코 일어날 수 없는 일이었다.

"내가 무조건 넘겨야 한다면서 너희는 왜 나에게 경고해 주는 거야?"

밴이 물었다.

"왜냐하면."

페블은 밴 가까이 바짝 몸을 기울였다. 뭔가 의도적인 표정을 지으며 밴의 손을 잡았다. 지난번과 다르게 밴을 어디로 끌고 가려는 게 아니라 그냥 꼭 잡아 주는 느낌이었다.

"맞서 싸우려 하지 마. 부탁이야. 네가 다칠 수도 있어. 그건……그건 원하지 않아."

그리고 갑자기 창문 쪽을 휙 돌아봤다.

"가야겠다."

"잠깐!"

밴은 여전히 상자를 들고 무릎을 꿇은 채였다.

"그들이 언제 오는데?"

페블은 어깨를 으쓱했다. 밴은 페블이 "금방."이라고 말한 것 같았지만, '정오'나 '두 시'일 수도 있었다. 페블이 창틀에 다리를 올리며 말했다.

"바나벨트."

담요 냄새를 맡던 바나벨트가 정신을 차린 듯 외쳤다.

"오! 안녕, 밴! 널 여기서 만나다니! 세상 참 좁네!"

"바나벨트!"

페블의 외침에 바나벨트는 페블의 어깨에 폴짝 뛰어오르며 찍찍거렸다.

"페블! 정말 반가워! 엄청 오랜만이지!"

페블은 창문 밖으로 사라지기 전에 마지막으로 한 번 더 밴을 봤다.

"그냥…… 안전하게 해."

'안전하게 해.' 혹은 '용감해져.' 혹은 '직면해.' 밴은 그중 무엇일지 알 수 없었다. 홀로 남겨진 밴은 작은 종이 상자를 꼭 붙든 채로 침대 한가운데에서 몸을 웅크렸다. 상자 안을 들여다보니 레미가 곤히 잠들어 있었다. 밴이 뚜껑을 열자 잠에 취한 레미가 돌아누우며 미소를 지었고, 그 미소는 넘치기 직전인 싱크대에 마지막 물 한 방울을 떨어뜨린 효과와 비슷했다. 밴은 확신에 찼다.

'내가 좀 다치면 어때? 레이저가 이런 무방비 상태의 작은 녀석을 데려가게 할 수는 없잖아.'

그런 일은 절대로 일어나면 안 되는 일이었다. 밴은 침대를 박차고 나왔다. 상자를 한쪽 겨드랑이에 끼우고 베개와 부드러운 회색 담요를 집어 들었다. 손님방 옷장에는 흰 목욕 가운 하나와 여벌의 시트만 들어 있었다. 밴은 가운과 시트를 밀치고 반으로 접은 담요를 깔고 베개를 놓은 다음 옷장 안으로 들어가 문을 닫았다.

'아무도 여기까지 찾아오지는 않겠지.'

밴은 상자를 보호하느라 몸을 웅크리고 누웠다. 감각은 더욱 예민해졌다. 바닥의 배수관이 부드럽게 흔들렸다. 방 안으로 들어온 달빛이 문 아래까지 길게 드리워졌다. 먼지 쌓인 담요에서는 라벤더 향이 났다. 그렇게 몇 분, 몇 시간이 지났을까. 밴은 마침내 잠이 들었다.

옷장 문틈으로 빛이 새 들어왔다. 이른 아침의 복숭앗빛보다 밝아서 밴은 꽤 오래 잔 줄 알았다. 아니면 누군가 불을 켰거나. 빛 위로 길쭉한 그림자가 지나갔다. 밴은 꼼짝도 할 수 없었다. 보청기가 없어서 문 밖의 소리를 전혀 들을 수도 없었다. 밖에 누군가 있는데 키가 컸다. 천천히 움직였다. 밴은 숨을 죽이고 레미가 들어 있는 상자를 최대한 꼭 끌어안았다. 문 아래 빛이 사라졌다. 누군가의 몸 또는 짙은 색 롱 코트에 가려진 듯했다. 그림자가 가만히 있었다. 무언가를 기다리며 귀 기울이고 있었다. 밴의 심장이 빈 깡통 속 구슬처럼 요란하게 뛰었다.

밴은 옷장 구석으로 최대한 몸을 밀어 넣었다. 옷걸이에 매달린 목욕 가운 뒤에 숨으려고 하는데 스르륵 옷장 문이 열렸다. 절박해진 밴은 상자를 들키지 않기 위해 몸 뒤로 밀어 넣었다. 햇살이 쏟아져 들어왔다. 밴은 실눈을 뜨고 바로 앞에 서 있는 사람의 실루엣을 확인했다. 피터의 유모, 엠마였다.

"음, 안녕. 괜찮니?"

밴은 숨을 헉 내쉬었다.

"네, 괜찮아요."

"어떻게…… 아침 식사?"

"오."

밴이 말했다. 심장이 이렇게까지 벌렁거리지 않았더라면, 남의 집 손님방에서, 그것도 옷장 속에서 이렇게 웅크리고 있지 않았더라면 얼마나 좋았을까 싶었다.

"좋죠."

밴은 그레이 씨네 부엌에서 시리얼을 먹는 동안 상자를 무릎 위에 올려두었다. 아침을 먹고 밴에겐 너무 큰 피터의 옷을 빌려 갈아입을 때도 손 닿는 곳에 상자를 두었다. 엠마와 함께 보청기 같은 중요한 물건들을 가지러 아파트에 갈 때도 마찬가지였다. 그레이 씨네 집으로 돌아오는 택시 안에서도, 나중에 엄마, 엠마와 함께 스크래블 보드게임을 할 때도, 피터가 아래층에 내려왔다가 거실에 있는 세 사람을 보고 자기 방으로 되돌아갈 때도 밴은 손에서 상자를 놓지 않았다. 심지어 다 함께 저녁을 먹기 위해 식탁에 둘러앉았을 때도 무릎 위에 상자를 올려놓고 있었다.

그레이 씨는 이상하다는 듯 쳐다보더니 마침내 밴에게 물었다.

"상자에는 뭐가 들었니, 지오바니?"

"그냥…… 수집품 중 하나예요."

밴이 말했다.

"네 멍청한 수집품을 훔치고 싶어 하는 사람은 아무도 없어."

피터가 투덜거렸다.

"피터."

그레이 씨가 말했다.

"왜요?"

피터는 아빠를 보며 얼굴을 찡그렸다.

247

"아마 내 말을 듣지도 못할걸요."

"다 들려."

밴이 조용히 말했지만 아무도 밴의 말을 듣지 않는 않았다.

저녁 식사를 마치고 피터는 서둘러 위층 방으로 올라갔다. 엠마는 접시들을 치웠고, 엄마는 그레이 씨와 남아서 디저트를 먹었다. 두 사람이 오페라 쪽 친구들에 대해 이야기를 나누는 동안 밴은 상자를 들고 조용히 일어나 살금살금 위층 손님방으로 향했다. 레미가 잘 있는지 확인하기 위해 밴이 뚜껑을 열자 레미가 꾸벅꾸벅 졸고 있었다. 밴은 상자를 카운터에 올려놓고 보청기를 뺀 다음 옷을 벗고 샤워를 하러 갔다. 수백 군데 아파트와 호텔에서 씻어 본 터라, 밴은 그레이 씨네 욕실의 근사한 샤워기를 트는 법을 금세 파악했다. 따뜻한 물줄기를 맞고 있자니 페블의 경고도 물에 씻겨 내려가는 것 같았다.

'페블이 틀렸을지도 몰라. 아무도 안 올지 몰라. 어쩌면 그냥 겁주기 위한 속임수였을 수도 있잖아. 레미를 넘기거나 팔보그 씨의 비밀을 털어놓게 하려고. 똑똑하게 굴고 조심하면서 겁먹은 모습을 보이지만 않으면 돼.'

밴은 두렵지 않았다. 둔 다 둔 뜬, 둔 다 둔……. 밴은 물줄기를 맞으며 혼자 흥얼거렸다. 눈을 감고 얼굴을 벅벅 문지르는데 샤워 커튼 너머로 어두운 물체가 훅 지나갔다. 밴의 눈이 커졌다. 비누 때문에 따가웠지만 깜빡일 수 없었다.

"저기요?"

밴이 작은 소리로 말했다. 누군가 대답했을 수도 있지만 밴의 귀에는 들리지 않았다. 그림자는 더 이상 보이지 않았지만 밴은 기다렸다. 삼십까지 세는 동안 물방울이 얼굴에 튀어도 눈을 깜빡일 수 없었다. 아무것도 없었다. 밴은 긴장을 풀고 다시 샤워기로 돌아가 비누를 씻어내고 샴푸를 집었다. 둔 다 둔 둔……. 샤워 커튼 너머 또다시 그림자 하나가 지나갔다. 거의 알아차릴 수 없을 정도로 살짝 커튼이 흔들렸다. 밴은 한쪽 눈을 떴다. 언뜻 어두운 형체가 뒤로 물러나는 듯했다. 마치 병에서 쏟아진 것이 다시 병 안으로 들어가는 것 같았다. 밴은 샤워 커튼을 잡고 확 젖혔다. 피터나 그레이 씨, 엠마가 보고 있지 않기를 바랐지만 어쩔 도리가 없었다. 하지만 아무도 없었다. 욕실 세면대 옆에는 밴의 보청기가 그대로 있었다. 상자는 안전하게 닫혀 있었다. 밴은 심호흡을 했다. 이번에도 밴의 상상일 뿐이었다. 최대한 빨리 샤워를 마친 밴은 그레이 씨네 폭신한 수건으로 몸을 닦고, 가장 덜 부끄러운 잠옷을 입고 슬리퍼를 신었다. 밴은 상자를 단단히 두 팔로 끌어안고 복도를 지나 빨간 손님방으로 갔다. 방문을 닫고 블라인드를 쳤다. 방 안 구석구석을 확인한 다음 침대 한가운데 앉아서 뚜껑을 열었다. 상자는 비어 있었다.

22
또 하나의 부러진 뼈

밴은 침대에서 내려와 문 쪽으로 달려갔지만 복도에는 아무도 없었다. 블라인드를 올리고 창밖을 확인했지만 일 층 뜰과 덩굴로 뒤덮인 벽 뒤쪽, 집 앞 골목까지 밴의 시야에 걸리는 것이 없었다. 그 어디에도 없었다. 밴은 두 주먹을 꽉 쥐었다. 맥박이 고동쳤다. 혈관이 벌침에 쏘인 것처럼 속에서부터 따끔거렸다.

'내가 할 수 있는 게 뭐가 있지?'

밴은 아무에게도 방금 일어난 일을 말할 수 없었다. 적어도 여기 있는 사람들한테는. 그러려면 다른 불가능한 일들을 너무 많이 설명해야 했다. 그렇다고 소원을 먹는 자를 이대로 보낼 수는 없었다. 누가 데려갔는지, 어디로 데려갔는지 알고 있는데 가만히 있을 수 없었다.

밴은 창문을 밀어올리고 고개를 내밀었다. 손님방 창문 아래로 넓은 석조 창턱이 있었다. 창턱은 집 뒤까지 이어졌고, 식당 창문 위에서 좀 더 넓어졌다. 걱정 때문에 단념하게 될까 봐 밴은 일단 한쪽 다리를 창틀에 올리고 슬리퍼 신은 발로 창턱을 디뎠다. 페블도 아마 어젯밤 이렇게 했을 것이다.

'페블도 했는데 내가 못할 이유가 있어?'

밴은 건물 외벽에 등을 기댄 채 난간 위에 서서 균형을 잡았다. 두려울 정도로 지면과 떨어져 있었다. 다시 안으로 기어들어 가고 싶었지만, 어디로 가는지도 모르고 겁에 질린 채 끌려 다니고 있을 작은 레미를 생각하며 겨우 참을 수 있었다. 밴은 벽에 바짝 붙어서 게걸음으로 움직인 끝에 폭이 좀 더 넓은 곳에 이르렀다. 뒤돌아서 두 손과 무릎을 바닥에 대고 엎드린 채 가장자리까지 조금씩 뒤로 기어갔다. 마지막에는 양손으로 창턱을 잡고 매달릴 셈이었다. 그리 높지 않은 곳에서 떨어지기 위해서였다. 그렇게 생각하려고 애쓰면서 한쪽 다리를 시작으로 다른 한쪽 다리까지 모두 창턱 아래로 뻗었다. 밴은 양손으로 석조 창턱을 꽉 붙잡고 몸을 뒤로 확 젖혔다. 밴의 몸이 젖은 풍향계처럼 식당 창문 밖에 매달렸다. 그레이 씨와 엄마가 있는 곳이었지만 다행히 둘 다 창문을 등지고 있었다.

밴은 심호흡을 하고 양손을 놨다. 땅에 두 발로 착지할 때의 통증이 슬리퍼를 뚫고 정강이까지 솟구쳤다. 아픔을 참지 못하고 작게 윽 소리를 내고 말았지만 통증을 느낄 새가 없었다. 잔디밭을 가로질러 뛰어간 밴은 커다란 돌 화분을 이용해 다시 한 번 뒤뜰 담장을 넘었다.

밴은 황혼에 물든 도시를 질주했다. 여러 구역을 스치듯 지나쳤다. 피곤에 지친 다리와 양쪽 폐가 아파 왔지만, 피터네 집으로 돌아가서 겪을 문제들은 생각하지 않았다. 작은 레미 말고는 아무것도 생각하지 않았다.

헐떡이던 밴은 하얀 저택 앞에 다다라서야 팔보그 씨가 집에 없다는 사실을 기억해 냈다. 쿵쾅대는 심장이 철렁 내려앉았지만 혼자서도 할 수 있는 일이 분명 있을 거라고 생각했다. 소원 한두 개 정도의 도움만 받을 수 있어도 참 좋을 텐데 싶었다. 진입로를 벗어난 밴은 울타리 안쪽으로 들어갔다. 무성한 잎들 사이로 몇몇 창문에서 새 나오는 불빛이 보였다.

'팔보그 씨가 집에 일찍 돌아왔을 수도 있어. 그렇지 않다고 해도, 뒤쪽 창문으로 들어가 숨겨진 방까지 갈 수 있을까……'

밴은 갑자기 누군가에 의해 발이 휙 들리는 것과 거의 동시에 몸이 뒤로 젖혀지면서 잔디밭에 쾅 하고 부딪혔다. 등이 아팠다. 누군가가 밴을 내려다보고 있었다. 어둑한 가운데, 밴은 우락부락한 얼굴을 간신히 알아볼 수 있었다. 한스. 한스의 입술이 움직였다. 두근대는 심장과 헐떡이는 호흡을 뚫고 말소리가 쏟아졌지만, 밴은 하나도 알아들을 수 없었다. 피터네 화장실 선반에 보청기를 두고 왔다는 사실을 깨닫고 낙담했다.

"도움이 필요해요."

밴이 헐떡이며 말했다. 한스는 따뜻하고 굳은살 박인 손을 내밀어 밴을 일으켜 세웠다. 투박한 억양으로 뭐라고 하는데 어두워서 입술을 읽을 수 없었지만 한스가 정문을 보며 손짓을 했고 밴은 그게 무슨 뜻인지 알 것 같았다.

밴은 한스를 따라 집 안으로 들어갔다. 게르다는 검은색과 흰색으로 된 넓은 주방에 앉아 차를 마시고 있었다. 하얀 사각 테이블 위에 우편물을 놓고 정리하는 중이었다. 레나타는 그 옆에서 봉투 더미 위에 누워 있었다.

한스와 밴이 들어가자 둘 다 시선을 들었다. 놀란 게르다는 두 눈을 크게 떴지만 레나타는 여느 때처럼 지루해 보였다. 게르다가 의자에서 일어났다. 밴에게 앉으라는 손짓을 하며 "…… 위해서 해 줄 것이?"로 끝나는 어떤 말을 했지만 밴은 그대로 서 있었다.

"팔보그 씨가 여기 안 계실 거라는 걸 깜빡했어요."

밴은 조심스럽게 말하는 동안 게르다와 한스는 서로 눈빛을 주고받았다.

"팔보그 씨가 내게 빌려준 게 있는데 누군가 훔쳐갔어요. 그들이 그걸 해치지 않을까 걱정이에요."

말하고 있는데 점점 단단하고 끈적끈적한 덩어리가 목구멍에 생기는 것 같았다. 밴은 마른침을 꿀꺽 삼켰다.

"혹시…… 팔보그 씨의 다른 걸 이용해서 되찾을 수 있지 않을까 생각했어요."

게르다와 한스는 다시 한 번 시선을 교환하더니 게르다가 밴을 향해 몸을 기울였다.

"작은 상자를 고르렴. 그리고 아주 주의 깊게 소원을 빌어."

밴이 놀라서 움찔하자 게르다가 살짝 미소를 지었다.

"우리는 집만 관리하는 건 아니야."

한스는 밴을 데리고 서둘러 숨겨진 방으로 갔다. 그리고 잠긴 문을 열고 밴을 돌아보며 말했다.

"게르다와 내가 같이 가줄 수도 있지만, 우리가 가면 그들이 알아볼 거야."

"알아본다고요?"

밴이 한스의 말을 되뇌었다.

"수집가들이 두 분을 알고 있나요?"

"응. 우리에 대해 다 알고 있어. 안타깝게도."

한스가 문 안으로 손을 뻗어 불을 켠 다음 방 안을 둘러봤고, 밴은 그 모습을 지켜보았다. 거미나 박쥐가 있는지, 또 없어진 상자는 없는지 확인하는 듯했다. 한스는 성큼성큼 방을 가로질러 가더니 잠긴 트렁크를 열고 위시본 두 개를 꺼냈다.

"뼈를 하나 더 가져 가. 혹시 모르니."

한스는 밴에게 뼈 두 개를 건네주고 마지막으로 방 안을 한 번 홀끗 둘러본 뒤 문을 닫고 나갔다. 밴 혼자 남았지만 정말로 혼자는 아니었다. 줄지어 늘어선 상자들에 둘러싸여 있던 밴은 천천히 원을 그리며 돌았다. 수백 마리의 생명체들이 잠들어 있는 상자에서 조용하고 희미한 숨소리가 느껴졌다. 밴은 위시본 하나를 들었다. 희미한 숨소리들이 조금씩 빨라진 듯했다. 밴은 방 안 공기가 금세 달라진 것을 느꼈다. 먹이 냄새를 맡았는지 소원을 먹는 자들은 깨어 있었다. 사방에서 굶주린 생명체들이 밴을 둘러싸고 있었다. 밴은 페블이 들려준 흰개미 떼 이야기가 기억났지만 한 마리 정도는 위험하지 않다고 생각했다. 하나면 충분했다. 밴은 남은 위시본 한 개를 주머니에 넣고 가장 낮은 선반에서 가장 작은 상자를 집어 들었다. 바닥에 앉아 뚜껑을 열자 뭔가가 한쪽 구석에 웅크리고 있었다. 처음에는 빈 상자인 줄 알았는데 뱀처럼 기다란 생명체가 눈에 들어왔다. 밴이 지켜보는 가운데 웅크린 몸이 쭉 펴지는 순간 여러 쌍의 짧은 다리들과 늑대처럼 날카로운 인상의 얼굴이 나타났다. 녀석은 작고 뿌연 혀를 입 밖으로 늘어뜨린 채 부드럽게 헐떡거렸다.

"안녕. 너한테 줄 게 있어."

밴이 부드럽게 속삭였다. 늑대 벌레는 더 세게 헐떡였다. 밴은 차마 녀석이 손 위로 기어오르게 할 수 없었다. 저 뭉툭한 다리들이 손바닥 위를 기어 다닌다고 생각만 해도 레몬주스를 한 모금 삼킨 기분이었다. 밴은 상자를 내려놓고 그 위로 고개를 내밀었다. 위시본을 잡고 부러뜨릴 준비를 하다 주저했다. 밴은 지금껏 자신이 빈 소원들을 떠올렸다. 그중 절반은 멋지게 성공했지만 절반은 잘못되었다. 그리고 마지막 소원은 엄마를 거의…… 밴은 다음 단어를 생각조차 할 수 없었다. 신중해야 했다. 엄청나게 신중해야 했다. 당장 생각할 수 있는 가장 작고 가장 제한적인 소원을 빌어야 했다. 처음 빈 소원 두 개와 비슷한 소원. 모두가 안전한 소원을 생각했다. 밴은 위시본을 단단히 붙잡았다.

'난 아무에게도 눈에 띄지 않고 저장소에 들어가고 싶어.'

뼈가 부러지면서 흰 연기가 흘러내렸다. 늑대 벌레가 흰 연기를 핥아먹는 모습은 마치 정원 호스에서 흘러나온 물을 받아먹는 강아지 같았다. 공기가 축축해지면서 밴은 피부에도 이슬이 맺히는 느낌이 들었다. 약하지만 머리카락 한 올 한 올까지 시원함을 느꼈다. 밴의 눈썹 끝에서는 뭔가가 반짝였다. 이슬은 금세 사라졌지만, 밴은 뭔가 달라진 기분을 느낄 수 없었다. 방 안을 둘러봤지만 바뀐 게 없었다. 지난번처럼 밴을 태워 줄 썰매도 없었다. 어쩌면 흰 사슴 때처럼 소원이 이뤄진 증거를 나중에 찾을 수 있을지 모른다고 생각했다. 밴은 꼭 그렇게 되길 바랐다.

늘대 벌레 상자의 뚜껑을 닫고 제자리에 가져다 놓은 뒤 밴은 문간에서 다시 머뭇거렸다. 밴은 지금까지 한 번도 청력이 완벽해지기를 바란 적이 없었다. 마치 손가락이 하나 더 생기기를 바라거나 이가 좀 더 있었으면 하고 소원을 비는 것과 마찬가지였다. 그만큼 익숙했다. 보청기가 어떻게 작동하는지, 어떻게 사용하면 되는지 밴은 모두 다 알고 있었다.

'하지만 오늘 같은 밤에 보청기도 없이 칠흑같이 어두운 지하실에 들어간다면…….'

밴은 뒤로 돌아 두 걸음 만에 선반 앞으로 다시 돌아갔다. 작은 종이 상자를 꺼냈다. 상자 안에는 아기 곰을 닮은 생명체가 있었다. 고개를 들고 밴을 바라보며 커다란 두 눈을 깜빡였다. 사람 눈과 비슷했지만 주둥이는 돼지와 비슷했다. 밴은 주머니에서 여분의 위시본을 꺼냈다. 소원을 먹는 자는 똑바로 앉아 간절히 코를 쿵쿵거렸다.

밴은 위시본의 연약한 양쪽 끝을 잡았다. 밴은 거창한 것을 바라지 않았다. 특별한 능력을 바란 것도 아니었다. 그저 하룻밤 동안 평범한 열한 살 아이처럼 들을 수 있기만을 원했다. 뼈가 부러졌다. 밴은 그 소리가 실제로 들렸다는 사실을 깨달았다. 본능적으로 두 손을 귀에 갖다 댔지만 작은 플라스틱 보청기는 없었다. 귀의 소용돌이 모양 부분을 손끝으로 쓰다듬는 소리가 들렸다. 몸이 떨렸다. 고개를 돌리자 옷깃이 머리카락에 쓸리는 소리가 났다. 깜짝 놀라 내뱉는 숨소리가 짜증 날 만큼 컸다. 정신을 분산시킬 정도로 크게 들렸다. 머리 위에서 뭔가가 딸랑거렸다. 고개를 들어 보니 천장의 유리 샹들리에가 돌아가고 있었다. 방 안에서 움직이는 건 샹들리에뿐이었다. 빙글빙글 돌면서 양옆으로 흔들리고 있었다. 천장을 올려다보던 소원을 먹는 자가 엉덩이와 어깨를 살짝 움직였다. 안 개처럼 뿌연 털이 흔들렸고, 밴과 소원을 먹는 자가 지켜보는 가운 데 샹들리에 불빛이 변하기 시작했다. 물처럼 파란색으로 어두워졌 다가, 옅은 녹색으로 변했다가 선명한 자홍색으로 변했다. 딸랑거 리는 소리가 커지면서 리드미컬한 노래가 깔리기 시작했다. 붐 붐 붐 쿵 붐, 붐 붐붐 쿵 붐……. 밴은 움찔했다. 커진 소음이 거친 담 요처럼 짓누르는 기분이었다. 소원을 먹는 자도 몸이 좀 더 큰 것 같았다. 불안해진 밴은 서둘러 상자 뚜껑을 덮으려고 했지만, 소원 을 먹는 자는 한층 선명해진 작은 몸으로 낑낑대며 저항했다. 샹들 리에가 보라색으로 번쩍였다. 샹들리에의 기다란 유리 조각이 댕 댕댕 울렸고, 사방에서 동시에 붐 붐붐 쿵 붕! 음악 소리가 들려왔 다. 샹들리에가 재빨리 부드럽게 내려오기 시작했다. 샹들리에를 천장에 연결한 사슬이 거미줄처럼 길어졌고, 음악 소리는 더욱 커 졌다. 바닥에서 일 미터 높이까지 내려오자 샹들리에는 그 자리에 서 또 흔들리기 시작했다. 앞뒤로 점점 더 빨리, 방 끝에서 끝까지 길게 호를 그리며 움직였다. 댕댕 댕! 붐 붐붐 쿵! 보라색에서 빨간 색으로 확 변한 순간 샹들리에가 더욱 세차게 흔들렸다. 깨지기 쉬 운 길쭉한 유리 장식이 양쪽 선반에 거의 부딪힐 정도였다. 밴의 머 리 바로 위에서 공기를 가르며 휙 지나갔다. 그 소리가 들릴 만큼 가까운 거리였다.

"멈춰! 이러다 깨지겠어!"

밴이 화난 목소리로 말했다. 하지만 소원을 먹는 자는 계속 뚜껑 을 밀어내며 미소 띤 작은 얼굴로 불빛을 쫓았다. 샹들리에가 반대편 벽 쪽으로 휙 흔들리며 아슬아슬하게 선반을 비껴갔다. 뒤틀린 그림자들이 샹들리에 뒤에 남았다. 다시 밴 쪽으로 돌진했다. 밴이 바닥에 엎드리자마자 샹들리에가 방금 전까지 밴의 머리가 있던 곳을 지났다. 보송보송한 팔로 뚜껑을 밀어내는 소원 먹는 자를 막기 위해 밴은 상자 위로 체중을 전부 실으며 외쳤다.

"그만!"

밴이 도와 달라고 비명을 지르기 직전, 녀석은 균형을 잃고 옆으로 넘어졌다. 밴은 그 순간을 놓치지 않고 뚜껑을 밀어 상자를 닫았다. 음악 소리가 그치고 샹들리에 불빛이 점차 희미해지면서 흰색으로 돌아왔다. 마지막으로 한 번 더 흔들린 다음에는 잠잠해졌다. 부드러운 딸깍 소리와 함께 밑으로 내려왔던 사슬이 다시 천장으로 돌아가면서 샹들리에도 따라 올라갔다. 모든 게 예전으로 돌아갔다. 밴은 상자를 선반에 밀어 넣고 깔개 위에 털썩 주저앉았다. 묵직한 숨소리가 귀를 가득 메웠다.

밴은 이런 일이 일어나기를 바란 게 아니었다. 모형무대 위 장난감들이 살아 움직이기를 바라지 않은 것처럼. 팔보그 씨의 멋진 샹들리에가 산산조각 날 수도 있었다. 깨진 작은 유리조각이 밴을 벨수도 있었다. 그렇게 되면 원상복구를 위해 또 다른 소원을 써야할 텐데, 그랬다가 또 어떤 일이 일어날지 누가 알겠는가. 밴의 마음속에서 커널의 말이 속삭이듯 들려왔다.

'소원은 통제하기가 대단히 어려워.'

레미가 슈퍼 밴을 가지고 놀았던 건 재미있었지만 이번에는 무서웠다. 축제에서 놀이기구를 탔는데 멈춰 줄 사람이 아무도 없다는 걸 깨달았을 때와 비슷했다. 토할 것 같았다. 밴은 비틀거리면서 일어났다. 앞으로 어떤 현실이 펼쳐질지 몰라 두려웠다. 문 앞까지 가던 도중 걸음을 멈췄다. 여분의 위시본이 없으니 무장하지 않은 상태나 마찬가지였다. 보호받지 못한다고 생각하니 밴은 더욱 외로웠다. 하지만 또다시 소원을 먹는 자를 이용하지 않겠다고 다짐했다. 절대로. 피치 못할 경우가 아니면. '그럼 피치 못할 경우에는?'

밴은 가죽 트렁크가 있는 곳으로 달려갔다. 혹시라도 자물쇠를 열어 볼 수 있지 않을까 싶었는데 뚜껑을 살짝 밀자 휙 열렸다. 한스가 깜빡하고 잠그지 않은 모양이었다. 아니면 일부러 잠그지 않았는지도 모른다.

밴은 트렁크 안으로 손을 넣어 완벽한 모양의 끝이 뾰족한 위시본 하나를 골라 잠옷 주머니에 넣었다. 그리고 서둘러 방을 나와 구불구불한 복도를 지나 저택에서 가장 큰 계단을 내려왔다. 급히 모퉁이를 돌면서 언뜻 흰색 양복을 본 것 같았지만 다시 돌아보니 사라지고 없었다. 밴은 애초에 자신이 잘못 봤는지 모르겠다고 생각했다. 복도를 절반쯤 지났을 때 또 다른 물건이 떠올랐다.

"한스? 게르다?"

밴은 부엌 쪽으로 다시 달려가 물었다.

"손전등을 빌릴 수 있을까요?"

잠시 후 밴은 대문을 나와 어두운 밤 속으로 달려갔다. 잠옷 주머니 안의 작은 손전등과 위시본이 움직이며 달그락거렸다.

23
짐승

밤하늘 아래 도시 수집 대행사는 우중충한 곳에 웅크리고 있었다. 밴은 문을 밀고 사무실 안으로 들어갔다. 잠시 벽에 기대 숨을 헐떡이는 동안 아무 소리도 들리지 않는 고요함 속에 자신을 내버려 두었다. 머리가 지끈거렸다. 시끄럽고 요란한 거리의 소음이 여전히 머릿속에서 울려댔다. 막상 소리를 듣게 되니 불편해서 못 견딜 정도였다. 밴은 이런 스스로가 나약하다고 느꼈다. 마치 피부가 한 겹 벗겨진 채로 걸어 다니는 느낌이었다. 오는 내내 자신을 태워줄 뭔가가 마법처럼 나타나지 않을까 기대하며 친절한 용이나 범퍼카 등을 떠올렸지만 밴의 소원은 그런 식으로 나타나지 않았다. 게다가 저장소 안에 들어갈 수 있게만 해달라고 빌었으니 나머지는 스스로 해결해야 했다.

귓속의 맥박 소리가 잠잠해졌다. 밴은 안쪽 문으로 살금살금 다가갔다. 돌계단에는 아무도 없었다. 비둘기 떼는 물론이고 분주히 돌아다니던 쥐들마저 보이지 않았다. 계단 아래로 녹색 불빛이 보이자 밴은 재빨리 내려갔다. 방 입구에 도착해 안을 들여다보는데 싸늘한 기운이 느껴졌다. 수집가들이 쫙 깔려 있었다. 짙은 구름이 별똥별을 가린 탓에 유달리 할 일 없는 밤인 듯했다. 짙은 색 롱 코트를 입고 서성이는 사람들로 가득했고, 함께 웃으며 이야기를 나누고 있었다.

밴은 계단 위 그늘진 구석에 몸을 숨겼다. 운 좋게 계단을 날아온 갈까마귀가 밴이 숨은 곳 바로 옆을 아슬아슬하게 지나쳤다. 까악 소리가 밴의 귀를 후벼 팠다. 또 다른 소리-인간의 목소리-가 뒤따랐다.

"여기 좀 도와줘!"

수집가들이 모두 뒤를 돌아보았다. 짙은 색 코트를 입은 사람이 달려 나왔는데 팔에 깃털과 털이 조금 묻어 있었다.

"님을 데려와! 심각해!"

수집가들 몇 명이 뛰어왔고, 밴의 머릿속에서 발소리가 요란하게 울렸다.

"누구야?"

누군가 외쳤다.

"루디고어야. 개한테 당했어."

처음 본 남자가 숨을 헐떡이며 말했다. 여기저기서 헉하는 소리가 터져 나왔다.

"개라고?"

"커다란 셰퍼드야. 우린 벤티 공원 분수를 지켜보고 있었는데……."

사람들이 잔뜩 몰려들었고, 몇몇 사람이 옆으로 이어지는 복도 가운데 하나로 남자를 서둘러 데려갔다. 남자의 팔에는 너구리의 것으로 보이는 줄무늬 꼬리가 매달려 있었다. 축 쳐져 있었다. 속이 뒤틀리는 것 같았다. 다친 너구리가 자신에게 감자튀김을 권했던 그 너구리인지 알 길이 없었지만 그럴 가능성도 충분해 보였다.

'내가 빈 소원 때문이었을까? 내가 수집가들 눈을 피해 저장소로 내려갈 수 있게 저 불쌍한 너구리가 사람들의 시선을 끌고 있는 걸까?'

밴은 고개를 갸우뚱했다. 자신이 할 수 있는 일이 뭐가 있을지 생각해 봤지만 누군가의 부상을 예방하기엔 너무 늦은 것 같았다. 밴이 부상당한 너구리를 도울 길은 없었다. 그저 또 다른 불쌍한 생명을 구하는 노력을 할 수 있을 뿐.

'기회는 지금뿐이야.'

밴은 전속력으로 돌진했다. 계속 아래로 내달렸다. 지도들이 있는 방을 지나 묵직한 검은 책들이 있는 달력 방을 지났다. 발소리 때문에 집중력이 흐트러질 때도 있었지만 무사히 양쪽으로 열리는 커다란 문이 있는 계단참을 지났다. 어둠은 더욱 짙어지고 공기는 더욱 차가워져 갔다. 밴은 계속 내려갔고 마침내 발걸음이 느려지기 시작했다. 너무 어두워져서 한 치 앞도 보이지 않게 되자, 밴은 주머니에서 손전등을 꺼내 켰다. 빛줄기는 작고 가늘어서 정면을 비추면 아무것도 보이는 게 없었다. 마치 젓가락으로 우물 바닥을 건드리는 것과 마찬가지였지만 밴은 괜찮다고 생각했다. 레이저나 그 부하들에게 신호를 보내고 싶지 않았기 때문이다. 불빛을 아래로 향하게 하자 돌계단 위로 작고 희미한 얼룩들이 생겨났다. 밴은 눈과 귀에 신경을 집중하고 그 빛을 따라 한 걸음씩 내디뎠다. 이번에는 아무도 밴을 덮치지 못하리라 생각하면서.

계단참에 다다랐을 때 어둠을 찢는 포효 소리가 울렸다. 그 어느 때보다 가까운 거리였다. 밴의 귀에 천 배는 더 크게 들렸다. 포효가 계단을 진동시키면서 그 울림이 밴의 뼈까지 전해졌다. 머리가 지끈거리고 폭죽이 터지는 것 같았다. 밴은 본능적으로 보청기를 빼려고 손을 올렸지만 보청기는 없었다. 이 끔찍하고 모든 것을 뒤덮는 소음에서 탈출할 길이 없었다. 밴은 이를 악물고 난간을 꼭 쥔 채 기다렸고, 마치 어두운 하늘에 연기구름이 퍼지듯 포효가 천천히 부드럽게 잦아들었다. 밴은 지금까지 화를 낸 적이 별로 없었다. 사실 정말 드물게 일어나는 일이라 밴은 지금 느끼는 감정을 거의 알아차리지 못할 뻔했다. 갑자기 순식간에 불꽃처럼 거친 것이 밴의 마음을 가득 메웠다. 벽돌 벽을 때려서 산산조각 낼 수 있을 것 같았다.

'슈퍼 밴이 되면 이런 느낌일까?'

조금은 비슷할 거란 생각이 들었다.

'대체 수집가들은 레미처럼 힘없고 약한 생명을 어떻게 이런 구덩이 속에 가둘 수 있을까? 그것도 얼어붙을 듯 춥고 포효하는 괴물들로 가득한 이런 곳에 어떻게 감히.'

더 이상 어둠이 무섭지 않았다. 밴은 계단을 따라 빠르게 내려갔다. 아예 손전등을 꺼서 주머니에 넣었다. 계단을 하나하나 확인하는 것은 속도를 늦출 뿐 전혀 도움이 되지 않았다. 계단 층 하나를 또 지나 내려가자 넓은 돌바닥이 나왔다. 밴은 그 위를 걸어갔다. 빛은 없었다. 폭포에서 떨어지는 물처럼 차갑고 습한 공기에 둘러

싸인 채 양손을 앞으로 뻗고 용감히 나아갔다. 귀가 울렸다. 뭔가 작고 단단한 것이 발에 밟혔고 딱 소리를 내며 부러졌다. 밴은 쭈그리고 앉아 만져 보았다. 뼈였다. 밴은 확신했다. 바닥에 뼈가 잔뜩 널려 있었다. 밴은 손전등을 꺼내 작은 불빛을 비추어 보았다. 밴의 추측은 옳았다. 위시본은 아니고 작고 지푸라기처럼 가느다란 뼈들이었다. 쥐들이나 새들이 오래전에 깨끗이 발라먹은 뼈들이었다. 손끝으로 만지니 달그락 소리가 났다. 밴은 돌아서서 시선을 저 멀리 던졌다. 너무 어두워서 보이지 않았지만, 커다란 날개를 파닥거리는 소리가 들린 것 같았다. 잠시 잦아들었던 포효가 한 번 더 울리며 어둠을 흔들었다. 진동 때문에 이가 떨릴 정도였다. 밴이 서 있는 바닥에서도 진동이 느껴졌다. 아주 가까웠다. 속이 뒤틀리고 목이 메어 왔다. 누군가는 진실을 알아야 했다. 외부인. 진실을 모아서 밝은 곳으로 가져갈 수 있는 사람.

밴은 똑바로 섰다. 어둠 속 어딘가 멀지 않은 곳에서 빛나는 가느다란 띠가 보였다. 닫힌 문틈 아래에서 나오는 것 같았다. 밴은 손전등을 주머니에 넣고 어둠 속으로 돌진했다. 포효와 함께 손바닥에 얼음장처럼 차가운 금속면이 닿았고 또 한 번의 진동이 느껴졌다. 문이었다. 분명히 문이었다. 밴은 금속 걸쇠를 잡아당겼다. 끼익 문이 열렸다. 밴의 눈앞에 넓고 구불구불한 복도가 나타났다. 양쪽 벽을 따라 오렌지색 불꽃이 타오르는 등불이 줄지어 있었다. 처음에는 돌 벽이라고만 생각했는데 조금씩 걸어가면서 보니 그중 상당수는 문이었다. 벽처럼 보이도록 색칠한 회색 금속 문이었다. 봉투만큼 작은 문도, 세탁기만큼 큰 문도 있었다. 모두 두꺼운 금속 볼트로 잠겨 있었고, 문마다 들여다볼 수 있는 작은 구멍이 있는데 유리가 끼워져 있었다. 긴장한 나머지 갈비뼈까지 떨리는 느낌이었다. 밴은 몸을 굽혀 빵 상자 크기의 문에 얼굴을 들이댔다. 돌로 된 작은 방 구석에 작은 안개 뭉치가 몸을 웅크리고 있었다. 레미는 아니었다. 레미처럼 뿌연 털에 덩치도 비슷했지만 몸이 너무 길었고 여우원숭이보다는 족제비에 가까운 생김새였다. 몸을 돌릴 공간도 부족해 보였다. 장난감은 물론이고 먹이도, 창문도 없었다. 밴이 구멍으로 보고 있다는 것도 알아차리지 못하는 듯했다. 밴이 "안녕?" 하고 속삭이는 소리도 듣지 못하는 것 같았다.

밴은 옆으로 움직여 작은 문 앞으로 다가갔다. 이곳에도 작고 보송보송한 것이 바닥에 웅크리고 있었다. 이곳은 감옥이었다. 밴은 이제 알아차렸다. 수백, 수천, 어쩌면 그보다 더 많은 소원을 먹는 자들을 가두어 두기 위해 만들어진 곳이었다. 슬프고 외롭고 굶주림에 지친 작은 생명들을 가둔 감옥. 레미 또한 이곳 어딘가에 있는 게 분명했다.

밴은 그다음, 그다음 문, 또 그다음 문으로 서둘러 움직였지만, 그 문들을 일일이 확인하고 더 깊이 들어갈수록, 더 많은 문들이 끊임없이 나타났다. 밴은 모든 문을 다 확인할 일은 절대 없을 것이라고 믿으며 눈에 띄지 않게만 해달라고 빌었다. 지금은 나약하고 혼자인 데다 눈에 띄기 쉬운 상태였다. 밴은 더 빨리 움직였다. 연이어 열 개를 확인하고 스무 개나 더 확인할 동안 레미는 눈에 띄지 않았다. 밴의 맥박은 숨 쉴 틈 없이 쿵쾅거렸다. 귀가 고통스러울 지경이었지만 그 덕분에 바닥이 가파른 각도로 내려가기 시작한 것도, 양쪽 문들이 점점 커지고 있다는 사실도 거의 알아차리지 못하고 있었다.

복도 끝 어딘가에서 또다시 시작된 포효가 울려 퍼졌다. 갑자기 들이닥친 진동에 밴은 꼼짝할 수 없었다. 어찌나 세게 흔들리는지 거의 넘어질 뻔했다. 위에 있는 수집품들까지 흔들릴 정도였다. 밴이 있는 곳에는 소리를 흡수하는 벽이나 계단이 없었다. 포효가 훨씬 크게 들릴 뿐 아니라 왠지 위에서 듣던 것과 다르게 들렸다. 더 화나고 거친 소리였다. 밴의 귀에는 거의 단어처럼 들렸다. 포효가 잦아들자 밴은 앞으로 달려가다 바닥에 미끄러질 뻔했으나 잠깐 비틀거리다 두 팔을 뻗어 간신히 균형을 잡았다. 기울어진 바닥은 계단으로 바뀌었고, 발밑 얕은 돌계단은 엄청나게 넓고 탁 트인 둥근 방으로 이어졌다. 밴은 로마에서 엄마와 함께 고대 경기장 콜로세움에 갔던 기억이 떠올랐다. 자연스럽게 콜로세움이 떠오르는 방이었다. 물론 다른 점이 더 많았다. 이곳은 지하였고, 가장자리에는 아치문과 돌 의자가 아닌 문들이 죽 늘어서 있었다. 엄청나게 큰 문이었다. 작은 트럭 두 대가 나란히 지나다닐 수 있을 만큼 거대했다.

수집가 십여 명이 돌바닥 위에 둥글게 모여 서 있었다. 그들은 날카로운 못과 은색 그물을 들고 있었다. 밴을 등지고 원 중심에 서 있는 거구의 남자는 흉터 난 양손에 번쩍이는 갈고리를 하나씩 들고 있었다. 레이저였다. 그리고 그 앞에 서 있는 것은 밴이 이제까지 본 것 중 가장 끔찍한 것이었다. 포효하며 부르르 떨고 있는 거대한 짐승은 악어를 늘려놓은 듯한 생김새였는데 가차 없이 꼬리를 휘둘러 댔다. 세모꼴 머리를 하고 말도 안 되게 길쭉한 주둥이에는 삐죽삐죽한 바늘 모양의 이빨들이 가득했다. 뿌연 회색 피부는 생기가 하나도 없어 보였다. 시내버스보다 커다란 몸집이 주변 사람들을 작은 플라스틱 장난감처럼 보이게 만들었다. 짐승은 또 한 번 고막을 찢을 듯 포효했다. 밴의 귀에도 들렸는데 분명히 '안돼' 라고 하는 것 같았다. 짐승은 휘두른 꼬리에 맞은 세 사람이 뒤로 나자빠졌다. 레이저가 갈고리를 휘두르며 옆으로 돌진하자 짐승이 뒤로 물러서며 화가 난 듯 으르렁거렸다.

"내 왼쪽으로! 스티치! 키! 엄호해!"

레이저가 외쳤다. 그런데 짐승이 갑자기 행동을 멈추고 냄새를 맡는 것처럼 킁킁거렸다. 돌변한 짐승을 지켜보느라 수집가들은 자리에 쭈그리고 앉았다. 짐승은 커다란 머리를 획 돌리면서 경기 장 안 여기저기 냄새를 맡았다. 그러다 계단 쪽 밴이 서 있는 곳을 주시했다. 짐승이 똑바로 쳐다보는 순간 밴은 숨도 제대로 쉴 수 없 었다. 잠시 짐승도 숨을 멈춘 듯했다. 하얀 공처럼 생긴 두 눈으로 쳐다보는 중이었다. 밴은 짐승이 자신을 보고 있다는 것을 깨달았 다. 속까지 들여다보고 있었다. 짐승이 또 울부짖으며 달려들었다. 밴은 획 뒤를 돌아 슬리퍼를 신은 채로 경사진 복도를 마구 달렸 다. 연신 비명 소리를 질렀다. 다른 사람이 듣든 말든 상관없었다. 바로 뒤에서 짐승이 계단을 마구 올라왔다. 바닥이 흔들렸다. 굶주 린 듯 씩씩거리는 숨소리가 들렸다. 밴은 더 빠르게 움직이며 흘깃 돌아보았다. 짐승의 뿌연 몸이 복도를 꽉 메웠다. 간격이 점차 좁혀 지고 있었다. 짐승이 돌진하자 감방 문들이 덜컹거렸다. 벽에서 타 오르던 등불이 깜빡거렸다.

밴은 그 어느 때보다 빨리 뛰었다. 짐승이 점점 가까워지는 게 들렸다. 느낄 수 있었다. 축축한 한기가 발목 주위를 감쌌다. 저장 소의 문을 힘겹게 미는데 무지막지한 힘이 밴을 잡고 앞으로 내던졌다. 밴은 어둠 속으로 곧장 날아갔다. 바닥에 배부터 떨어진 밴은 모래와 부서진 뼈들 위로 미끄러졌다. 손바닥이 따가웠고 숨이 턱 막혔다. 주머니의 위시본이 허벅지를 찔렀다. 심장이 마구 뛰었다. 쌕쌕거리며 숨을 쉬는데 뒤쪽 어디에선가 짐승이 다시 으르렁거렸다. 그 소리가 너무 시끄러워서 토할 것 같았다. 이 끔찍한 소리와 그로 인해 생긴 기억들을 모조리 다 끄집어내고 싶었다. 숨부터 쉬어야 했다. 밴은 시야를 가리며 터지는 불꽃놀이를 보기 위해 애를 쓰며 몸을 뒤집었다. 열린 문으로 느릿느릿 짐승이 걸어 나왔다. 검은 화면 속 하얀 줄처럼 어둠 속에서도 빛이 났다. 이빨이 번쩍였다. 뿌연 눈은 깜빡이지 않았다. 밴은 뒤로 허겁지겁 물러났지만 숨을 곳도, 시간도 없었다. 뭔가 차갑고 반짝이는 것이 빈 공간을 채웠다. 차가운 안개 사이로 짐승이 달려왔다. 뾰족한 주둥이의 턱이 크게 벌어졌다.

"지금이야!"

외치는 목소리가 들렸다. 누군가 밴 앞으로 뛰어들었다. 흔들리는 갈고리에 달린 램프에서 빛이 났다. 밴은 갈고리가 짐승의 반투명한 몸을 가르자 연기가 피어오르는 것을 지켜보았다. 짐승은 포효했다.

"그물! 내 오른쪽!"

아까 들은 목소리가 외쳤다. 어두운 코트를 입은 사람들이 그림자 속을 날아다니듯 움직이며 바리케이드를 만들었다. 갇힌 짐승은 빙빙 맴돌았지만, 사람들이 점점 밧줄로 조이며 짐승을 저장소의 열린 문 안으로 몰아넣었다. 누군가 밴의 팔을 잡아끌었다.

수집가들은 무리를 지어 짐승을 복도를 따라 몰았다. 깜빡이는 등불들을 지나서 계단 위까지 몰고 갔다. 조금 전 밴을 붙잡았던 손이 팔을 놓아 주었다.

"다 함께!"

깊은 목소리가 외쳤다.

"앞으로!"

늘어선 수집가들이 점차 전진했고, 밴은 계단 위에서 비틀거렸다. 짐승은 계단을 내려가 돌바닥으로 이동했다. 수집가들도 발맞추어 함께 이동했다. 갈고리들이 휙휙 날아다녔다. 짐승이 포효하자 돌이 부르르 떨렸다. 짐승이 몸을 돌리면서 휘두른 꼬리에 맞아 몇 명이 쓰러졌다. 다른 두 명은 짐승의 이빨에 물려 뒤로 내던져졌다. 짐승은 코로 힝힝거리는 소리를 내며 고개를 숙이다 갑자기 동작을 멈추고 뼈다귀처럼 하얀 눈으로 밴을 지켜봤다. 그리고 낮은 소리로 으르렁거렸다. 밴은 그냥 소리가 아니라 짐승이 하는 말을 들었다고 맹세할 수 있었다.

'내 거야.'

짐승은 다시 한 번 계단을 올라왔다. 온몸이 마비된 밴은 지켜볼 수밖에 없었다. 짐승이 입을 쩍 벌리고 점점 다가오고 있었다. 물리기 직전이었다. 갑자기 날아든 검은 실루엣이 밴의 앞을 막아서서 갈고리를 휘둘렀다. 두개골을 부술 것 같은 포효가 이어졌다. 사람들은 짐승을 계단으로 몰았고, 아래로 내려간 짐승은 떠밀리듯 감방 안으로 들어갈 수밖에 없었다. 쿵 소리와 함께 커다란 금속 문이 닫히자 밴은 흐느낌에 가까운 숨을 내쉬었다.

'살아 있어. 이제 안전해.'

밴 앞을 막아섰던 검은 실루엣이 뒤를 돌아봤다. 밴은 안심할 수 있었다. 레이저가 앞에 버티고 있었다. 거친 숨을 몰아쉬었지만 흉터투성이 얼굴은 오히려 차분해 보였다. 레이저는 밴이 깜짝 놀랄 만큼 부드럽게 말했다.

"괜찮니?"

"저는……."

청력이 좋아지긴 했지만, 심장이 하도 세차게 뛰는 바람에 밴은 잘 알아들을 수가 없었다.

"저게…… 저게 뭐였죠?"

모인 사람 가운데 하나가 짧게 웃음소리를 냈지만 레이저는 얼굴색 하나 변하지 않았다. 어깨띠에 갈고리들을 다시 끼워 넣으며 밴을 내려다봤다. 까맣고 밝은 눈망울이었다.

감방에 갇힌 짐승은 마지막으로 으르렁거렸지만 소리는 이전보다 훨씬 작았다. 레이저는 문 쪽을 향해 고개를 끄덕였다.

"저거? 저건 소원을 먹는 자야."

24
포식자들

"저게, 저게 소원을 먹는 자라고요?"

밴은 숨이 막힐 것 같았다.

"하지만 걔들은…… 걔들은 아주 작아 보였는데요!"

"많이 먹을수록 커지지."

레이저가 말했다.

"그리고 더 배고파하지. 주머니에 뭐가 있지?"

등불에서 나온 빛을 받아 레이저의 눈이 반짝거렸다.

"네?……."

밴은 움찔했다.

"네 주머니."

레이저는 차분한 목소리로 밴의 잠옷 바지 주머니를 가리켰다.

"네 주머니 말이야."

밴은 떨리는 손으로 주머니에서 손전등과 위시본을 꺼냈다.

레이저는 고개를 끄덕였다.

"그걸 쫓아온 거야."

수집가들 중 한 사람을 쳐다보며 말했다.

"아일렛, 이거 챙겨."

검은 머리를 총총 땋은 여자가 계단을 올라오더니 밴의 손에서 뼈를 낚아챘다. 여자가 멀어지는 것을 지켜보던 밴은 갑작스레 자신이 아주 작고 어리석었으며 위험한 만큼 운도 좋았다고 생각했다. 레이저는 팔짱을 끼었다.

"넌 페블이 데려왔던 아이지."

"밴이에요. 밴 마크슨."

밴은 침을 꿀꺽 삼켰다.

"그리고 넌 우리를 볼 수 있지."

"네. 당신이 보여요."

"그리고 그들도 볼 수 있어."

"네."

밴은 다시 침을 삼켰다.

"하지만 그…… 그렇게 큰 걸 본 적은 없어요."

"처음에는 작지. 다들 그렇듯이."

레이저는 밴의 눈을 계속 바라봤다.

"먹이를 주지 않으면 관리할 수 있는 크기로 줄어들어."

레이저의 입 모양이 조금 달라졌다. 미소 짓는 것 같았다.

"결국에는."

"그러면…… 줄어들 때까지 감옥에 가둬 놓는 건가요?"

밴이 물었다. 레이저는 사람들 쪽으로 고개를 끄덕여 보였다.

"그게 우리 일이지. 우린 그들을 억제해 두는 거야, 모두가 안전 하도록."

"그 말은…… 굶긴다고요?"

레이저는 눈도 깜빡이지 않았다.

"불이 널 태우지 못하게 한다고 해서 불을 굶기는 거라고 생각하니?"

"꼭 그런 건 아니……."

"우린 그들을 해치지 않아. 꼭 그래야 하는 게 아니면."

레이저는 갈고리 하나를 만졌다.

"소원을 먹는 자들은 날카로운 쇠를 싫어하지. 거미줄을 통과할 수도 없고. 이건 그걸로 만든 거야."

레이저가 팔에 걸친 그물 하나를 가리켰다.

"우린 녀석들을 잡아 두기 위해 도구를 사용해. 완전히 갇히고 나면 유순해지지. 그렇다고 죽이는 건 아니야. 녀석들은 죽을 수 없 는 존재들이거든."

밴은 머리가 점점 무거워졌다. 무거운 여행 가방을 어깨에 이고 있는 느낌이었다. 소음과 공포, 지금껏 보고 들은 온갖 것들이 하나로 합쳐져 머릿속에서 거대한 소용돌이를 일으켰다. 그 혼돈 속에서 밴에게 필요한 것은 찾을 수 없었다.

"그럼 그 포효는…… 쟤들은 소리를 아예 낼 수 없는 줄 알았어요."

밴이 말하자 몇몇이 웃음을 터뜨렸다. 레이저는 그런 사람들을 보며 씩 미소를 지었고 얼굴 흉터가 함께 일그러졌다.

"할 수 있어. 원하기만 하면."

레이저의 대답에 밴은 몸을 떨었다.

"다른 건 또 뭘 할 수 있죠?"

"먹이를 먹은 직후에는 거의 뭐든 할 수 있어."

"사람을 해칠 수도 있나요?"

레이저는 계속 웃고 있었다. 얼굴 흉터를 장난스럽게 두드리며 말했다.

"당연하지."

뭔가 잘못된 것 같았다.

"내 뒤를 쫓던 게…… 어떤…… 혹시 그게……."

레이저가 밴의 어깨에 손을 얹었다. 묵직한 느낌이 위로의 손길 같았다. 밴은 자신도 모르게 몸을 떨고 있었다.

"우리 잠깐 걸을까?"

레이저가 밴의 어깨에 듬직한 팔을 둘렀다. 경기장이 안 보일 때까지 복도를 따라 걷던 두 사람은 문들이 죽 늘어선 복도 중간에서 걸음을 멈췄다. 레이저가 다시 밴을 보며 말했다.

"우린 네가 왜 이곳으로 왔는지 알아."

배 속이 성난 족제비들로 가득 찬 느낌이 겨우 가셨는데, 속이 다시 뒤틀리기 시작했다.

"네가 소원을 먹는 자 하나를 데리고 있었다는 걸 알아."

레이저가 먼저 이야기를 꺼내서 밴의 입장에서는 고백이나 거짓 말을 할 이유가 없었다.

"우리가 몰수해야 했어. 네 안전과 모두의 안전을 위해서."

"하지만 레미는 정말 작아요."

말조심할 겨를도 없이 불쑥 말이 튀어나왔다.

"아주 작은 솜털 덩어리일 뿐이에요. 아무도 해치지 않을 거예요."

"넌 그렇게 생각하겠지. 하지만 소원을 먹는 자가 무엇을 할지 정확히 예측할 수 있는 사람은 없어. 어떻게 소원을 들어줄지, 어떻게 변할지, 또 먹이를 먹고 힘이 세지면 어떻게 행동할지에 대해서는 아무도 몰라."

레이저는 검은 눈으로 밴의 눈을 들여다보았다.

"그럴 때 어떤 일이 일어나는지 넌 봤지. 안 그래?"

밴은 지난번에 슈퍼 밴이 날아다니던 모습을 떠올렸다. 팔보그 씨 집의 샹들리에가 흔들리던 게 기억났다.

"녀석들은 더 오랫동안 자유롭게 지내고 더 많이 먹을수록 크고 위험해져. 포악해지지. 변덕스럽고 통제 불능이 되는 거야."

"전부 다요?"

밴은 목이 메었지만 겨우 물었다. 밴을 바라보는 레이저의 검은 눈에 잔인함은 없었다. 레이저가 밴의 어깨 바로 위에 있는 작은 문을 가리켰다.

"봐라."

밴은 구멍에 눈을 댔다. 신발 상자보다 살짝 더 큰 감옥 바닥에 웅크리고 있는 작고 보송보송한 형체가 보였다. 꼬리로 몸을 감싼 채 평화롭게 잠들어 있었다. 넓고 주름진 귀가 얼굴 주위를 덮고 있었다.

"레미!"

밴은 숨을 헉 내쉬었다. 레미는 깨지 않았다.

"보다시피 우리는 그저 안전하게 지켜주고 있을 뿐이야."

밴은 차가운 금속 문에 두 손을 얹었다. 온몸이 문을 열고 싶은 충동으로 가득했다. 하지만 레이저가 바로 뒤에 서 있었다. 눈이 따끔거렸다.

"그래서…… 쟤들을 잡은 다음엔 어떤 일이 일어나는 거죠?"

"재우지. 동면에 가까워. 저 상태로 몇 년, 몇 세기도 있을 수 있어. 시간이 지나면서 점점 줄어들다가 마침내 사라지지."

밴은 작은 회색 뭉치를 바라봤다.

"레미에게도 그런 일이 일어나는 건가요?"

밴은 레이저와 눈을 마주칠 수가 없었다. 덩치 큰 남자에게 눈물이 그렁그렁한 모습을 보이기 싫었다.

"레미는 그냥 여기에 계속 있다가…… 없어지는 건가요?"

"우리가 녀석을 여기에 가두지 않으면 어떤 일이 생길지 생각해 봐."

레이저는 경기장 쪽으로 고개를 까딱해 보였다.

"풀어 놓으면 저런 걸로 자라나게 돼. 그게 천성이야. 아기 곰이 그리즐리로 자라나지. 새끼 고양이가 큰 고양이가 되고. 포식자들은 먹어야 해."

밴은 길게 한숨을 내쉬었다. 레이저의 말이 모두 옳았고, 레미 또한 그럴지 모른다는 생각에 밴은 여전히 혼란스럽고 끔찍했으며, 레미를 구하는 데 실패한 것도 사실이었다. 레미를 안전하게 지키겠다고 약속했는데 그러지 못한 것이다. 밴의 마음이 쓰라렸다. 속이 텅 빌 정도로 싹싹 긁어낸 듯 공허했다.

"이곳에 오다니 용감한 행동이었다."

눈물 한 방울이 흘러내렸지만 밴은 고개를 들고 레이저를 봤다.

"뭐라고요?"

"그냥 포기할 수도 있었어. 하지만 넌 위험한 상황에 뛰어들었지. 네가 생각했던 것보다 더 큰 위험 속으로."

레이저는 미소를 지었다.

"넌 용감한 아이야. 충직하고. 좋은 수집가가 될 거다, 밴 마크슨."

작고 촉촉한 불빛이 텅 빈 속을 조금씩 채워 나갔다. 레이저 같은 어른이 용감하다고 한 적은 처음이었다. 잠깐 동안 레이저가 다시 어깨에 손을 얹으면 좋겠다고 생각한 순간 들려온 울부짖는 소리가 허공을 갈랐다. 밴과 레이저는 저장소 바깥 문 쪽으로 마구 뛰어갔다. 문이 확 열렸다.

"큰 놈이야!"

한 여자가 복도 안쪽을 향해 소리 질렀다. 그 뒤로 한 무리의 새 떼가 어둠을 뚫고 날아갔다. 새들은 돌계단 주위를 빙빙 돌며 꽥꽥거렸다.

"지금 내리고 있어!"

"저장소! 모두 계단으로! 새로 왔다!"

레이저의 목소리가 복도에 울려 퍼졌다. 밴이 질문을 던지기도 전에 레이저는 문밖 어둑한 곳으로 밴을 인도했다. 그리고 계단 아래에서 멀리 떨어진 벽에 바짝 붙어 있게 했다.

"여기 가만히 있어. 움직이지 마."

레이저의 목소리는 단호했다. 밴은 고개를 끄덕였다. 레이저는 돌아서서 검은 코트 자락을 펄럭이며 성큼성큼 걸어갔다. 수집가 한 명이 크고 텅 빈 방을 돌며 불을 붙이고 있었다. 깜빡이는 불빛

사이로 날아다니는 어두운 색의 새들이 보였다. 올빼미, 갈까마귀, 까마귀들로 가득했다. 새들은 신선한 사체라도 발견한 듯 비명을 질렀다. 수집가들이 밴 뒤에 있는 금속 문을 열고 뛰어나왔다. 계단으로 내려가는 사람들도 있었다. 나선계단 중앙에서 뭔가 그림자와 함께 내려오고 있었다. 그물에 싸인 거대한 은빛 물체가 내려오고 있었다. 수집가들이 밧줄 주위를 빙 둘러섰다.

"각자 위치로! 이제 그물을 열어!"

레이저가 외쳤다. 두 남자가 밧줄을 당긴 순간 거대한 크기의 녀석이 풀려나 돌바닥 위로 떨어졌다. 황소를 닮았는데 커다란 어깨와 화물열차 같은 몸을 하고 있었다. 머리에 길고 뾰족한 뿔 두 개가 돋아 있었다. 다리 끝에는 사자의 발처럼 생긴 발이 달려 있었다. 녀석이 우렁차게 소리를 지르자 방 전체가 울렸다.

"물러서!"

레이저가 외쳤다. 날카로운 갈고리는 밴의 시야를 가로지르며 혜성처럼 흔적을 남겼다.

"스티치! 안으로 들어가!"

고개를 낮추고 돌진하는 짐승을 피해 레이저와 수집가 두 명이 펄쩍 뛰어올랐다.

"이쪽이야!"

소리친 사람은 위시본을 가져간 여자였다. 아일렛이 팔을 흔들어 주의를 끌자 소원을 먹는 자가 다시 돌진했다. 기회를 놓치지 않은 아일렛이 옆으로 비켜났고, 짐승은 저장소 문 쪽으로 향했다.

"그물!"

레이저의 외침에 수집가들은 서둘러 매듭을 묶은 밧줄을 꺼내 우리 형태의 올가미를 만들어 냈다.

"데리고 내려가!"

수집가들은 소원 먹는 자를 보이지 않는 곳으로 몰고 갔다. 밴은 그 모습을 지켜봤다. 울부짖는 소리가 한 번 더 복도를 뒤흔들고 난 뒤 마침내 그 소리가 사라졌다. 밴은 살금살금 저장소 안으로 다시 들어갔다. 끔찍한 포효가 울리지 않는 넓은 복도는 정말 평화로운 공간이었다. 벽에 걸린 등불이 깜빡였다. 줄지어 있는 문들을 보니 늦은 밤 호텔 복도가 생각났다.

'모두 자기 방에서 잠들어 있겠지.'

밴은 레미가 갇힌 방의 구멍 앞으로 살금살금 다가갔다. 벽을 등지고 자고 있는 레미의 작은 얼굴이 보였다. 평화로운 광경이었다. 밴의 침대 밑 신발 상자에 있을 때와 비슷했다. 어쩌면 레이저의 말이 진실일 수 있었다. 밴이 보기에도 녀석들이 다쳤거나 슬프거나 겁먹은 상태로는 보이지 않았다. 적어도 지금은 그랬다. 학대받거나 혹사당하는 것 같지도 않았고 그냥…… 안전해 보였다. 밴이 생각한 것처럼 끔찍하지 않았다. 사실 팔보그 씨의 숨겨진 방에 있는 상자들과 별반 다르지 않았다.

밴은 손바닥을 문에 가져다 댔다. 문을 열고 잠옷 셔츠 안에 레미를 숨겨서 집으로 돌아가고 싶은 마음이 간절했지만, 현실적으로 불가능하다는 것을 누구보다 잘 알고 있었다. 분명 누군가의 눈에 띄어 금방 잡히고 말 텐데, 수집가들이 소원을 먹는 자들에게는 잔인하지 않다고 해도 배신자를 어떻게 대할지 모르는 일이었다. 게다가 레이저의 말이 사실이라면 언젠가 레미도 방금 전 밴을 한 입에 집어 삼키려고 한 위험한 짐승처럼 될 게 뻔했다. 지금 상황에서 밴이 얻은 게 있다면 최소한 팔보그 씨에게 무엇을 봤는지 말할 수는 있다는 점이었다. 소원을 먹는 자들은 고통 받지 않고, 잘 관리 받으며 안전하게 지내고 있었다.

힘겹게 침을 삼킨 밴은 문에서 손을 떼며 속삭였다.

"레미, 안녕."

가슴이 아팠지만 그대로 돌아설 수밖에 없었다.

갑자기 주위 공기가 일렁이기 시작했다. 밴은 뒤를 돌아봤다. 멀리 떨어진 아래쪽 경기장에서 수집가들이 황소처럼 생긴 짐승을 빈 감방 안으로 몰아넣고 있었다. 우렁찬 외침 소리가 점차 사라져 갈 무렵 밴은 반짝이는 안개에 둘러싸여 감옥 문으로 손을 뻗었다. 문에 달린 금속 볼트를 돌리는 자신의 손을 노려봤다. 의지와 무관하게 일어나는 일이었다. 손가락으로 문틈을 비집고 문을 열었을 때도 열린 문을 피해 뒤로 물러날 생각은 전혀 없었다.

잠에서 깬 레미가 커다란 두 눈을 깜빡이며 밴을 쳐다봤다. 밖으로 나온 레미는 바닥에 내려와 미소를 지으며 밴을 올려다봤다. 그 모습을 보고 있는 밴의 가슴속에 공포가 휘몰아쳤다.

'내가 지금 뭘 하고 있지? 왜 이러지? 이럴 생각이 아니었는데 대체 왜 이러고 있지?'

밴은 레미를 두 손으로 잡아 올리려고 몸을 굽혔지만 금세 다시 펴졌다. 다시 시도해 봤지만 이번에는 손이 말을 듣지 않았다. 밴은 옆방 문의 볼트를 돌렸다. 그리고 또 다른 문. 또 다른 문. 또 다른 문. 밴은 뭔가에 조종당하고 있었다. 그 사실을 깨닫자 가슴이 철렁했다. 밴은 어지러웠다. 마치 보이지 않는 무대 위의 꼭두각시처럼 움직이고 있었다. 감방에서 자그마한 네 녀석이 기어 나왔다. 그리고 여섯, 열 그리고 점점 더 많이. 밴은 이 감방에서 저 감방으로 날아다니며 잠긴 문을 열었다. 털 난 도마뱀과 날개 달린 다람쥐처럼 밴이 실제로 본 적도 없고 상상해 본 적도 없는 녀석들까지 모두 밖으로 나온 상태였다.

녀석들이 복도를 가득 메우고 나서야 밴은 겨우 멈출 수 있었다. 소원을 먹는 자들이 입구 쪽으로 돌아섰다. 안개처럼 희뿌연 작은 몸들이 모두 한 방향을 향했다. 소원을 먹는 자들은 민들레 홀씨를 훅 불었을 때처럼 커다란 금속 문을 순식간에 휙 빠져나갔다. 밴은 꼼짝 않고 서 있었다. 몸을 움직이고 있던 끈이 갑자기 끊긴 것처럼 이상하게 무거웠다. 머리도 아프고 다리가 후들거렸다. 팔에도 통증이 있었다. 자기보다 훨씬 크고 센 것을 민 것처럼 팔이 아팠다. 병에 걸린 기분이었다. 밴은 경기장 쪽으로 몸을 돌렸다. 조금 전 자신이 한 일을 레이저와 다른 수집가들이 알게 되면 어떻게 생각할지 두려웠다. 배신자라고 여길 것이 뻔했다. 당장 여기서 나가야 했다.

밴은 저장소 밖으로 달려갔다. 계단참에 드리운 어둠이 밴을 감쌌다. 어두침침했지만 밴은 알았다. 근처에 소원을 먹는 자들이 있었다.

'레미는 어디로 갔을까?'

밴은 얼음장처럼 차가운 돌난간을 붙잡았다. 두 개의 계단참을 지나 위로 올라갔을 때 소리가 들리기 시작했다. 외침 소리, 쿵쿵거리는 소리, 부서지는 소리가 들렸다. 올라갈수록 소리가 커졌다. 밴은 차라리 보청기를 빼고 싶다고 생각했다. 이날 밤에만 벌써 백 번쯤 든 생각이었다. 두려움이 묵직하게 자리 잡았다. 어디서 들려오는 소리인지 짐작할 수 있었지만, 다음 계단참에 올라가자 좀 더 확실히 알 수 있었다. 수집품 방의 양쪽 문이 활짝 열려 있었다. 방 안은 이미 아수라장이었다. 높은 선반에서 떨어지거나 밀려 내려온 소원 병들이 많았다. 깨진 유리조각들이 불꽃놀이의 잔재처럼 바닥에 널려 있었다. 수집가들은 소리쳤고, 매와 갈까마귀들은 깍깍 울어댔다. 쥐들은 뛰어다니는 사람들을 피해 사방팔방 돌아다녔다. 밴이 문간에서 지켜보고 있는데 녹색 병이 떨어져 깨지면서 에메랄드빛 파편들이 튀었다. 번쩍이며 위로 치솟은 작은 별똥별 불빛이 나선계단에 매달린 그레이트데인만큼 큰 생명체의 쩍 벌린 입으로 빨려 들어갔다. 기다란 여섯 개의 팔 다리에 달린 발과 발가락은 물건을 움켜잡을 수 있는 원숭이의 발가락과 비슷했다. 입안은 연기처럼 뿌옇고 뾰족한 송곳니로 가득했다.

쇠못으로 무장한 두 수집가가 계단을 뛰어 올라가자 난데없이 머리 위로 붉은 구름이 나타나 핏빛 비를 뿌렸다. 수집가들은 나선계단을 굴러 떨어졌고, 밴은 그 광경을 바라보면서 웃고 있는 짐승을 봤다고 맹세할 수 있었다. 이미 망아지만큼 커진 다른 한 녀석은 수집가들이 줄지어 지키는 낮은 선반을 향해 돌진했다. 녀석은 부딪히기 직전 방향을 틀면서 뱀처럼 생긴 꼬리를 휘둘렀다. 수집가들은 몸을 숙여 피했지만 높은 선반에 있던 병들이 바닥으로 떨어졌다. 수집가들에게 유리 조각이 쏟아졌고, 수십 개의 깨진 병에서 은빛 소원 줄기들이 피어올랐다. 수집가들이 다급하게 붙잡았지만, 소원을 먹는 자들의 입속으로 빨려들어 간 것들이 훨씬 많았다. 녀석의 몸은 부풀어 올랐고, 부푼 몸에서는 그림자 떼가 빠져나왔다. 날카로운 부리와 발톱, 뾰족한 날개를 가진 그림자들이 공중을 빙빙 돌더니 수집가들 쪽으로 급강하했다. 수집가들이 사방으로 흩어졌다.

"위치를 지켜! 그들의 마법에 현혹되지 마! 누구든 경보를 울려!"

커널은 이 모든 불협화음보다 더 크게 외쳤고, 이 난장판에 다른 소음이 더해졌다. 비명 같은 기계음이었는데, 높이 올라갈수록 점점 크게 들려왔다. 밴의 머릿속에 꽉 들어찬 소리가 뇌에 압력을 가해 두개골이 터져 버릴 것만 같았다. 밴은 귀를 막고 다시 방 안을 둘러보았다. 소원을 먹는 자는 넷밖에 보이지 않았다. 그보다 훨씬 많은 소원을 먹는 자들이 위로 올라갔다는 뜻이었다. 레미도 분명 그중 하나였다.

밴은 비틀거리면서 다시 계단 쪽으로 갔다. 아래쪽에서 저장소 수집가들의 발소리가 쿵쿵 들려왔다.

"그물 준비해! 문에 가서 벽을 만들어 선다. 스티치, 틱, 불렛은 큰 방에 남아. 나머지는……."

레이저가 외치고 있었다. 밴은 최대한 빨리 움직여 계단을 올라갔다. 널찍하고 네모난 계단실 둘레는 온통 경보 스피커 천지였다. 올라갈수록 소리는 점점 커졌다. 밴은 눈물이 났다. 이를 너무 세게 악물어 이가 부서질 것 같았다.

계단에 사람들이 많아지기 시작했다. 사방으로 뛰어다니는 수집가들에 치여 넘어지지 않은 게 이상할 정도였다. 다들 지금 일어난 비상사태에 집중하느라 아무도 밴을 눈여겨보지 않았다. 그때 밴의 어깨에 뭔가 내려앉았다. 반짝이는 검은 눈과 뾰족 연필처럼 생긴 부리를 가진 동물이었다. 밴을 노려보는 갈까마귀의 발톱이 잠옷을 뚫고 피부를 파고들었다. 잭의 갈까마귀였다. 밴을 알아본 것 같았다. 밴은 온몸의 피가 차갑게 얼어붙는 듯했다. 갈까마귀가 계단 아래 어둠 속으로 휙 날아갔다. 밴은 더욱 빨리 달렸다. 계단을 힘차게 뛰어 올라가다 발을 헛디뎌 거친 돌에 무릎을 찧었다. 하지만 아무리 빨리 뛰어도 갈까마귀를 따돌릴 수는 없었다.

'갈까마귀는 벌써 잭에게 돌아갔을 거야. 숨어야 해.'

다음 계단참에서 밴은 아치문을 통해 달력 방 안으로 들어갔다. 이미 혼란이 찾아온 상태였다. 책장 몇 개가 도미노처럼 쓰러져 있고, 바닥에는 묵직한 검은 책들이 흩어져 있었다. 누군가 외치는 소리, 동물들의 꽥꽥거리는 소리가 들렸다. 밴은 쓰러진 책장을 기어 올라 아치문 근처 구석으로 달려갔다. 차가운 석벽에 등을 기대고 쭈그리고 앉아 최대한 몸을 웅크렸다. 숨죽인 채 기다려야 했다. 잭과 경비병이 자신의 행방을 모른다는 확신이 들면 다시 나가야겠다고 마음먹었다. 계단참에서 몇 사람의 발소리가 멈췄다.

"이 근처라고, 레무엘?"

저 깊고 딱딱한 목소리는 잭이었다. 밴의 몸이 뻣뻣해졌다.

"비틀, 넌 올라가고 리벳, 넌 내려가. 난 이 층을 맡지."

목소리에서 긴장감이 묻어났다.

"그 조그만 멍청이. 내 기필코 맹세하는데, 찾으면 난간 아래로 던져 버릴 거야."

두 사람의 발소리가 멀어지고 세 번째 발소리가 가까워졌다. 아치문 안으로 들어오는 잭을 보고 밴은 숨을 참았다. 거구의 수집가는 밴에게 등을 돌린 채 방 안을 둘러봤다. 잭의 갈까마귀도 방 안을 살폈다. 밴은 벽에 딱 붙은 채로 쓰러진 책장을 지나 게걸음으로 걸어갔다. 잘하면 잭이 등을 돌리고 있는 사이 아치문 밖으로 빠져나가 도망칠 수 있을 것 같았다. 물론 리벳이 위에서 밴을 찾고 있긴 하지만.

밴의 발걸음이 느려졌다. 이 모든 일이 자신 때문이라는 걸 알게 되면, 모두 자신을 사냥하러 나서지 않을까 두려웠다. 사실 밴의 책임은 아니었다. 누군가가 밴으로 하여금 감방 문을 열게 한 것이었다. 대체 누가……. 바닥에 떨어진 책이 밴의 발에 걸리며 쓸리는 소리가 났다. 갈까마귀가 고개를 돌렸다. 밴은 잭이 돌아보기 전 쏜살같이 아치문 밖으로 뛰쳐나갔다.

밴은 계단을 마구 뛰어올라 갔다. 짧은 다리로 한 번에 하나밖에 오를 수 없다는 게 정말 싫었다. 너무 무서워서 아예 뒤돌아볼 엄두가 나지 않았다. 심장이 어찌나 쿵쾅거리는지 몸 밖으로 튀어나오지 않는 게 다행이었다. 점점 더 빨리 발을 내딛었지만 소리가 나지 않았다. 밴은 더 이상 발소리가 들리지 않았다는 사실을 깨달았다. 처음에는 심장박동 소리에 다른 소리가 묻혔다고 생각했지만 점차 그 소리마저 희미해져 갔다. 소원의 약효가 떨어지고 있었다.

밴은 다음 계단참에서 지도 방의 아치문 안으로 슬며시 들어갔다. 숨을 곳을 찾기 위해서였다. 방 한가운데에서 리벳이 테이블들을 옆으로 밀치고 있었다. 리벳이 돌아보는 순간 밴은 기둥 뒤로 숨었고, 동시에 연기처럼 뿌옇고 날개 달린 것이 계단 가운데에서 솟아올랐다. 휙. 밴은 어깨 너머로 바람이 불어오는 것을 느끼고 얼른 돌아섰다. 용과 독수리를 섞어 놓은 듯한 짐승이 공중에 떠 있었다. 거대한 날개로 바람을 일으키고 있었다. 수집가들이 아래 계단에서 비명을 질렀다. 뒤돌아서자마자 리벳의 날카로운 검은 눈과 정면으로 마주친 밴은 숨을 훅 들이마신 후 아치문을 부리나케 빠져나왔지만 대리석 계단을 올라가던 중 미끄러지고 말았다. 밴이 아래로 떨어지지 않기 위해 난간을 꼭 끌어안은 순간, 어디선가 날아온 매끈한 검은 날개가 눈앞을 스쳐 지나갔다.

"여어어기이이이!"

레무엘의 목소리가 뿌연 안개를 뚫고 울려 퍼졌다.

"여어어기이이이!"

밴은 아래를 흘끗 내려다봤다. 두 개 아래층 계단참에서 잭이 화살 같은 눈으로 올려다보고 있었다. 밴은 전속력으로 달려 입구방 앞까지 도착했다. 밴의 눈에는 이렇게까지 커 보이고, 이렇게나 끝없이 넓어 보이기는 처음이었다. 밴은 몇 무리의 수집가들을 용케 피했다. 근심에 빠진 한 무리 속에 네일이 보였다.

"어쩌면 그 애는 벌써……"

밴은 빠르게 그 옆을 지나갔다. 네일의 깊고 또렷한 목소리가 잠깐 들렸다가 잡음 속으로 사라졌다. 밴은 뒤를 돌아봤다. 계단을 거의 다 올라온 잭과 리벳이 밴에게 시선을 고정한 채 점점 다가오고 있었다. 밴은 탈출하기 위해 사무실로 이어지는 마지막 계단을 향해 돌진했다. 모퉁이를 돌자 계단 벽 한 면을 가득 메운 한 무리의 수집가들과 마주쳤다. 계단 꼭대기에서부터 바닥까지 빼곡하게 서 있는 수집가들이 밴을 내려다보고 있었다. 모두 쇠막대기와 끈적끈적한 밧줄로 무장한 상태였다. 소원을 먹는 자들이 탈출하는 것을 막거나 플란넬 잠옷 차림의 위험한 소년을 잡기 위해서였다.

"어이!"

수집가 한 명이 외치는 소리가 들렸다. 아주 멀리서 들려오는 듯했다. 밴의 귀에는 엄청 작게 들렸다.

"쟤가 걔 아닌가……."

밴이 그 말을 미처 다 듣기 전에 뭔가가 밴의 팔을 잡아당겼다. 밴은 칠흑 같은 어둠 속으로 끌려 들어갔다.

25
추락

들을 수도, 볼 수도 없었다. 밴은 완벽한 어둠에 둘러싸여 있었다. 마치 누에고치가 된 기분이었다. 바람 한 점 없고 정적이 흐르는 작은 공간에 들어와 있었다. 혼자가 아닌 것만은 분명했다. 하지만 그게 전부였다.

밴은 최대한 움직이지 않았다. 그런데 갑자기 북슬북슬한 털 뭉치가 밴의 목을 쓸었다. 밴은 펄쩍 뛰었고 차가운 석벽에 어깨를 부딪쳤다.

"어이! 밴드 그라프 제너레이터! 너 여기서 뭐하는 거야?"

찍찍거리는 소리가 들렸다. 밴은 주머니를 더듬어 손전등을 꺼냈다. 한 줄기 빛이 어둠을 가르고 은빛 다람쥐와 익숙한 얼굴을 비췄다. 페블의 얼굴은 절박해 보였다. 밴은 페블의 입술을 주시했다. 페블은 "…… 여기서 나갈…… 필요."라고 말했다.

"당연하지!"

밴이 외쳤다.

"내가 하려는 게 그거지만……."

페블이 손으로 밴의 입을 틀어막았다.

"귀…… 길……."

목소리는 거의 들리지 않았다.

"뒤…… 너……."

밴은 고개를 흔들며 페블의 손을 떨쳐냈다.

"계단은 막혔어."

밴이 절박한 어조로 말했다.

"잭이 날 쫓고 있어. 다들 내가 소원을 먹는 자들을 풀어 줬다고 생각하지만, 내가 그런 게 아니야. 일부러 한 게 아니……."

페블이 다시 밴의 입을 막았다. 뭐라 말을 했는데, "아니야!" 아니면 "알아!"라고 한 것 같았다. 밴의 팔을 단단히 잡고 페블은 더 짙은 어둠 속으로 들어갔다. 밴의 손에 들린 손전등 불빛이 춤을 추면서 좁고 구불구불한 복도에 작고 희미한 점들을 만들어 냈다. 바나벨트가 밴의 귓가에서 쾌활하게 찍찍거렸다.

"난 뒷길도 알아. 여기 길들 다 알아. 앞길, 옆길, 무슨 길이 든……."

"바나벨트. 페블이 나를 넘기려는 거야?"

밴이 속삭였다.

"널? 남겨? 어디에?"

"잭에게."

"페블이 너를 잭으로 바꾼다고? 페블이 그렇게는 못할 것 같은 다람쥐가 말했다.

그들은 거대한 검은 나선계단 앞에 도착했다. 페블은 밴에게서 손전등을 낚아채 금속 계단 위를 비추었다. 계단이 어디로 향하는지 확인하기도 전에 밴은 페블의 손에 이끌려 계단을 올라가기 시작했다. 폭이 좁은 나선계단은 아찔할 만큼 위로 뻗어 나갔다. 금속 계단은 발을 디딜 때마다 흔들렸고, 계단 난간은 치실을 걸어 놓은 것만큼이나 믿음이 안 갔다. 내려다본들 어둠밖에 보이지 않으리라는 사실을 알고 있기에 밴은 최선을 다해 아래를 내려다보지 않았다. 수십 개의 계단을 오른 뒤 페블이 속도를 늦췄다. 밴은 난간을 붙잡고 숨을 헐떡거렸다. 그 사이 페블은 바로 앞 작은 계단참으로 이동했고, 주머니에 손전등을 찔러 넣고 문을 연 다음 다시 돌아가서 밴을 데리고 들어갔다.

밴은 두 눈을 깜빡였다. 크고 둥근 방에 들어와 있었다. 반짝이는 불빛들이 흐릿하게 밝히고 있는 방은 금속 재질의 벽으로 둘러싸여 있었다. 여기저기 널린 안락의자들은 축 처져 있고, 바닥에는 닳아빠진 깔개가 깔려 있었다. 방의 한가운데 높은 단에 설치된 거대한 망원경 아래 몇몇 사람이 모여 있었다. 근처 테이블 앞에서 몇몇 사람이 표와 도구를 이용해 뭔가를 하고 있었다. 밴과 페블이 그 옆을 슬쩍 지나가는 동안 아무도 눈치채지 못한 것 같았다.

"여기가 관측소야? 여기는 왜 온 거야?"

밴이 바나벨트에게 속삭였다.

"뭐?"

다람쥐가 고개를 절레절레 흔들다가 다시 밴 쪽으로 눈을 돌렸다.

"야! 밴 고흐! 여기엔 왜 온 거야?"

"내가 방금 너한테 물었잖아."

페블이 고개를 돌렸다.

"쉿!"

밴의 시선이 페블에게 향했다. 페블은 벽을 타고 올라가는 금속 사다리를 가리켰다. 밴은 가슴이 철렁했다. 페블은 이미 가로대를 붙잡고 올라가기 시작했다. 페블이 뒤돌아보며 고갯짓으로 따라오라는 신호를 보냈다.

"좋아. 가보자."

밴은 혼잣말로 속삭였다.

"만세! 가보자! 우리가 간다! 가자!"

다람쥐가 환호했다.

차갑고 단단한 가로대는 땀으로 축축해진 밴의 손이 닿자 금세 따뜻해졌다. 얇은 슬리퍼를 신고 사다리를 오른 탓인지 밴은 발바닥이 아파 왔다. 몸이 휘청거렸다. 사다리의 끝은 여전히 보이지 않았다. 밴은 정면 벽을 주시하며 앞으로 얼마나 더 올라가야 하는지, 사다리가 얼마나 아래로 뻗어 있는지 생각하지 않으려 애썼다.

"잘 올라가고 있어! 거의 다 왔어!"

바나벨트가 응원했다.

"진짜?"

밴이 헐떡였다.

"아니, 진짜는 아니야."

다람쥐는 나직하게 속삭였다.

"그리고 별로 잘 올라가고 있지도 않아."

더 높이. 더 높이. 더 높이. 밴은 팔이 아팠다. 불에 덴 것처럼 손바닥이 화끈거렸다. 올라가는 내내 체중이 한껏 실린 발바닥은 망치로 얻어맞은 말발굽 편자 같았다. 뭔가가 밴의 머리끝을 흔들었다. 올려다보니 페블이 바로 위에서 금속 벽의 출구를 밀어서 열어놓고 있었다. 별들이 떠 있는 보랏빛 하늘이 슬쩍 보였다.

"거의 다 왔어! 이번에는 진짜야!"

바나벨트가 밴의 어깨 위에서 깡충거렸다.

페블의 코트 자락이 출구 너머로 사라졌다. 잠시 후 다시 나타난 페블이 고개를 내밀고 뭐라고 했지만 밴은 들을 수 없었다. 여전히 귓속에서 맥박이 천둥처럼 울렸다. 밴은 마지막으로 남은 힘을 쥐어짜 마침내 밤공기 속으로 고개를 내밀었고, 높은 곳에 와 있다는 사실을 깨달았다. 아주, 아주 높은 곳이었다. 공기도 희박했고, 간간이 강한 바람이 불어와 얼굴을 때렸다. 밴은 사다리를 꽉 움켜쥐었다. 페블이 한 손을 내밀었다. 주저하던 밴은 사다리를 놓고 페블의 손을 잡았다. 페블은 밴을 끌어올려 출구 밖 작은 조망대로 이끌었다. 밴은 페블의 손을 놓고 조망대 끝 난간을 붙잡고 주위를 둘러봤다. 도시 전체가 발아래 펼쳐져 있었다. 밴은 고층 빌딩 옥상과 이리저리 엮인 채 빛나는 도로들, 그 위에서 반짝이며 움직이는 작디작은 차들을 내려다봤다. 밴이 있는 곳보다도 훨씬 높은 몇몇 고층 건물 꼭대기는 보랏빛 하늘을 찌를 듯 솟아 있었다.

밴은 천천히 한 바퀴 돌고 나서 깨달았다. 페블과 함께 올라와 있는 곳은 급수탑 꼭대기였다. 오래된 건물 옥상에 있는 크고 둥글고 꼭대기가 뾰족한 탱크였다. 밴은 갑자기 모든 게 이해됐다. 관측소처럼 보이던, 금속 재질의 벽으로 둘러싸인 둥근 방은 숨어서 별을 관측하기에 완벽한 장소였다. 하늘이 정말 가깝게 느껴졌다. 난간을 놓을 수 없을 정도로 무섭지만 않았다면 손을 뻗어 손가락으로 문질러 보고 싶었다.

"그리고 이젠 내려간다!"

바나벨트가 흥얼거리면서 페블의 어깨 위로 뛰어갔다.

"내려가?"

밴은 난간 너머를 흘낏 쳐다봤다. 급수탑 외벽에도 금속 사다리가 달려 있었다. 속이 울렁거리기 시작했다.

어느새 페블의 한쪽 다리가 난간을 넘어가고 있었다. 페블은 불어오는 바람 속에서 잠시 동작을 멈추고 몸을 가누더니 쭈그린 채 내려가 가로대에 발을 얹었다. 그리고 밴이 뭐라 말하기도 전에 시야에서 사라졌다. 밴은 망설였다. 한 번 더 하늘을 올려다봤다. 혹시 플라스틱 썰매가 날아와 태워 주지 않을까 내심 기대했지만 그런 일은 일어나지 않았다. 거대한 보랏빛 밤하늘과 반짝이는 대도시, 저 아래 밴을 기다리고 있을 화난 수집가들로 가득한, 말벌 집처럼 숨겨진 지하실이 있을 뿐이었다. 선택의 여지가 없었다. 밴은 페블이 했던 것처럼 한쪽 다리를 들어 올렸지만 난간을 넘어간 발이 가로대에 닿지 않았다. 밴은 난간 위에서 균형을 잡으며 발이 단단한 표면에 닿을 때까지 조금씩 옆으로 움직였다. 남은 한쪽 다리마저 넘어간 뒤 이제 밴은 작은 조망대의 난간 바깥쪽에 매달려 있었다. 밴과 저 멀리 아래 있는 도시 사이에는 몰아치는 밤바람밖에 없었다. 밴은 난간을 절대로 놓지 않았다. 천천히 몸을 굽혀 쭈그린 자세로 오른 손, 왼손으로 제일 위에 있는 가로대를 꽉 붙잡았다. 바람이 불어와 밴을 옆으로 밀었다. 밴은 작게 비명을 질렀다. 팔에 저절로 힘이 들어갔다. 엄청나게 긴 시간이 흐르고 바람이 다시 약해지자, 밴은 어둠 속으로 발을 내밀었다.

'얼마나 남았을지 생각하지 마. 땅에서 얼마나 멀리 있는지도 생각하지 마. 그냥 한 번에 한 걸음씩 움직여. 차분하게. 용감하게. 슈퍼 밴처럼.'

밴은 스스로에게 말했다.

'물론 슈퍼 밴이라면 그냥 날아갈 수 있겠지.'

'그 생각도 하지 마.'

얼음장처럼 차가운 금속 가로대는 물기가 있어서 미끄러웠다. 땀투성이 손으로는 따뜻하게 할 수가 없었다. 가로대 하나하나 너무 세게 쥔 나머지 밴의 손가락 마디마디가 도드라져 보였다. 발은 쓰라리다 못해 고무처럼 아무 감각이 없었다. 정강이 위로 가해지는 압력만이 다음 가로대에 내딛었다는 사실을 알려 주었다. 밴은 한 걸음씩 내려갔다. 또 한 걸음, 또 한 걸음. 그런데 너무 천천히 움직이고 있어 지면에 닿으려면 엄청나게 오래 걸릴 것 같았다. 하지만 너무 무서워서 더 빨리 갈 수가 없었다. 밴은 잠시 아래를 내려다봤다. 페블은 한참 아래에 있었다. 너무 멀리 있어서 어둑한 하늘 속 페블의 얼굴을 간신히 알아볼 정도였다. 커다란 코트를 휘감은 페블 아래 펼쳐진 세상은 모형 나무, 모형 건물, 작은 모형 자동차들로 이루어져 있었다. 너무 작은 나머지 세상이 거대한 무대 세트장처럼 느껴졌고, 전부 가짜 같았다. 밴은 하나 더 내려갔다.

'절대 바닥까지 못 갈 거야.'

이제 어쩌다 여기까지 오게 되었는지도 잘 기억나지 않았다.

'오도 가도 못하고 난 이렇게 도심 고층 건물에, 가느다란 금속 사다리에 영영 매달려 있을 거야. 어쩌면 이대로 계속 있어야 할지 몰라. 저 아래까지 다치지 않고 멀쩡하게 내려갈 방법은 절대 없을

테니까.'

그리고 여기까지라는 생각이 들었다. 무릎이 말을 듣지 않았다. 넘실넘실 차오르는 공포가 몸속까지 흘러들어 뇌까지 연결되는 신경을 끊어 놓은 것 같았다. 길고 공허한 순간이 지나갈 동안 밴은 눈을 감고 매달려 있었다. 머리카락이 바람에 흔들렸고, 뭔가가 뺨을 스치고 지나갔다. 고개를 들자 매끈한 검은 새 한 마리가 눈에 들어왔다. 검은 새는 밴이 매달린 사다리 위에 내려 앉아 날카로운 두 눈으로 밴을 뚫어지게 바라봤다.

'레무엘.'

밴은 숨을 훅 들이쉬었다. 새가 날아오르며 크게 소리 질렀다.

"얘애 여어어어기이이이!"

새는 시야에서 금세 사라졌지만 소리는 여전히 들렸다.

"여어어어기이이이이!"

밴은 억지로 다시 움직였다. 땀이 홍건한 손으로 황급히 가로대를 붙잡았다. 위를 올려다봤지만 잭이나 다른 경비들이 사다리를 타고 내려오지는 않았다. 적어도 아직까지는. 밴은 시선을 아래로 향했다. 갈 길이 너무 멀었다. 그사이 밴의 슬리퍼가 가로대에서 미끄러졌고 뒤꿈치가 사다리에서 확 떨어졌다. 숨 한 번 못 쉴 만큼의 짧은 순간이 지나갔고, 밴은 여전히 차갑고 지친 한 손으로 사다리에 매달려 있었다. 매달려 있는 잠시 동안 바람이 굶주린 이빨로 밴의 잠옷을 움켜쥐었다. 밴은 손가락에 최대한 힘을 주고 버텼지만 몸의 모든 근육이 이미 항복할 준비를 하고 있었다. 팔꿈치가 점점 느슨해졌다. 손목에 이어 손가락이 하나씩, 하나씩. 그리고 아무것도 남지 않게 되었을 때, 밴은 밑으로 떨어지고 있었다. 추락

하면서 겁에 질린 페블을 본 것 같았다. 페블의 어깨 위에 있던 작은 얼굴의 바나벨트가 눈을 크게 뜨고 쳐다봤다. 둘은 점점 작아지면서 위로 올라가는 반면 밴은 계속 아래로, 아래로 내려갔다. 다행히 급수탑 아래 옥상은 아슬아슬하게 피해 갔지만 잘된 일인지, 아닌지 잘 안 된 것인지 알 수가 없었다. 옥상에 떨어졌으면 죽었을까 살았을까. 하지만 사실 그건 중요하지 않았다. 밴은 여전히 떨어지는 중이었고, 이제 건물의 석벽 앞을 빠른 속도로 지나가고 있었다. 충돌은 잠시 연기된 것뿐이었다.

그때 갑자기 모든 게 느려지고 몸이 뒤집히면서 자세가 계속 바뀌었다. 밴이 다리를 버둥거린 탓에 슬리퍼 하나가 어둠 속으로 날아갔다. 공기가 물처럼 진했는데 밴은 추락하는 자신을 공기가 밀어내면서 점점 더 따뜻하고 습하고, 이슬이 많아진다고 생각했다. 희미한 빛이 공중을 가득 메우고, 도로를 거의 덮을 정도의 아주 커다란 날개를 가진 뭔가가 밴을 따라 내려왔다. 밴은 움찔했지만 공중에는 몸을 숨길 곳이 없었고, 그 거대한 물체는 혜성 같은 속도로 밴을 향해 돌진해 왔다. 정말 혜성일까 생각한 순간, 연기처럼 피어난 거대한 두 발이 밴을 감쌌다. 바람이 사방에서 동시에 불어왔고, 밴은 자신이 떨어지고 있는 것인지 날고 있는 것인지, 아니면 그저 거대한 날개가 퍼덕이며 밴의 폐에서 공기를 뽑아내고 있는 것인지 알 수가 없었다. 흐릿한 눈을 가늘게 뜨고 보니 사자 같은 몸에 박쥐 얼굴, 가죽 날개, 블록 전체를 가로지를 만큼 뻗은 꼬리가 보였다. 소원을 먹는 자였다. 거대한 크기의 소원을 먹는 자는 길로 돌진했다. 밴은 부딪칠 각오를 하고 눈을 감았지만 충돌은 일어나지 않았다. 단단하지만 신축성 있는 것에 부딪친 밴은 트램펄린 위의 체조 선수처럼 다시 위로 튀어 올랐다. 눈을 뜨자 소원을 먹는 자가 날아오르는 게 보였다. 꼬리는 먼 곳으로 사라졌다. 밴의 몸은 가장 높은 지점까지 올라갔다가 다시 부드럽게 떨어졌다. 줄무늬 천이 풍선처럼 밴을 감쌌고, 밴은 넓은 캔버스 차양 위를 굴러 피튜니아가 가득 핀 화분 위로 떨어졌다.

밴은 한참 동안 누워 있었다. 피터네 손님방 침대부터 런던의 코벤트가든 호텔 방의 베개가 엄청나게 많은 킹사이즈 침대, 우주선 그림 시트가 깔린 밴의 아늑한 트윈 침대까지 그 무엇도 피튜니아로 가득한 화분만큼 편안하게 느낀 적이 없었다. 심장이 안정적으로 뛰었다. 들숨과 날숨은 규칙적이었다. 밴은 치솟은 건물들 사이로 보이는 보라색 하늘 한 조각을 빤히 바라봤다. 이제는 아주, 아주 멀어 보였다. 그때 다람쥐의 얼굴이 갑자기 나타났다.

"밴더빌트야! 살아 있어!"

바로 눈앞 아주아주 가까운 곳에서 튀어나온 바나벨트가 환호성을 질렀다. 바나벨트의 작은 어깨 너머로 페블의 얼굴이 나타났다. 어두웠지만 볼이 빨갛고 몹시 숨찬 얼굴이었다. 방금 화재 대피용 비상계단을 수십 층은 뛰어 내려온 사람 같았다.

"소원을 먹는 자였어! 그게 날 구했어!"

페블이 입을 열기 전에 밴이 외쳤다. 페블은 주머니에서 부러진 위시본의 반쪽을 꺼내 들어 보였다.

"나도 알아."

26
반갑지 않은 소원들

밴은 숨을 혹 들이켰다.

"어디서 났어?"

동트기 전 어둠 속에서는 페블의 입 모양을 읽기가 힘들었다.

"만약…… 다녀……."

"뭐라고?"

"페블은 '만약을 대비해서 가지고 다녀.'라고 말했어."

바나벨트가 끼어들었다. 페블은 두 손으로 밴을 잡고 화분에서 끌어냈다. 밴은 맥이 풀려 휘청거렸지만 속은 안도감과 기쁨으로 가득 차 있었다. 온몸이 녹아내려 수천 개의 비눗방울로 떠다닐 수 있을 정도였다.

페블은 좌우 양옆을 흘깃거렸다. 거리에는 인적이 드물었다. 페블이 밴의 팔을 잡은 채 뛰기 시작했다.

"이젠 어디로 가?"

밴이 물었다. 바나벨트는 어느새 밴의 귓가에 자리를 잡았다. 페블의 대답을 기다렸지만 밴은 듣지 못했다. 보이지도 않았다.

"도넛 냄새가 나. 너도 이 냄새 나?"

바나벨트가 꿈꾸듯 말했다. 사실 밴도 아까부터 도넛 냄새가 난다고 느끼던 참이었다. 그리고 잠시 뒤 냄새가 어디서 나는지도 알게 됐다. 오른쪽 건물 현관 앞에 수십 개의 도넛이 흩어져 있었다. 밴이 지켜보는데 계단 위로 도넛들이 떨어졌다. 설탕 옷을 입고 알록달록 가루를 바른 우박들이 떨어지는 것 같았다.

"이게 대체……."

말을 잇지 못한 밴은 스스로 답을 생각해 냈다. 필시 소원 먹는 자들이 한 짓이었다.

'수집한 소원 중에 실제로 일어난 소원들이 몇 개나 될까? 그래서 어떤 마법이 일어났을까? 몇 마리나 밖으로 나와 돌아다니고 있는 걸까?'

그때였다. 도넛 하나가 난간에 부딪쳐 튀어 오르는 것을 보고 있는데 어디선가 달려온 크림색 말 한 무리가 그 앞을 지나갔다. 말들은 갈기와 꼬리를 휘날리며 달려갔다. 말들을 보기 위해 밴이 돌아섰지만 이미 말들은 어둠에 잠든 건물들 사이로 사라진 후였다. 페블이 어깨 너머로 밴을 노려보았다.

"페블이 뭐라고 했냐면 '봤지? 사람들은 멍청한 소원을 빌어.'라고 했어."

다람쥐가 밴의 귀에 대고 찍찍거렸다. 페블은 더욱 빠르게 움직였다. 모퉁이를 이리저리 돌아 점점 나무가 무성하고 조용한 블록으로 밴을 데려갔다. 이제 익숙한 거리를 달려가고 있었다. 밴의 머릿속에 갑자기 몇 가지 생각들이 떠올랐고 그것들은 이리저리 부딪쳤다.

'페블이 소원을 빌다니. 소원 비는 것을 단호히 그렇게 반대해 왔는데…… 어쩌면 페블은 생사가 달린 위급 상황이 아닌 '멍청한 일들'이 일어나기를 바라는 소원만 반대하는 건지 몰라. 소원을 빌어서 닥칠 위험이 자기한테는 해당되지 않는다고 생각했는지 몰라.'

팔보그 씨의 하얀 저택으로 앞장서서 달려가는 페블을 보며 밴은 어쩌면 뭔가 다른 일이 일어나고 있는지도 모른다고 생각했다. 페블은 대문으로 이어지는 진입로를 향해 곧장 내달렸다. 날아갈 듯 빠른 걸음으로 잘 다듬어진 울타리를 지나 높은 관목이 벽처럼 늘어선 옆길로 들어섰다. 울타리 위로 팔보그 씨의 집 창문들이 보였다. 어둡고 텅 빈 눈을 한 채 내려다보고 있었다. 페블은 밴을 이끌고 덤불이 무성한 화분 앞까지 왔다가 다시 방향을 바꿔 울타리 틈을 비집고 들어갔다. 철제문을 열고 안으로 들어가자 지면이 낮고 울타리로 완벽하게 둘러싸인 뒤뜰이 나타났다. 팔보그 씨의 커다란 집만큼 널따랗고 아름다웠다. 벽돌 담벼락을 타고 자라난 식물들이 꽃을 피웠고 받침대의 조각상들 위로 달빛이 내려앉았다. 열매가 주렁주렁 달리고 꽃을 피운 나무들은 굳건히 밤바람을 맞으며 가지를 흔들어댔다. 뜰 중앙의 대형 석조 분수는 진주처럼 영롱한 물줄기를 쏟아냈다. 수통에서 수통으로 흘러내린 물줄기는 수련이 떠다니는 연못 안으로 떨어졌고, 그림자가 드리워진 물속에서는 부드러운 복숭앗빛 지느러미들이 하느작거렸다.

연못 옆 작은 벤치에 흰색 양복 차림의 팔보그 씨가 앉아 있었다. 어둠 속에서 환하게 빛났다. 지나치게 헐렁한 코트를 입은 소녀와 잠옷 차림의 소년, 커다란 눈의 은색 다람쥐가 자기 집 뒤뜰로 뛰어들었는데도 전혀 놀라는 기색이 없었다. 기뻐하는 듯했다. 심지어 안도하는 것 같기도 했다. 팔보그 씨가 일어섰다.

"아. 왔구나."

밴은 팔보그 씨가 말하는 것을 봤지만 너무 어둡고 흐린 데다 바람 소리와 분수 소리, 자신에게서 나는 거친 숨소리 때문에 더는 이해할 수 없었다. 마침내 밴의 팔을 놔주고 페블은 팔보그 씨 쪽으로 성큼성큼 걸음을 옮기며 빠르게 말했다. 밴의 귀에는 분수에서 떨어지는 물소리처럼 또 하나의 물줄기가 떨어지는 소리로만 들렸다. 밴은 수면 위로 튀어 오르는 물방울을 보고 있었다. 그때 알아차렸다. 분수 너머 늘어선 나무들 뒤로 연기처럼 하얗고 은빛을 띤, 아주아주 커다란 뭔가가 그림자 속에서 똬리를 틀고 있었다. 그 안에 있는 커다란 한 쌍의 눈이 밴의 눈에 들어왔다. 주름진 귀와 거의 발 길이에 육박하는 뾰족한 이빨까지. 단풍나무 가지가 흔들렸다. 밴이 올려다보니 가죽 날개와 긴 채찍처럼 생긴 꼬리가 달린 뭔가가 무성한 나뭇잎 사이에 앉아 있었다. 단풍나무와 거의 비슷한 몸집이었다. 밴은 나무 위까지 구석구석 확인했다. 더 많은 얼굴이 있었다. 연기 같은 발톱들, 더 많은 이빨들, 크고 탁한 눈들이 있었다. 모두 물줄기를 뿜어내는 분수대를 갈망하듯 내려다보고 있었다. 밴은 입이 말랐다. 다시 페블과 팔보그 씨 쪽으로 눈을 돌렸다. 두 사람이 싸우는 중인지 대화를 나누는 중인지 분간할 수 없었지만, 자신에 대한 얘기를 하고 있는 게 분명했다.

팔보그 씨가 밴을 보고 손짓했다. 밴의 대답을 기다리는 것 같았다.

"뭐라고 했어?"

밴이 어깨 위의 다람쥐에게 속삭였다.

"너 그러지 않았니, 라고 했어."

바나벨트가 속삭였다.

"뭘 그러지 않았는데?"

바나벨트는 눈을 깜빡였다.

"내가 뭘 어떻게 했는데?"

밴은 페블이 "…… 우리 말 못 들어요."라고 말하는 것을 들은 것 같았다. 팔보그 씨는 눈썹을 치켜세우고 조끼 주머니에 손을 넣더니 반짝이는 동전 한 움큼을 꺼내 들었다. 그러자 숨어 있던 녀석들이 더 가까이 고개를 내밀었다. 공기 중에 날카롭고 찌르는 듯한 기운이 감돌았다. 녀석들의 식욕 때문이었다. 밴은 느낄 수 있었다.

팔보그 씨는 페블에게 뭔가를 말한 뒤 다시 밴을 보고 손짓했다. 페블이 공포에 질린 눈으로 돌아봤다.

"지금은 뭐라고 했어?"

밴이 바나벨트에게 물었다.

"훌륭한 소원이야, 라고 했어. '저 문제를 완전히 해결하는 게 어때?'라고."

바나벨트가 알려 주었다.

팔보그 씨는 벌써 은화 한 개를 들어 올리고 있었다.

'못 들어요. 저 문제. 완전히.'

무슨 상황인지 깨닫자 밴의 머릿속이 확 달아올랐다. 밤새 자신의 귀를 후벼 팠던 끔찍하고 두드려대는 소리들을 생각했다. 소리를 뽑아내고 싶었지만 그럴 수 없던 때를 생각했다. 밴은 원하지 않았다. '완전히'는 싫었다.

"안 돼요!"

밴이 외치면서 앞으로 달려 나가 팔보그 씨의 손에서 동전을 빼앗으려 했다. 팔보그 씨는 손을 더 높이 쳐들었다.

"그 소원 빌지 마요! 난 원하지 않아요!"

밴이 소리 질렀다. 팔보그 씨는 밴을 내려다보며 눈을 깜빡였다. 점잖아 보였지만 놀란 표정이었다.

"음…… 좀…… 나은…… 다람쥐 통역가……."

그리고 분수 쪽으로 동전을 던졌다. 밴이 막는 것은 역부족이었다. 너무 빨랐다. 떨어지는 동전을 보며 밴의 심장이 똑같은 궤적을 그렸다. 튀어 올랐다가 아래로, 아래로, 아래로. 동전은 분수에 퐁당 빠지고 말았다. 페블이 물속으로 뛰어들었지만 벌써 들어가 있는 생명체가 있었다. 거대하고 다리가 많은 생명체는 이미 그림자 밖으로 나와 있었다. 반짝이는 빛이 녀석의 입속으로 사라지기 직전 깜빡였다. 밴을 둘러싼 사방에 안개가 자욱했고 거센 바람이 들이닥쳤다. 밴은 숨을 토해 내며 눈을 감을 수밖에 없었다. 다시 눈 떠보니 바람이 잔잔해진 뒤였다. 분수에서는 빛이 났다. 아까보다 몸집을 키운 뿌연 생명체가 분수 위에 떠 있었다. 밴의 손 안에는 뭔가가 있었다. 눈을 가늘게 뜨고 내려다보니 보청기였다. 밴은 심호흡을 했다. 공기가 들어왔다가 나가는 건 느낄 수 있었지만 소리는 들을 수 없었다. 바스락거리는 나뭇잎과 분수대에서 떨어지는 물줄기는 그대로였지만 소리가 들리지 않았다. 밴은 여전히 밴이었다. 밴이 팔보그 씨를 쳐다보자 흰색 양복 차림의 팔보그 씨가 들

뜬 표정으로 마주 보았다. 마치 밴이 고맙다고 말하기를 기다리는 사람 같았다. 하지만 밴은 고맙지 않았다. 정반대였다. 밴은 팔보그 씨를 노려보며 보청기를 귓속으로 밀어 넣었다. 팔보그 씨는 밴이 보청기를 다 넣을 때까지 기다렸다.

"난 그저 도우려 했던 거야."

팔보그 씨가 부드럽게 말했다.

"도와준 게 아니었어요!"

밴은 폭발했다.

"난 도와달라고 한 적 없어요! 그리고 당신은 내가 뭘 원하는지 묻지 않았어요! 젠장!"

밴의 고함 소리가 너무 커서 어깨에 앉아 있던 다람쥐까지 펄쩍 뛰었다.

"왜 다들 내가 자기들처럼 듣고 싶어 한다고 생각하죠?"

페블은 팔짱을 단단히 낀 채 팔보그 씨를 바라봤다.

"사람들은 늘 다른 사람들도 자기처럼 되고 싶어 한다고 생각하지."

"그저 모두를 위한 최선을 바라는 것일 수도 있지."

팔보그 씨가 손가락을 펼치자 손바닥 위의 동전들이 번쩍였다. 이 작은 행위에는 뭔가 선명하고 냉혹한 것이 숨겨져 있었다. 뭔가 위협적이었다. 밴은 새로운 사실을 깨닫고 가슴이 철렁했다. 유리 조각처럼 선명하고 날카로운 깨달음이었다. 소원을 빈 사람은 팔보그 씨였다. 밴의 손발을 장악하고 감옥 문을 열게 한 것도 팔보그 씨 짓이었다. 밴이 토할 것 같은 기분을 느끼게 하고, 스스로의 몸을 통제할 수 없는 무력한 상태가 되게 한 것 또한 팔보그 씨였다.

밴과 페블, 다른 모두에게 위험할 수 있는데도 풀려 나온 소원을 먹는 자들을 여기로 끌어왔다. 개들을 위해서 하는 거라고 스스로를 납득시키며 다른 소원을 먹는 자들을 작은 상자에 가둬 둔 것도 마찬가지다. 팔보그 씨는 친절하기 때문에 남들을 돕는 사람이 아니었다. 그저 최선이 뭔지 자기가 제일 잘 안다고 생각하는 것뿐이었다.

"당신이 그랬군요."

밴이 한 걸음 다가섰다.

"내가 소원을 먹는 자들을 풀어 주게 해달라는 소원을 빈 거예요. 내가 하지 않았을 일을 하게 만들었어요."

팔보그 씨는 차분히 고개를 가로저으며 밴을 지켜보았다.

"소원으로 할 수 없는 일이 뭔지 말해 줬잖아."

팔보그 씨는 한 손을 들고 손가락으로 하나하나 꼽았다.

"소원을 먹는 자들을 직접 조종할 수는 없어. 죽이거나 직접적으로 해를 끼칠 수는 없어. 죽은 걸 되살릴 수는 없어. 시간을 멈추거나 바꿀 수 없어. 그리고 사람이 근본적으로 하지 않을 일을 하게 만들 수는 없어."

팔보그 씨는 밴의 눈을 똑바로 바라봤다.

"하지만 너는 소원을 먹는 자들을 풀어 주고 싶어 했지. 마음속 깊은 곳에서는 그들이 자유로워지길 바라면서 특히 네 작은 친구가. 그렇지 않니?"

"음…… 네! 물론이죠! 하지만 나는 그러지 않았을…… 그게 옳은 일이 아니라는 걸 알고 있었다고요!"

밴이 더듬거렸다.

305

"확실하니?"

팔보그 씨가 물었다.

뜰에 강한 바람이 불었다. 밴은 그림자 속에서 희미하게 빛나고 있는 괴물 같은 짐승들을 다시 둘러보았다. 접시만 한 크기의 눈 한 쌍을 본 것 같았다.

"당신은 내가 레미를 풀어 주고 싶어 할 거라는 사실을 알고 있었어요."

밴이 천천히 말했다.

"애초에 그래서 나한테 소원을 먹는 자를 준 거예요. 날 이용했던 거죠, 저장소에 들어가게 하려고, 그리고……."

밴은 팔보그 씨가 손에 쥐고 있는 동전들을 보았다.

"다 여기로 끌어들였어요. 당신은 이 녀석들이 자유로워지길 원하는 게 아니에요. 그저 독차지하고 싶었던 것뿐이에요."

팔보그 씨는 한숨을 쉬었다. 고개를 한쪽으로 기울이고 실망한 표정을 지었다.

"나만을 위한 게 아니야."

"이보르 삼촌. 삼촌은 좋은 이유로 나쁜 일을 하는 건 괜찮다고 생각해요. 하지만 그렇지 않아요."

페블의 목소리는 크고 또렷했다. 페블이 한 손을 휙 내밀자 둘러서서 지켜보던 연기 같은 녀석들이 반응을 보였다. 노려보며 기다렸다.

"삼촌이 통제할 수는 없어요."

"통제해? 내가 그럴 필요가 있을까?"

페블은 도로 한복판에서 낮잠을 자면 왜 안 되느냐는 질문을 받은 사람 같은 표정을 지었다.

"위험하니까요!"

"그들은 강력한 거야. 위험한 것과는 다르지."

팔보그 씨는 페블을 쳐다보며 동정하는 듯한 미소를 지었다.

"넌 지금 무슨 일이 일어나고 있는지 이해하고 있다고 생각하겠지만, 넌 아직 많이 어리고 거대한 퍼즐을 맞추는 아주 작은 한 조각에 불과해. 가끔은 다른 사람들, 그러니까 나처럼 나이 많고 현명한 사람들이 퍼즐을 어떻게 풀어야 할지 알 때가 있단다."

팔보그 씨는 손바닥 위 동전들을 살짝 튕겼다. 굶주린 녀석들이 늑대 떼처럼 당장이라도 달려들 기세였다.

"그래서 내 수집품들을 옮기는 거야."

"네? 어디로요?"

갑자기 목이 메는 듯 페블이 너무 작게 말해 밴은 간신히 들을 수 있었다. 페블은 숨을 훅 내쉬었다.

"아. 그건 말할 수 없을 것 같구나? 우린 지금 감시받고 있어."

팔보그 씨가 더 활짝 웃으며 말했다. 밴은 뒤뜰 가장자리를 다시 둘러봤다. 굶주린 녀석들 뒤로 수십 쌍의 작고 빛나는 눈들이 숨어서 지켜보고 있었다. 박쥐, 거미, 새, 쥐들이 모든 비밀을 수집하고 있었다. 팔보그 씨의 눈길이 밴에게로 향했다. 밴은 자신도, 바나벨트도 똑같은 입장이라는 것을 깨달았다. 팔보그 씨는 다시 페블 쪽으로 고개를 돌렸다.

"집으로 돌아올 때가 됐어. 이제 진짜 가족에게 돌아오렴."

팔보그 씨는 엄지와 집게손가락으로 반짝이는 은화를 집어 들었다.

"난 네가 나와 같이 가길 바란다, 메이블."

"지금 페블한테 메이블이라고 했어?"

밴이 바나벨트에게 속삭였지만 이번만은 바나벨트도 눈앞의 상황에 완전히 집중하고 있었다. 밴의 어깨 위에 앉아 앞으로 쭉 목을 내밀고, 떨어지지 않게 하면서 최대한 페블에게 가까이 고개를 내밀고 있었다. 수염까지 떨렸다.

"나는 내 아이 메이블 팔보그가 수집가들을 떠나 날 따라오길 바란다. 그리고 메이블이 날 도와 이 생명체들을 돌보고, 이들을 빼앗아 가려는 사람들로부터 안전하게 지켜 주기를 바란다."

팔보그 씨는 분수를 향해 동전 두 개를 던졌다. 이번에는 페블도 막으려고 하지 않았다. 동전들이 연달아 물에 빠지는 것을 지켜볼 뿐이었다. 밴은 페블을 쳐다봤다. 표정을 읽을 수가 없었다.

'페블이 정말로 원하는 건 뭘까?'

밴은 무엇을 믿어야 할지 더 이상 알 수 없었다. 페블은 자기 본명조차 말해 주지 않았다. 페블이 했던 말들 중에 진실이 있긴 했을까? 친구가 되고 싶다는 말은 정말이었을까? 밴은 가슴이 아팠지만 갑자기 어둠 속에서 솟아 나온 생명체들로 인해 더 생각할 수가 없었다. 질긴 가죽 날개가 달린 것, 영장류의 얼굴과 말의 몸을 한 것들은 반짝이는 파도를 게걸스럽게 먹어치웠고 그 즉시 더욱 커졌는데, 말은 거대한 발굽을 쿵쿵거렸고 다른 존재는 날개를 펼치고 펄럭이며 날아올랐다. 안개 같은 몸이 너무나 거대해 순간적으로 하늘의 절반을 가렸다. 또 한 번 안개가 자욱했다가 걷혔다. 페블은 잠시 가만히 있었다. 아주 추운 곳으로 이어지는 문 앞에 서 있는 사람 같았다. 그러더니 아주 조금 발을 내디뎠다. 한 걸음.

또 한 걸음.

"페블?"

바나벨트가 찍찍거렸다. 페블은 멈추지 않았다. 팔보그 씨가 손을 내밀자 페블이 그 손을 맞잡았다.

"알고 있었어. 마음속 깊은 곳에서는 네가 다시 내 편에 서고 싶어 한다는 걸."

팔보그 씨는 페블을 한참이나 껴안고 있었다. 어두워서 확실하지 않았지만, 밴의 눈에는 팔보그 씨가 우는 것처럼 보였다. 페블은 얼굴을 돌리고 있었다. 마침내 팔보그 씨는 시선을 들어 빛나는 눈으로 밴을 보았다.

"고생을 시켜서 정말 미안해, 마크슨군. 네게 이런 식으로 영향을 주게 되어 유감이야. 하지만 네가 한 일은 정말 많은 생명에게 좋은 영향을 주었어. 더 중요한 걸 이루기 위한 상실은 상실이라고 할 수 없지. 너도 그렇게 생각하지 않니?"

밴은 팔보그 씨의 말이 무슨 뜻인지 이해하려고 했다.

'제대로 들은 걸까? 상실이 뭐지? 날 조종해서 미안하다는 걸까, 아니면 그 이상의 뜻일까?'

"가끔 우리는 맞교환을 해야 할 때가 있어."

팔보그 씨는 말을 이어 갔다.

"희생. 우리는 다른 하나를 얻기 위해 소중한 것 하나를 포기하지. 아니면 다른 많은 것들까지."

팔보그 씨는 주변에 잠복해 있는 녀석들을 가리켰다.

"그러니까 이게 정말 유일한 해결책이야. 넌 그들 중 하나가 아니야. 우리 중 하나도 아니지. 하지만 너 혼자 벗어나도록 내버려두기

엔 양쪽에 대해 너무 많이 알고 있어."

밴에게 미소를 지으며 말했다.

"너도 이해할 거야."

"내가…… 뭘요?"

밴은 바나벨트를 쳐다봤다. 밴의 어깨 위에서 떨고 있던 바나 벨트는 페블의 얼굴에서 시선을 떼지 않았다.

"페블?"

바나벨트가 속삭였다.

"정말 진심으로 사과한다. 고마워, 밴 마크슨."

팔보그 씨의 주름진 눈은 매력적이고 따뜻했다. 동전 하나가 포물선을 그리며 공중을 날았다. 밴은 동전과 함께 떨어지는 느낌이 들었다. 급수탑에서 떨어질 때도 그랬지만, 일 초, 이 초 시간이 지날수록 자신이 아무것도 할 수 없다는 생각이 더욱 강해졌다. 뿌연 안개 속에서 앞으로 달려오는 페블이 보였다. '안 돼'라고 말하는 것 같았다. 하지만 떨어진 동전이 수면에 닿자마자 수영장 두 개 길이의 뱀장어처럼 생긴 뭔가가 미끄러지듯 그림자를 빠져나와 반짝이는 빛을 삼켜 버렸다. 밴은 움직이거나 싸우거나 비명을 지르지 않았다. 그럴 시간조차 없었다. 더욱 커진 뱀장어가 고개를 홱 돌려 연기처럼 뿌연 이빨로 밴을 물어서 공중으로 휙 들어올렸다. 바나벨트는 어깨에서 굴러 떨어졌고, 한쪽만 남아 있던 밴의 슬리퍼가 벗겨져 날아갔다. 소원을 먹는 자는 엄청난 속도로 도시를 질주했다. 어찌나 빠른지 신호등은 반짝이는 리본으로, 건물들은 하나의 길고 흐릿한 벽돌로 보일 정도였다. 어느덧 짙고 뻑뻑한 어둠만이 남았다. 밴이 눈앞에서 바로 손을 아무리 흔들어 봐도 보이지 않을 정도였다. 밴을 데려온 힘이 갑자기 뒤로 물러서면서 밴은 단단한 바닥 위로 떨어졌다. 앞으로 넘어진 밴은 양손으로 바닥을 짚고 일어났다. 올려다보니 뱀장어는 이미 시야 밖이었다. 멀어지는 몸뚱이가 유령처럼 희미해져 갔다. 밴은 숨을 몰아쉬며 잠시 쭈그리고 앉아 있었다. 공기에서 금속과 먼지 냄새가 났다. 맥박이 요란하게 뛰고 있어 다른 소리는 들을 수 없었다.

'여기가 어디지? 내가 죽은 건가? 아니, 팔보그 씨는 소원으로 누굴 죽일 수는 없다고 했어.'

밴은 천천히 일어섰다. 사방이 꽉 막힌 지하였다. 인위적인 공간이었다.

'수집품 안쪽 어딘가에 있는 걸까?'

멀리서 공기의 움직임이 느껴졌다. 밴을 약하게 잡아당기는 느낌은 점차 강해졌다. 밴이 맨발로 서 있는 바닥이 떨리기 시작했다. 뒤를 돌자 밴을 향해 똑바로 달려오는 괴물 뱀장어가 보였다. 금속으로 만들어진 뱀장어의 눈이 자동차 헤드라이트처럼 빛났다. 흔들리는 몸뚱이가 움직이는 객차 같았다. 치아의 떨림이 느껴질 정도로 크게 포효하며 돌진해 오고 있었다. 밴은 순간적으로 깨달았다. 이곳은 수집품 보관소가 아니었다. 전동차가 오가는 지하 터널이었다. 밴은 철로 위에 서 있었다. 얼마나 깊이 들어왔는지 플랫폼은 전혀 보이지 않았다. 몇 킬로미터 떨어진 곳에 가장 가까운 플랫폼이 있을 수도 있지만, 전동차는 엄청난 속도로 다가왔다. 탈출할 시간이 촉박했다. 밴이 안전하게 피할 만한 곳도 없었다. 팔보그 씨가 한 말은 사실이었다. 소원으로 밴을 죽일 수는 없었다. 밴을 죽이러 달려오는 것은 기차였다.

27
두 번째 기차

밴은 눈을 감았다. 그럼 적어도 점점 다가오는 헤드라이트 불빛을 지켜보지 않을 수 있었다. 모든 것이 한순간에 끝날 것이다. 밴은 어두워지기 직전까지 번쩍이는 불빛을 보지 않겠다고 다짐했다. 그 순간 마음은 엄마에게 가 있었다. 엄마의 미소와 부드러운 손. 밴은 한 번만 더 엄마를 보고 싶었다. 향기로운 백합 향에 파묻혀 마지막으로 엄마에게 안기고 싶었지만 엄마는 먼 곳에 있었다. 피터네 집에서 다리에 깁스를 한 채, 밴이 손님방이 아닌 다른 곳에 있다는 사실도 전혀 모르고 있다. 엄마는 오지 않을 것이다.

밴은 엄마가 다치는 것을 원치 않았지만 실제로 그런 일이 일어났을 뿐 아니라 모두 밴으로 인해 시작된 일이었다. 밴은 속으로 흐느꼈다. 가슴이 아팠다. 밴의 선택, 밴의 소원은 너무 많았다. 너무 큰 소원이었고 너무 거칠었다. '만약에'가 너무 많았고 밴이 통제하기에는 너무 어마어마한 소원들이었다. 밴은 소원을 먹는 자들을 영원히 잡아 두는 수집가들이 옳다고 확신할 순 없지만 그들의 마법이 위험하다는 말은 틀리지 않다고 생각했다. 고작 동전 하나를 던지거나 뼈 하나를 부러뜨리는 것만으로 누군가를 파괴할 수 있는 무서운 마법이었다. 아무리 현명하고 친절한 사람이라 할지라도, 다른 사람에게 그런 힘을 행사할 수 있는 권력을 가져서는 안된다. 그 어느 누구도.

전동차에서 나오는 불빛이 점점 가까워졌다. 밴을 비추는 밝은 빛이 눈꺼풀을 뚫고 파고들었다. 엔진이 포효했고 브레이크는 비명을 질렀지만 기차는 놀랄 만큼 부드러운 기세로 달려들었다. 그리고 뭔가가 밴을 똑바로 일으켜 세웠다. 밴은 묘한 안정감을 느꼈다. 밴을 들어 올린 뭔가가 빠른 속도로 어둠을 뚫고 뒤쪽으로 달려갔다. 밴의 머리카락만 바람에 흩날리고 있었다. 밴 주변의 빛이 점점 커지면서 감은 두 눈을 비집고 들어왔다. 빛은 점점 밝아졌고, 밴은 이것이 죽음의 길고 어두운 터널 끝에서 마주친다는 그 빛이 아닐까 생각했다. 살짝 눈을 뜨자 전등 불빛이 보였다. 간판 불빛이었다. 그라피티 벽, 샴푸 광고, 휴대전화 광고가 눈에 들어왔다. 밴은 날고 있었다. 밴을 태운 것은 전동차가 아니었다. 안개와 이슬로 만들어진 생명체였다. 주름진 귀와 부드럽고 마디진 손가락, 여우원숭이처럼 동그랗고 커다란 눈을 지니고 있었다.

"레미?"

밴이 속삭였다. 레미는 갑자기 선로에서 벗어나 아무도 없는 플랫폼 위로 날아갔다. 바로 뒤에서 진짜 전동차가 날카로운 소리를 내며 지나갔다. 다음 터널로 돌진하는 전동차는 시야에서 사라져 갔고, 뒤이어 브레이크 비명 소리가 뒤따랐다. 레미는 회전문 위로 솟아올라 시멘트 계단을 지나서 밖으로 나왔다. 밖은 새벽이었다.

레미는 안개처럼 뿌연 가슴으로 밴을 계속 품고 있었다. 거리가 점차 멀어지면서 레미와 밴은 계속 위로, 위로 올라갔다. 건물 옥상 위로, 옥상 정원의 녹색 기둥 위로, 새벽 아침 햇살을 받아 반짝이며 수없이 줄지어 늘어선 창문들을 지나쳤다. 레미는 밴을 꼭 잡았다. 밴은 두툼한 안개에 안겨 가는 기분이었다. 차가울 정도로 시원한 레미의 몸은 솜사탕처럼 성글었다. 이제 밴은 아래를 땅을 내려다볼 수 있었다. 플라스틱 썰매를 타고 도시를 날아 본 경험이 없는 사람이었다면 무서웠을 테지만 밴은 무섭지 않았다. 지금처럼 편안한 기분을 오랫동안 느껴 본 적이 없었다.

레미는 공원 위에서 호를 그리며 내려가기 시작했다. 나무 꼭대기 위를 지날 때 밴의 다리가 잎사귀를 훑자 레미는 다시 올라갔다. 연립 주택 집들과 자갈길로 된 골목 위를 몇 블록이나 날아가 마침내 익숙한 지붕 끝에 미루나무 씨처럼 가볍게 내려앉았다. 밴은 아래를 내려다봤다. 피터네 집 뒤뜰 위에 앉아 있었다. 밴의 등 뒤로 빨간 손님방의 창문이 아직 열려 있었다. 레미의 안개 손이 밴을 놓아 주었다. 밴은 창턱 위에서 균형을 잡은 다음 레미의 정찬 접시만 한 눈을 올려다봤다.

"날 구해 달라는 소원은 누가 빌었어? 페블이었어?"

밴이 물었다. 레미는 고개를 한쪽으로 기울였다. 주름진 귀를 쫑긋 세웠다.

"페블이 팔보그 씨의 동전을 훔쳤어? 아니면 내가 위험하다는 걸 아는 다른 사람이 있었어? 바나벨트가 그랬어? 너희가 소원을 빌 수도 있어?"

밴이 계속 캐물었다. 레미는 눈을 깜빡였다.

"누구였어? 날 구하라는 소원을 빈 게 누구야?"

밴이 다시 물었다. 레미는 다시 밴을 물끄러미 바라보더니, 마디 진 손가락 하나를 들어 자기 가슴을 두드렸다.

"너라고?"

밴이 속삭였다. 레미는 밴을 마주 보았다.

"수집가들이…… 말하기를 너흰 모두 위험한 존재라고 했어. 너무 크고 강력해지면…… 달라진다고."

밴은 손을 뻗어 레미의 보송보송한 팔을 만졌다.

"하지만 넌 위험해 보이지 않아. 전보다 더 커지긴 했지만…… 지금도 여전히 너야."

레미가 밴의 어깨를 만졌다. 숨결처럼 가벼웠다.

"고맙다. 고마워, 레미."

레미의 입꼬리가 올라갔다. 레미는 창턱에서 부드럽게 떠올랐다. 밴 앞에 잠시 떠 있다가 긴 꼬리를 흔들며 휙 올라갔다. 그렇게 밴의 시야에서 사라졌다. 밴은 그 뒤로도 오랫동안 하늘을 올려다보며 서 있었다.

밴은 열려 있는 창문으로 기어들어 갔다. 창문을 닫고 습관적으로 거미가 없는지 구석구석 살폈다. 침대 아래와 벽장 속까지 들여다봤다.

'잭과 경비들이 지금도 날 쫓고 있을까? 수집가들은 페블과 팔보그 씨에게 어떤 일이 있었는지 알고 있을까? 모두 마침내 진실을 알게 되었을까?'

진실. 이 말을 떠올리고 밴은 바닥에 얼어붙은 듯 꼼짝하지 않왔다.

'정말로 진실을 아는 사람이 있긴 한가? 페블이 정말로 팔보그 씨에게 돌아가고 싶어 했던 거라면, 이제까지 날 조종해 왔던 걸까? 팔보그 씨와 함께 떠난 지금 페블이 팔보그 씨도 속이고 있는 걸까? 페블은 실제로 누구 편일까? 아니면 혹시, 뭔가를 정말 깊이 이해하게 돼서 한쪽만 편들 이유가 없어질 수도 있을까?'

밴은 창 쪽으로 고개를 돌렸다. 태양이 드디어 지평선 위까지 올라와 있었다. 도시의 하늘색이 복숭앗빛 금색으로 변해 가는 중이었다. 여기저기서 구름 줄기들이 흩어지기 시작하면서 하늘이 도시를 밝혔다. 거리를, 또 하나의 거리를, 또 하나의 거리를. 집 한 채, 또 한 채씩. 모두 수집된 비밀들이 가득한 곳들이다. 마침내 문에서 돌아선 밴은 넓고 지나치게 푹신한 침대에 기어올랐다. 보청기를 빼고 두툼한 흰 베개에 얼굴을 묻었다. 그리고 이불을 채 덮기도 전에 잠들어 버렸다.

28
진퇴양난(그리고 척)

그날 오전, 피터네 집에서 모두가 늦잠을 잤다. 전날 밤 아주 늦게까지 웃으면서 대화를 나눈 엄마와 그레이 씨는 정오가 다 되도록 일어나지 않았다. 엄마는 아래층 서재 소파에서, 그레이 씨는 위층 자기 방에 있었다. 피터의 방문은 점심시간이 지나도 열리지 않았다.

퀸 사이즈 침대에서 업어 가도 모를 정도로 푹 잠들었던 밴이 일어나 보니 방 안에 눈부신 햇살이 가득했다. 밴은 지금 있는 곳이 어디인지 떠올리는 데 몇 초가 걸렸다. 정말 긴 밤이었다. 밴은 어젯밤 일을 거꾸로 되짚어 봤다. 거대해진 레미, 전동차에 치일 뻔했던 일. 페블과 팔보그 씨. 소원을 먹는 자들이 풀려난 일. 저장소의 짐승들까지. 밴의 머릿속은 금세 묵직해졌다. 가장자리까지 꽉 채운 컵이 된 기분이었다. 밴은 침대를 빠져나와 바지와 셔츠를 입었다. 보청기를 끼고 서둘러 계단을 내려갔더니 주방 커피 냄새가 옅어지고 있었다. 밴이 들어가자 주방에서 책을 읽고 있던 엠마가 고개를 들고 미소 지으며 말했다.

"좋은 아침. 아니, 좋은 오후인가. 브런치 좀 만들어 줄까?"

"시리얼 한 그릇만 먹을 수 있을까요?"

밴이 물었다.

"당연하지!"

엠마는 얼른 수납장으로 갔다.

"다들 어디 있어요?"

밴이 물었다. 수납장 문이 열리는 소리가 났다.

"그레이 씨…… 하루 종일 회의. 피터는 아직 위층…… 게임…… 중일 테고. 너희 엄마는 서재에서 쉬고 계셔."

"인사하고 올게요."

밴은 살금살금 서재 문으로 다가갔다. 엄마는 줄무늬 실크 소파에 누워 있었다. 정수리까지 느슨하게 올려 묶은 구릿빛 머리가 보였다. 가장자리에 장식이 달린 담요 밖으로 하얗고 두꺼운 깁스 다리가 나와 있었다. 엄마는 '오페라 뉴스'를 읽고 있었다. 문간에서부터 엄마의 백합 향수 냄새가 났다. 엄마도 밴의 냄새를 맡았는지 읽던 잡지를 내려놓고 미소를 지었다.

"안녕, 잠꾸러기."

엄마는 밴을 향해 두 팔을 내밀었다.

"잘 잤니?"

밴은 방을 가로질러 달려가서 엄마에게 안겼다.

"피곤해 보이네."

엄마는 한 손으로 밴의 얼굴을 감쌌다.

"잘 잔 것 같지 않아."

"사실은 그래요."

밴은 엄마의 눈보다는 아이보리색 실크 잠옷 소매를 보며 말했다.

"여기 있는 게 낯설다는 건 알아."

엄마가 목소리를 낮추었다.

"하지만 이건 임시란다."

엄마가 밴의 손을 꼭 쥐었다.

"그리고 피터네 가족과 같이 지내고 있다 해도, 너와 내가 이 인조라는 사실은 변함없어. 언제까지나."

밴은 고개를 끄덕였지만 뭔가가 목에 걸린 듯 말하기가 힘들었다.

"왜 그러니, 지오바니?"

"왜냐하면……."

밴은 마른침을 삼켰고, 뭔가가 내려가는 느낌이 들었다. 밴의 가슴속에는 지난밤의 아픔이 여전히 남아 있었다.

"미안해요, 엄마. 정말 미안해요. 엄마를 다치게 해서 미안해요. 여기 있게 해서 미안해요. 나 때문이에요. 미안해요."

엄마는 밴의 머리를 쓰다듬었다.

"괜찮아, 내 사랑. 난 괜찮아. 그리고 너도 괜찮을 거야. 정말 중요한 건 그뿐이란다."

밴은 반대하지 않았다. 평생 처음 정말 중요한 다른 일들이 생기긴 했지만.

잠시 후 밴은 엄마에게 팔보그 씨를 만나러 간다고 얘기하고 서둘러 피터네 집 정문을 빠져나왔다. 그늘진 인도로 나와 보니 그날 오전 도시는 난장판이었다. 피터네 집 근처 오크나무에는 꽥꽥 울어대는 빨간 앵무새들이 가득했고, 어느 집 앞뜰에서는 산처럼 쌓인 추리소설 책들을 발견되기도 했다. 또 어느 변호사 사무실에 있던 작은 탑은 아이들이 좋아하는 놀이기구로 변해 있었다. 그런가 하면 달리던 아이스크림 트럭이 미끄러지면서 소화전을 들이받아 박스에서 쏟아진 아이스크림이 길바닥에 흩어진 채로 녹고 있었다. 사람들은 쏟아진 아이스크림을 먹으며 즐거워했다.

밴은 그 앞을 지나 얼른 모퉁이를 돌았다. 이런 이상한 일들은 사람들의 소원이 이루어져 일어난 결과인지 소원 먹는 자들의 예측 불가능한 마법 때문인지 밴은 알 수 없었다. 또한, 어느 쪽이 진실인지 짐작할 수 있는 사람이 과연 이런 도시에 있기나 할지 궁금했다. 어젯밤 일로 피곤해서 그런지 밴의 다리는 여전히 고무처럼 휘청거렸다.

밴은 그늘진 거리를 최대한 빨리 걸어갔다. 높다란 하얀 저택이 보이는 지점에 이르자 밴은 걸음을 늦췄다. 울타리 뒤편 팔보그 씨의 집은 예전처럼 말끔하고 환해 보였지만 가까이 다가갈수록 뭔가 달라 보였다. 밴은 살금살금 관목 속으로 들어갔다. 나뭇잎에 몸을 숨긴 채 창문들을 확인했다. 모든 창에는 두꺼운 흰색 커튼이 쳐져 있었다. 내다보는 사람은 아무도 없었다. 밴은 어젯밤 페블의 뒤를 따라갔던 좁다란 길을 지나 사방이 막힌 뒤뜰로 갔다. 분명 뭔가가 달라져 있었다. 고요한 뜰은 한동안 이용하지 않은 듯했다. 벤치와 의자들이 치워져 있고, 조각상들은 거친 천을 둘러쓰고 있었다. 불과 하루 전, 그것도 밤에 밴이 여기 있지 않았더라면 지난 몇 달간 아무도 오지 않은 곳이라고 생각했을 정도였다.

분수는 꺼져 있었다. 아니, 아예 텅 비어 있었다. 물결무늬의 분수대는 바짝 말라 있었고, 주변 연못은 물을 모두 빼낸 상태에서 청소까지 되어 있었다. 숨어 있던 비단잉어와 수련 잎들까지 사라진 상태였다. 조용한 분수를 뒤로 하고 밴은 저택 뒷문으로 조금씩 다가갔다. 밴을 죽이려고 했던 팔보그 씨는 사라진 것이 분명했다. 페블을 데려가면서 자신의 계획에 대한 진실까지 함께 가져갔다. 밴은 팔보그 씨의 빈집이 두렵지 않았다……. 잊고 있던 작은 단서라도 찾게 될지 모르는 만큼 그들이 어디로 갔고 앞으로 일어날 일들에 대한 힌트가 있다면 어떻게든 찾아내고 싶었다.

손잡이를 돌리자 문은 쉽게 열렸다. 밴은 집 안으로 들어가 주방 문간에 섰다. 사람만 없어진 게 아니었다. 집 안이 텅 비어 있었다. 모든 가구와 장식, 컵, 접시, 소금 통 하나까지 전부 사라지고 없었다. 밴은 마치 꿈을 꾸고 있는 기분이었다. 부엌을 지나 복도로 갔다. 가면, 꽃병, 액자에 든 오래된 엽서들도 사라지고 없었다. 앞쪽 응접실도 마찬가지였다. 선반에 있던 책들이 한 권도 남아 있지 않았다. 벽에 붙어 있던 종이를 잘라 만든 실루엣도.

밴은 아치문으로 들어가 불을 켰다. 빛나는 문진이 들어 있던 장식장들도 사라지고 없었다. 밴은 돌아서서 더 빠르게 움직였다. 복도를 따라 계단 위로 뛰어 올라갔다. 보물들이 걸려 있던 텅 빈 벽과 모퉁이와 구석 자리를 지나 빨간 커튼이 쳐진 방에 뛰어들었던 밴은 다시 뛰쳐나올 뻔했다. 검은색 롱 코트를 입은 사람이 숨겨진 방의 열린 문 사이에 서 있었다. 밴의 발소리를 듣고 남자가 등을 돌렸다. 코트 앞주머니에서 검은 쥐 두 마리가 얼굴을 삐죽 내밀고 있었다. 곧게 세운 옷깃 위로 높고 단단한 광대뼈, 날카로운 코, 헝클어진 머리가 눈에 들어왔다. 어젯밤의 팔보그 씨처럼 네일도 밴을 보고 놀라지 않았다. 다른 점이 있다면 팔보그 씨처럼 안도하는 표정이 아니었다. 네일의 얼굴은 단호해 보였다. 차갑고 차분한 가운데 약간의 슬픔이 엿보였다. 네일은 숨겨진 방 쪽으로 고개를 끄덕였다.

"가 버렸어."

"그가 페블을 데려갔어요."

밴이 거의 동시에 불쑥 말했다.

"페블이 자기랑 같이 가게 해달라고 소원을 빌었어요."

네일은 고개를 끄덕였다.

"우리도 보고 있었어."

"어디로 갔는지 알아요?"

네일은 고개를 가로저었다.

"어디든 갈 수 있어. 이보르 팔보그는 방대한 자원을 가진 사람이지. 평범한 자원, 기이한 자원 모두."

"페블을 찾아야 해요."

밴은 방 안으로 몇 발자국 들어갔다. 공허함 때문인지 새삼 그 어느 때보다 크고 차갑게 느껴졌다.

"페블을 다시 데려와야죠!"

네일의 우락부락한 얼굴에서 표정을 읽을 수가 없었다. 네일은 한참이나 묵묵부답이었다가 말을 꺼냈다.

"시도는 해볼 수 있지."

"시도요? 수집가들이 소원을 먹는 자들을 늘 지켜보고 있었다면, 그렇게 아는 게 많다면, 왜 이런 일이 애초에 일어나지 않도록 막지 않은 거죠? 왜 팔보그 씨를 막지 않았어요?"

밴은 화가 잔뜩 났다.

"그 사람이 뭘 가지고 있는지 너도 알 거야. 지금도 가지고 있지. 우리를 상대로 그 생명체들을 쓸 필요가 있다고 느꼈다면, 수백 마리가 미쳤을 피해가 얼마나 클지 상상해 보렴."

네일의 목소리는 단호했다. 밴은 네일에게 다가갔다. 키가 큰 네일의 실루엣 너머로 숨겨진 방을 볼 수 있었다. 나무 선반들은 완전히 비어 있었다.

"소원을 먹는 자들…… 전부 다 데려갔나요? 작은 녀석들이랑……."

밴이 천천히 말했다.

"네가 풀어 준 녀석들?"

네일의 목소리는 더욱 단호해졌다.

"일부는 우리가 다시 가두었어. 저장소로 돌아갔지. 이보르 팔보그가 데려간 녀석들도 있고. 그중 일부는 풀려나서 돌아다니고 있고. 우리가 보기에는 그래. 그러니 어디에든 있을 수 있지."

밴은 침을 꿀꺽 삼켰다. 어쩌면 레미는 이 거대하고 탁 트인 세상에서 홀로 지내지 않을 수도 있다. 이 사실을 위안 삼아야 할지, 두려워해야 할지 알 수 없었다.

"레이저는 소원을 먹는 자들이 너무 커지면 전부 위험하고 예측 불가능해진다고 했지만…… 그렇지 않은 녀석들이 있다면요?"

네일은 미간을 좁혔다. 재미있다는 듯 고개를 한쪽으로 기울였다.

"그러니까…… 그중에 착한 애들이 있다면요?"

네일의 입꼬리가 살짝 올라갔지만, 눈은 전혀 웃고 있지 않았다.

"이건 좋고 나쁨의 문제가 아니야. 선과 악이 아니야. 어떤 의도를 가지고 있느냐의 문제조차 아니야. 좋은 의도를 가졌어도 끔찍한 일들을 저지를 수 있다는 거지."

밴은 살짝 물러섰다. 페블이 팔보그 씨에게 어젯밤 거의 똑같이 말했던 게 떠올랐다. 지금은 네일이 그렇게 말하고 있었다. 밴은 소원을 사용할 때 최선의 의도만을 가지고 있었지만 막상 어떤 일이 벌어졌는지 떠올렸다. 엄마가 차에 치였고, 다리가 부러지는 바람에 일자리를 잃었고, 밴이 이 도시에서 가장 가 있고 싶지 않은 집에서 지내는 결과를 맞았다.

"그 어떤 사람이라도 지나친 권력을 갖게 된다면."

네일이 말을 이어 갔다.

"주위 모든 사람을 통제할 수 있을 정도의 막강한 힘을 갖게 된다면 끔찍한 위험이 따르는 거야."

밴은 자신의 말이 무엇을 의미하는지 잘 생각해 보지도 않고 내뱉었다.

"하지만 모든 소원을 수집하고 소원을 먹는 자들을 가두는 수집가들이야말로 그런 일을 하는 게 아닌가요? 주위 모든 사람을 통제할 수 있잖아요?"

네일은 자세를 바로 하고 눈썹을 치켜세웠지만 입매는 부드러웠다.

"넌 똑똑한 아이야, 밴 마크슨."

그것으로 끝이었다. 방 안에는 잠시 침묵이 흘렀다. 네일이 말했다.

"가자. 다른 사람 눈에 띄기 전에 여기서 나가야 해."

복도를 지나 계단을 내려가는 동안 둘 다 입을 꾹 다물고 있었다. 두 사람이 아래쪽 복도를 돌아 들어가자마자 그 앞을 쏜살같이 지나가는 은색 털북숭이가 있었다.

"사 층을 확인했어요."

바나벨트가 네일의 부츠 앞에 얼른 멈춰서며 말했다.

"혹시 모르니까 삼 층을 다시 확인해야 할지도 모르겠어요."

"넌 이미 삼 층을 네 번이나 확인했어."

"확실해요?"

다람쥐가 눈을 깜빡였다.

"전부 다?"

"전부 다. 네 번."

"사 층을 확인해야 할 것 같아요."

"사 층은 방금 확인했어."

"전부……?"

"응, 전부. 네 번."

네일이 말했다. 다람쥐는 꼬리를 흔들었다.

"지하실은요?"

네일은 한숨을 쉬었다.

"바나벨트. 페블은 가버렸어."

"가버렸다고요?"

다람쥐는 처음 듣는 말인 것처럼 네일의 말을 되풀이했다.

"페블이 가버렸다고요?"

"응."

네일의 목소리는 아주 부드러웠다.

"가버렸어."

잠시 침묵이 흘렀다. 바나벨트는 온몸을 떨며 두 사람을 올려다 보았다.

"삼 층을 확인해 봐야겠어요."

"내 어깨로 올라와. 넌 나와 함께 가야 해. 우린 페블을 찾기 위해 노력할 거야. 그리고 다시 데려올 거야. 할 수만 있다면."

바나벨트는 네일의 검은 코트 위를 기어올랐다. 밴은 그렇게 느릿느릿 움직이는 바나벨트를 처음 보았다. 바나벨트는 네일의 어깨 위로 올라가 앉았지만 꼬리조차 움직이지 않았다. 그들은 다 같이 텅 빈 집의 뒷문으로 나왔다. 정원에는 조용히 햇살이 비추고 있었다.

"괜찮을까요?"

밴이 바나벨트를 바라보며 고개를 끄덕였다.

"우리가 돌봐줄 거야."

네일이 약속했다.

"페블이 돌아오면, 돌아오게 되면…… 나한테도 알려 줄 거예요?"

"알려 주마."

네일이 살짝 미소 지었다.

"우린 근처에 있을 거야. 늘 그렇듯이."

네일은 한 손을 내밀었다. 밴은 악수를 했다.

"건강해라, 밴 마크슨."

코트 자락을 휘날리며 돌아선 네일은 성큼성큼 걸어갔다. 밴은 바나벨트가 "잘 가, 슈퍼 밴."이라고 말하는 소리를 들었다고 생각해 뒤돌아보았지만 네일과 바나벨트는 사라진 뒤였다. 밴은 텅 빈 연못 둘레를 천천히 돌았다. 바닥을 드러낸 회색 돌에는 먼지가 쌓여 있었다. 그 위에서 흐릿하게 빛나는 동전 몇 개가 보였다. 밴은 손을 뻗어 오 센트짜리 동전 하나를 주웠다. 손가락 사이에 끼고 돌려봤다.

'이게 팔보그 씨의 소원 중 하나였을까?'

어쩌면 팔보그 씨의 뱀 수집품을 옮긴 소원이었거나 커다란 비단잉어로 가득한 연못을 옮기는 소원이었는지도 모를 일이었다.

'대체 어디로 갔을까?'

밴은 지친 한숨을 길게 내쉬었다. 동전을 주머니에 넣고 돌아서는데 회색 털이 폭신해 보이는 고양이 한 마리가 바로 뒤에 서 있었다.

"레나타?"

밴이 속삭였다. 고양이의 눈이 가늘어졌다. 양쪽을 흘낏 돌아보더니 걸걸한 목소리로 말했다.

"척이라고 불러."

밴은 눈을 깜빡였다.

"하지만 내가 알기로 네 이름은……."

"레나타? 나 참."

고양이는 코웃음을 쳤다.

"멋쟁이 아저씨한테만 그렇지. 우리 엄마가 지어 준 이름은 샬린이야. 난 척이란 이름을 써."

"오. 우리 엄마는……."

"너희 엄마는 네 이름을 지오바니라고 지었지만 넌 밴이란 이름을 쓰지. 나도 알아."

고양이는 청록색 눈을 가늘게 뜨고 밴을 보았다.

"난 주의 깊게 살펴봐. 고양이들은 대부분 잠자는 척만 할 뿐이거든."

"그럼 너는……."

누가 엿듣지 않는지 주위를 살핀 밴은 목소리를 낮추고 속삭였다.

"너도 수집가들의 첩자 중 하나야?"

"나는 프리랜서야."

고양이는 턱을 치켜들었다.

"내가 가고 싶은 데로 가. 내가 말하고 싶을 때 말하지. 내킬 때만."

"그래서 팔보그 씨가 널 두고 간 거야?"

"아, 팔보그 씨가 날 두고 가려던 건 아니었어. 하지만 고양이한테 하고 싶지 않은 일을 억지로 시킬 순 없는 법이거든. 소원만 빈다고 해서 되는 게 아니야."

고양이는 느긋하게 주위를 둘러보았다.

"어차피 이곳 생활이 지루해지던 참이었어. 몇 주 동안 거리에서 모험을 할까 해. 어쩌면 옛날 직장으로 돌아갈지도 몰라. 시내 식당에서 쥐를 잡는 일이지. 그리고 그다음엔…… 그가 돌아오면 다시 여기로 올 수도 있지."

척은 한쪽 귀를 까닥거렸다.

"멋쟁이 아저씨는 늘 최고급 참치를 사주거든."

밴의 마음속에서 불꽃이 튀었다.

"그럼 그들이 돌아올 거란 말이야?"

"늘 돌아와."

고양이는 여유롭게 앞발을 핥았다.

"그는 여기저기에 집이 있어. 시골, 도시, 이탈리아, 러시아, 일본. 하지만 결국 언제나 이곳으로 돌아와."

"어디로 갔는지 알아?"

고양이는 잠시 말을 멈추었다. 말해 주고 싶지 않아서인지, 자기가 모른다는 사실을 인정하기 싫어서 그러는지 알 수 없었다.

"이번엔 모르겠어. 하지만 내가 너라면 다 잊어버리겠어. 팔보그 씨는 위험한 사람이야. 그는 자기가 원하는 게 뭔지 언제나 정확히 알아. 그리고 아무도 방해하지 못하게 해. 나라면 수집가들에게 밉보이기 싫을 거야."

고양이는 다시 말을 멈추고 밴을 바라봤다.

"너, 진퇴양난이라는 말 아니? 넌 지금 양쪽 사이에 끼어 있는 거야."

"하지만 내 생각에, 팔보그 씨가 가고 없으니……."

"아, 이건 끝나지 않았어. 그들은 너에 대해 다 알고 있어. 네가 무얼 듣고, 보고, 할 수 있는지 알고 있어. 이건 절대 끝난 게 아니야."

고양이는 은빛 꼬리를 휘두르며 돌아섰다. 어깨 너머로 밴에게 살짝 고개를 끄덕여 보였다.

"잘 가. 몸조심해."

관목 속으로 들어간 척은 순식간에 사라졌다.

'몸조심해.'

밴은 어깨 너머를 흘낏 보았다. 뭔가가 움직였다. 아주 잠깐이었다. 연기 같고 거대한 뭔가가 커다란 단풍나무 잎사귀들 사이에 도사리고 있었다. 하지만 곧 불어온 바람에 잎사귀가 흔들렸고, 어느 새 사라져 버렸다.

밴은 울타리가 늘어선 길 쪽으로 걸어갔다. 처음에는 조금 전 일 어난 일들에 정신이 팔려서 발밑 땅에는 전혀 주의를 기울이지 못 했지만 잠시 후 평소 습관대로 누군가 잃어버린 보물을 찾아 자갈 위를 훑어봤다. 이상한 것이 눈에 띄었다. 울타리의 매끈한 녹색 잎 사귀에 반쯤 가려진 구슬이 있었다. 금색으로 반짝반짝 빛나는 것 이 소용돌이치는 파란 유리구슬이었다. 밴이 페블에게 준 구슬이 었다. 그리고 그 주위에 작은 물건들이 놓여 있었다. 이끼 낀 동전 세 개. 반쯤 탄 생일 초와 부러진 위시본 하나. 페블의 신호였다. 밴 에게 보내는 신호였다. 페블은 밴이, 오직 밴만 알아차릴 거라고 생 각했을 것이다. 하지만 밴은 그것들이 무슨 의미인지 확신할 수 없 었다. 밴이 이 구슬을 선물한 뒤로 페블은 늘 주머니에 넣고 다녔 다. 다른 것들은 이런저런 소원들을 상징하는 것 같았다. 수집에 대 한 메시지일까? 그저 작별 인사를 하는 페블의 방식일 뿐일까? 아 니면 밴이 페블을 찾으러 올 거란 사실을 알고 있다는 신호일까? 밴이 계속 찾아 주길 원한다는 걸까? 밴은 조심스레 구슬, 동전, 초, 부러진 뼈를 모아서 전부 주머니에 넣었다. 정말 작은 물건들이 었다. 그에 비해 이 세상은 너무나 넓었다. 소원을 먹는 존재들을 품 고, 짙은 색 롱 코트를 갖춰 입은 지하 군대를 품고, 거미와 갈까마 귀와 말하는 고양이와 늘 정신이 딴 데 팔려 있는 은빛 다람쥐를 품을 만큼 세상은 거대했다. 이 세상 어딘가에 흰 양복을 입은 키 큰 백발 남자와 이끼 낀 동전을 닮은 눈빛을 가진 소녀가 있다. 하 지만 작은 것들도 강력할 수 있다는 사실을 밴은 알고 있었다. 밴은 주머니 속의 작은 물건들을 손가락으로 한 번 더 쓰다듬었다. 그리고 날카로운 눈으로 주위를 살피며 피터의 집으로 향했다. 보물은 어디에나 있다. 그것을 알아보는 방법만 알면 된다.

이상한 지하 세계와 소원수집가들

초판 1쇄 펴낸날 2021년 3월 3일
초판 2쇄 펴낸날 2022년 10월 24일

지은이	재클린 웨스트
옮긴이	이원열
편집	한해숙, 신경아
디자인	최성수, 이이환
마케팅	박영준, 한지훈
온라인마케팅	정보영, 박소현
영업관리	김효순
제작	안정숙, 김도윤

펴낸이	조은희
펴낸곳	주식회사 한솔수북
출판등록	제2013-000276호
주소	03996 서울시 마포구 월드컵로 96 영훈빌딩 5층
전화	편집 02-2001-5820 영업 02-2001-5828
팩스	02-2060-0108
전자우편	isoobook@eduhansol.co.kr
블로그	blog.naver.com/hsoobook
페이스북	chaekdam
인스타그램	chaekdam

ISBN 979-11-7028-722-3 43840

 책담 다른 내일을 만드는 상상